Kadokawa Fantastic Novels
U0065948
魔王學院的不適任者2
MAOH GAKUIN NO FUTEKIGOUSHA
~史上最強的魔王始祖，
轉生就讀子孫們的學校~
作者†秋
Illustration†
しずまよしのり

精靈

源自世界上各種傳承與軼聞而構成的生物。作為他們根源的傳承，愈是廣為人知，力量就愈強，而且會忠實地傳承。擁有真體與一時性的姿態。

皇族派與統一派

「皇族派」認為純粹繼承「暴虐魔王」之血的皇族是尊貴的存在；與之相對，「統一派」則認為無關血統，平等對待一切魔族。現在的魔界「迪魯海德」是由皇族派掌握實權。

阿諾斯粉絲社

這是一群由承認阿諾斯是暴虐魔王，並服從於他的人們所組成的集團。但這其實是掩飾用的假象，實際上這是對現狀不滿的白制服學生們聚集而成的「統一派」下級組織。

魔劍

具有比一般的劍還要優異的強度與威力，而且還帶有特殊效果的一種魔法具。劍體本身具備意識，唯有魔劍認同使用者配得上自己，才有辦法拔出魔劍。

轉生

這是一種運用根源魔法「轉生（shirika）」保持自身根源，讓自己轉變成另一種生物的行為。要完全繼承轉生前的記憶與力量，必須相當熟練這項魔法，以及滿足一些必要條件。

莎夏・涅庫羅
魔族名門的後裔，並因此充滿攻擊性與
自信。米夏的雙胞胎姊姊。
米夏・涅庫羅
阿諾斯的同學，沉默寡言且老實，
是阿諾斯轉生後最初交到的朋友。

米莎・伊里歐洛古
雖然是白制服的學生，卻總是帶著
笑容認真過著學園生活，是阿諾斯
的同班同學。

魔王學院的不適任者

MAOH GAKUIN NO FUTEKIGOUSHA

~史上最強的魔王始祖，
轉生就讀子孫們的學校~

作者†秋
Illustration†
しずまよしのり

2

Kadokawa Fantastic Novels

§序章 【～魔王的右臂～】

兩千年前——

大精靈之森阿哈魯特海倫。

在傾盆大雨之中，有著八顆頭的水龍在暴動著。

精靈擁有一時性的姿態與真體。真體——也就是藉由暴露真正的姿態取得更加強大的魔力；相對地，即便精神變得與一時性的姿態大相逕庭，也不是什麼罕見的事。

精靈是一種奇妙的生物。據說他們的存在，是誕生自無數人們的內心。傳承、傳說、傳聞、願望、恐怖、希望……這些概念經過具象化、具體化的存在即是精靈。

假如人們對火焰的恐懼達到極限就會生出炎之精靈的話，那麼對水的信仰增高，也同樣會生出水之精靈。

那隻暴動的八頭水龍，即是滴落在阿哈魯特海倫的神之淚——從這世界創造出水的初始水滴傳說中孕育而生。是水之大精靈里尼悠的真體。

同時也是大精靈守護神的里尼悠，對著意圖燒毀森林的侵入者大發雷霆。

而不畏懼以驚人魔力為傲的里尼悠，侵略阿哈魯特海倫的不是別人，正是暴虐魔王阿諾斯·波魯迪戈烏多。

「唔，一擊就擊潰我半數的部下嗎？看來是有著不下傳承的實力。」

阿諾斯為了進入戰備狀態，向前邁出一步。不過，一名魔族就像是要制止他似的站了出來。那名魔族身穿鎧甲，腰間佩帶了一把劍，還帶有一頭白髮與沒有色素的眼瞳。儘管置身戰場，卻帶著某處讓人感到清爽的表情。

他低著頭，在魔王身前跪下。

「吾君，請容我惶恐進言。」

「准。」

「這等無名小卒，無須您紆尊降貴。您只須一聲令下，我就會在剎那之間將其斬殺。」

聽他這麼說，阿諾斯笑了。

「那要來賭一把嗎？假如你感到棘手，耗費了剎那以上的時間，就不准再用那彆扭的方式說話。但要是真如你所宣言的，剎那之間就將牠擊倒的話，不論是要怎樣的獎賞都行。」

隨後，那名魔族說：

「您還真愛說笑，明知這根本不成賭局。」

鏘，長劍入鞘之聲響起。

下一瞬間，暴動的八頭水龍宛如被斬成無數碎沫般煙消雲散，傾盆的雨珠一顆顆碎裂且消散。

過了一會兒，大精靈之森雨過天晴。

「不知您是否滿意？」

「劍法還是一樣高明啊，辛。」

他依舊低著頭，跪在原地。他即是維持這種姿勢，便消滅了水之大精靈里尼悠，甚至斬除了傾盆大雨。

魔王的右臂——辛．雷谷利亞，是千把魔劍的持有者，魔族最強的劍士。腰間佩帶的是鐵劍，他沒有拔出任何一把魔劍就打倒了里尼悠。

「跟如今的你交戰，說不定連我都很危險呢。」

「您謙虛了，我就算用上千劍，也遠遠不及吾君。」

辛過於忠義的話語，讓阿諾斯忍俊不禁。

「那麼，只用劍來對決的話如何？」

「雖然惶恐，但說不定能讓您擦傷吧。」

「這是什麼話。你可是魔王的右臂。要是不能砍掉我一隻手臂，可就傷腦筋了喔。」

辛依舊低著頭，平靜地說道：

「只要您下令的話。」

聽到他這麼說，阿諾斯發自內心地咯咯笑了。魔王知道：即便如此，這名過於忠義的部下也依舊不會砍掉自己的手臂。就算只是嬉戲，如果要向主君揮劍，還不如選擇自盡。辛．雷谷利亞就是這種男人。

「喂，辛。總有一天等到和平的時代來臨後，我想跟你心無罣礙地比劃劍法。」

「遵命。」

阿諾斯心想：那樣的時代也不遠了。

「話說回來，打賭是我輸了呢。你想要什麼獎賞？」

「但願能准許我轉生。」

「在建立牆壁之後嗎？」

「吾之千劍，乃是奉獻給吾君之物。雖說是為了轉生，但吾君死後，我沒辦法恬不知恥地苟且偷生。」

阿諾斯心想：這男人的個性還真是讓人困擾啊。

「你不是不擅長根源魔法嗎？」

能影響根源的魔法就叫做根源魔法，「轉生(shirika)」是位於最上級的魔法。如果是阿諾斯的話，就能讓力量與記憶原封不動地繼承給轉生體，但不擅長根源魔法之人，會無法以完全的狀態轉生。力量或記憶會產生缺損吧。

「在嶄新的時代，再次從頭開始鍛鍊劍術也不壞吧。」

辛是一心走在劍道上的求道者。儘管被稱為魔族最強的劍士，卻曾一度敗給同樣使劍的勇者加隆手上。他說不定是對現在的器皿感到極限了。

轉生會不完全，這反過來講，就是有可能得到更為強大的力量。他或許是想賭在這種可能性上吧。

「就答應你吧。」

「對吾君的慈悲獻上深切的感謝。即便是轉生、即便是喪失記憶，我的根源也不會將您遺忘。」

「別這麼一板一眼的，就隨你高興吧。」

阿諾斯語畢，即用「意念通訊」向阿哈魯特海倫全區說道：

「我的部下們，你們是要裝死到什麼時候啊？速去焚燒森林，把大精靈蕾諾逼出來。」

呼應著阿諾斯的號召，一度被里尼悠殺害的部下們一齊出動。是用「復活」魔法復活他們的。然後，才想說森林各處瞬間冒起了漆黑火焰，火勢就立刻蔓延開來。

「好啦。」

阿諾斯注視著眼前的景象。被漆黑火焰籠罩的森林中，有一道人影朝這裡筆直前進。

「來了嗎？勇者加隆。」

距離約十公里。帶著聖劍的勇者加隆，朝這裡奔馳而來。

「不覺得是昨天根源才被消滅掉的人呢。」

辛說道。假如根源遭到消滅，不論是誰都會死，即使「復活」也起不了作用。如有例外的話，那就是勇者加隆。

他能無限地復活。而他能做到這種事的原理，就在於一個人通常只有一個根源，但加隆同時擁有七個之多。而只要留下一個根源，就能讓其餘的六個根源復活。

幾乎將所有魔法運用自如的魔王阿諾斯，若有唯一敵不過勇者的魔法，那就是根源魔法了。辛會輸給加隆，也是因為這個理由。那傢伙不論敗北多少次都能復活；然後，只要一度消滅我方的根源，他就贏了。

雖然這實在是不公平的對決，不過他要是沒有這種程度，也沒辦法與魔王為敵吧。

阿諾斯心想：就算要反覆進行無限的對決，他也不覺得會輸掉任何一次。

「辛，加隆就交給我。你去把大精靈蕾諾找出來。」

「遵命。」

一做出答覆，辛隨即離去。

「好啦，勇者加隆。今天要殺幾次，你才會死呢？」

阿諾斯展開六十門魔法陣，朝著逼近的勇者一齊發射「獄炎殲滅砲（jio gureizu）」。

§1【統一派】

時光流逝，來到魔法時代。

休假結束後，我就跟往常一樣來到德魯佐蓋多魔王學院。

今天是地城測驗後的第一次授課，所以預定會發表測驗的結果。

一走進第二訓練場，就看到米夏與莎夏坐在我的座位兩旁。

「早。」

打著招呼，我坐在自己的座位上。

「早安。」

米夏拘謹地說道。

「早安。喂，結果誤會解開了沒啊？」

莎夏朝我的桌子探出身體問道。

「什麼誤會？」

反問後，莎夏就露出傻眼般的表情。

「還會有什麼誤會啊？就是你父母親的誤會。他們不是以為我和米夏要跟你結婚嗎？簡直是莫名其妙。要怎麼辦啦？」

「唔，妳不喜歡嗎？」

再度反問後，莎夏就紅著臉別過頭去。

「……我才沒問你這個呢……笨蛋……」

她小小聲地嘟囔起來。

「要是有意見的話，妳直接跟他們說如何？」

隨後，莎夏就回過頭，眼中浮現「破滅魔眼」，狠狠地瞪過來。

「總之，全怪你在米夏的左手無名指上戴上戒指的關係，讓事情變得麻煩了啦。」

我看向米夏。她的左手無名指上戴著「蓮葉冰戒指」。

「要更加深入地窺看深淵呢。魔法具與持有者會互相吸引。不是我戴上的，是戒指選擇了她的手指。米夏也覺得戴在左手的無名指以外會不舒服吧？」

米夏眨了眨眼後，點了點頭。

「這是有意義的。」

「所以是？」

「左手的無名指，代表婚約。」

「哦，是這樣啊？難怪媽媽會這麼興奮。」

話雖如此，但媽媽平時就是很容易興奮的人。雖然有點不太明白理由，但就是因為把這個誤解成婚約，所以才會突然說出幸福怎樣怎樣的話嗎？

「真讓人傻眼。你連這種事都不知道嗎？」

「很不巧地，我才剛轉生沒多久呢。」

「兩千年前沒有嗎？」

米夏問道。

「是呀。兩千年前的婚約是用『契約（zekuto）』所訂下的。因為這樣一來，也不用擔心會被背叛了呢。」

「這算什麼？兩千年前還真是一點情調也沒有呢。」

莎夏這句話，讓我笑著頷首。

「在神話時代，不論是誰都處於戰禍之中。因為喜歡上、愛上等理由行動，應該會率先死去吧。」

「是喔。那……阿諾斯，你那個……」

莎夏低著頭，向上窺視著我的表情。

「……沒有喜歡的……女孩子嗎……？」

我一臉認真地回看她後，莎夏就像要隱藏表情似的低下頭。

「你、你說話啊……」

「沒想到會被問到這種問題呢。感覺還挺新鮮的。」

我所喜歡的女人嗎？

「沒被問過嗎？」

「是呀。不會有人覺得暴虐魔王會愛上某人吧？不過實際上也是這樣呢。那個時代並沒有那種餘裕。」

接下來要殺誰、要毀滅什麼？

光是要守護這個迪魯海德、守護眼前的事物，就竭盡全力了。那樣的我，如今卻在聊著喜歡的女孩子怎樣怎樣的話題，還真是世事難料。

「唔，在阿伯斯・迪魯黑比亞有所行動前也很閒呢。難得的和平，來試著談場戀愛，說不定也挺不錯的。」

看著莎夏的眼睛如此說道後，她突然漲紅了臉。

「幹、幹麼對著我說啊……？」

「有問題嗎？」

「……是、是沒問題啦……」

莎夏低聲嘟囔著。

「喂，莎夏。」

「怎、怎樣？」

「妳的臉很紅喔。」

莎夏用自己的手臂把臉遮住。

「……才、才不紅呢，笨蛋……！」

大概是知道她就算隔著手臂瞪來，我也不會動搖的關係吧，就像是逃跑似的，她再度把臉別開。

「阿諾斯。」

由於米夏的呼喚，我轉過頭去。

「拿掉？」

米夏亮出戴在左手上的「蓮葉冰戒指」。

「為什麼？」

米夏一動也不動地窺視我的眼睛。

「阿諾斯想談戀愛。」

「哎呀，就只是一時興起講講罷了。」

「會被誤解。」

是指左手無名指戴著我送給她的戒指，會讓其他人誤會我跟米夏有婚約的意思嗎？是覺得這會為我的戀情帶來困擾，所以才提議的吧。

「妳想拿掉嗎？」

詢問後，米夏瞬間瞠圓了眼。

她面無表情地沉思了一會後，微微地搖了搖頭。

「那麼，就戴到妳厭倦為止吧。我的心胸可沒狹隘到會對禮物的使用方式說三道四。」

「不會被誤解？」

我哈哈笑了，將米夏的話語一笑置之。

「米夏，我不怕遭到誤解。畢竟再怎麼誤解，那都不是真實。誤會的人，就任他們誤會就好。」

「抱歉在你說得這麼帥氣的時候打岔，不過你還是稍微怕一下吧。特別是在你的父母親面前。」

莎夏從旁說了多餘的話。

「啊，喂，話說回來，我有件事一直想問你──」

這時鐘聲正好響起，艾米莉亞走進了教室。

「什麼事？」

「算了，之後再說。」

語罷，莎夏便轉向前方。

「各位同學大家早。事不宜遲，今天要來發表前幾天地城測驗的結果。」

艾米莉亞依序發表各組的分數，記錄在黑板上。除了我們之外，沒有小組抵達地下藏寶

庫，大都是三十～五十分。目前最高分是七十分。

「——最後是阿諾斯組的得分。阿諾斯組取得了據傳是放在最底層的權杖。」

艾米莉亞這麼一說後，教室立刻嘈雜起來。

「但非常遺憾的是，權杖在鑑定之前就被某人偷走了。」

教室這次是一片譁然。

「目前德魯佐蓋多正在全力追緝犯人。在這之前，阿諾斯組的分數將暫定是目前最高得分的七十分。」

砰的一聲，隔壁響起了拍桌聲。

「我無法接受。」

莎夏起身說道。

「權杖被偷是學院的過失吧？如果要暫定分數的話，當然是要滿分才對吧？」

「我能明白莎夏同學的心情，但考慮到各種可能性，所以這次請讓我們這樣處理。」

「什麼各種可能性啊？」

「這我沒辦法說明，是學院的決定。」

莎夏瞪著艾米莉亞，眼瞳眼看著就要浮現「破滅魔眼」了。

教室內悄悄傳來揶揄般的低語。

「也能認為是為了取得滿分，所以自己偷走的呢。在權杖是假的這件事曝光之前。」

以這句話為契機，接二連三傳來其他低語。

「啊……是這樣啊。也有這種看法嗎？」

「也是呢。就算魔法再怎麼厲害，終究還是不適任者……」

「……畢竟是白制服呢。老實說，權杖怎麼可能由皇族以外的人發現到。認為是自導自演還比較妥當吧……」

「可是，有莎夏大人在耶。」

「莎夏大人居然也加入了不適任者的小組，肯定有問題啦。」

聽到這種嘈雜聲，莎夏就以要瞪死人的氣勢，將「破滅魔眼」掃向教室內。

「喂，你們就讓我說句話吧。」

周遭轉眼間瀰漫著緊張的氣氛。

「阿諾斯沒有做出任何不當行為。說什麼因為不是皇族、因為是不適任者，你們是要停止思考到什麼時候？即使他一直拿出成果來，卻仍對他的實力有疑問的話，就先正眼看著我的魔眼說話。」

學生們全都從莎夏身上別開視線，教室內變得一片鴉雀無聲。

「咯、咯咯咯，哈哈哈哈哈。」

我忍不住大笑起來。

「喂，阿諾斯，你現在是在笑什麼啦？」

「沒有，就想說妳似乎變了很多呢。真不愧是我的部下。說得好啊。」

莎夏不服氣地噘起嘴。

「總覺得被你嘲弄了……」

「哎呀，收起那危險的魔眼吧。不過就是測驗的分數，就算不這麼生氣也不會怎樣。」

隨後，莎夏低聲嘟囔起來。

「……是你說想要滿分的耶。」

什麼嘛，是這樣才生氣的嗎？真是可愛的傢伙。

無所適從的莎夏正要坐回椅子上，後方座位的人倏地舉起手來。

「我也認為學院這次的決定是錯的！」

站起來的是一名白制服的女學生。有著一頭獨特的栗色及肩捲髮、圓滾滾的大眼睛，以及一張可愛的臉蛋。

「唔，是叫什麼名字來著……？」

「米莎．伊里歐洛古。」

米夏小小聲地告訴我。

「艾米莉亞老師雖說是考慮到各種可能性，那麼，假如取得權杖的是黑制服的學生時，學院也會做出相同的對應嗎？」

米莎公然向艾米莉亞提出質詢。

「這難道不是在歧視混血嗎？」

跟著發出凌厲責問的米莎，白制服的學生們發出「對啊、對啊」的聲音。

「總是這樣瞧不起我們！」

「皇族有這麼了不起嗎！別說是老師，就連七魔皇老也一樣，不是誰都贏不了不適任者的阿諾斯嗎？」

「或許意外地，就只是為了要保護自己的立場，所以才不想承認真正的魔王不是嗎？」

就像是要宣洩過往的不滿一般，白制服的學生們紛紛叫囂起來。

不過，艾米莉亞卻對此無動於衷，以冷淡的語調說道：

「米莎同學，皇族是完全繼承始祖之血的人。優待有可能成為始祖器皿的魔族是理所當然的吧？我想妳也知道，要平等對待皇族跟你們混血的言論，算是在批評皇族唷？」

「所以我說這是錯的。為什麼同樣都是魔族，卻得因為始祖之血的濃淡遭到冷遇？」

艾米莉亞唉地嘆了口氣。

「在學院是不允許進行統一派的活動的。請坐下吧，不然我就要下達相應的處分了唷？」

「為什麼能說皇族是正確的、皇族就不會做壞事呢？這次的事件，說不定就是皇族為了不讓白制服拿到滿分所策劃的啊？」

「這是絕對不可能的事。妳今天可以回去了。日後我再跟妳交代處分。」

「為什麼能說是絕對不可能？」

「到此為止了。開始上課。」

「艾米莉亞老師！妳想逃嗎？」

艾米莉亞毫不理會米莎，在黑板上寫起魔法文字。

「那就開始今天的課程了。」

我倏地舉手。

「有什麼事嗎？阿諾斯同學。如果是權杖的事，就跟剛才說明的一樣。在學院發現犯人之前，成績就暫定是這樣了。這是既定事項了唷。」

「唔，也就是說，只要找出犯人就好了吧？」

艾米莉亞露出驚慌的表情。

「那個……是這樣沒錯……」

「我對權杖施展了『痕跡(meizu)』。」

「咦……？」

「痕跡」是藉由留下魔力的痕跡，讓魔眼能追蹤對象物在何處的魔法。如果是用我的魔力與魔眼的話，不論是天涯海角都能找出來。

「原來如此，在那裡嗎？」

我站起身，朝著那個地方筆直走去，然後在某位學生面前停下腳步。

「幹、幹麼啦，阿諾斯……？」

黑制服的學生說道。我記得說出「也能認為是為了取得滿分，所以自己偷走的呢。在權杖是假的這件事曝光之前。」這句話的，就是這傢伙呢。

「先說好，我可沒偷喔。要說是我偷的話，就拿出證據——啊——」

我的右臂不由分說地貫穿黑制服學生的腹部。

「雖然是不錯的藏匿處，但要藏在身體裡的話，反魔法就要弄得再森嚴一點。看得一清二楚喔。」

我從黑制服學生的體內拔出權杖。

接著一腳踩在當場倒下的男人頭上。

「竟敢動我的東西，別以為能輕易了事啊，竊賊。」

我用魔法將被血弄髒的權杖洗淨，走到艾米莉亞身旁。

「皇族不可能會策劃這種事，妳剛才是這麼說的吧？唔，看來是發生了絕對不可能發生的事了。那麼，妳打算怎麼處理啊，艾米莉亞？」

艾米莉亞啞口無言，只是不斷張合著嘴巴。我溫柔地讓她握住權杖，然後，殘虐地朝她笑了一下。

「要故意讓人偷的話，就要做得再漂亮一點。」

艾米莉亞的身體顫了一下。

哎呀哎呀，猜中了嗎？這只是在套她的話耶。

「我開玩笑的。開始上課吧。」

用恢復魔法治好倒地男人的腹部後，我回到自己的座位上。背後傳來跟往常不同的女性尖叫聲。

「……怎麼辦，阿諾斯大人太帥了啦……！」

「真的超帥的！不僅強大、聰明，還跟我們一樣是白制服的學生！」

「而且還肯治療那種傢伙，真是太善良了呢。」

「就是說呀。不過，我或許有點羨慕那傢伙。」

「咦？羨慕什麼？」

「妳想想看，他可是讓阿諾斯大人把手插進肚子裡耶。我也想被插啊！」

「咦？肯定很痛吧？」

「一點痛算什麼啊！那可是阿諾斯大人的手耶。」

「嗯……要我的話，會比較想被踩耶……」

唔，雖然也混著一些腦袋有問題的意見，不過看樣子，風向也稍微變了呢。

§ 2 【社團】

授課結束的午休時間。

學生們一齊起身，為了用午餐離開教室。

關於權杖，好像決定由學院再次鑑定，並根據結果來決定我的小組得分的樣子。儘管不覺得他們會再度讓人偷走，不過看樣子，魔王學院似乎不太願意認同身為不適任者的我。

理由恐怕是跟艾米莉亞說的什麼統一派有關吧。

「阿諾斯大人。」

我起身後，一名白制服的女學生向我搭話。是方才頂撞艾米莉亞的米莎·伊里歐洛古。

「什麼事？」

「感謝您剛才的袒護。」

「別在意，那並不是在袒護妳。」

我這麼說後，米莎親切地笑了。

「不過多虧您，我才不用受到處分。要是阿諾斯大人沒有找到權杖的話，我肯定暫時無法來學校了。」

唔，也就是說，她抱著會受到處分的覺悟在堅持己見嗎？是個令人相當佩服的傢伙呢。

「妳叫米莎吧？」

「是的，很榮幸能讓您記住我的名字。」

「我問妳一件事，統一派是什麼？」

米莎不改笑容地回答：

「我想您也知道，迪魯海德現在幾乎是由皇族所統治。」

「大致上猜得到，但不清楚詳情。能告訴我嗎？」

「是的，我很樂意。」

米莎爽快答應，於是開始說明。

「雖然統治迪魯海德各地的是魔皇，但就算從魔王學院畢業，能當上魔皇的，也就只有完全繼承始祖之血的皇族。權力幾乎掌握在皇族手中，我們混血無法決定迪魯海德的任何事情。魔族現在是不管有沒有能力，都會被分成皇族與非皇族兩類。」

世人普遍認為混血也有許多種類。皇族與其他魔族的混血、皇族與人類的混血，以及皇族以外的魔族與人類的混血。皇族以外的魔族，是包含這些在內，全部稱之為混血的吧。

「想要比現今的制度還要強化皇族的特權，提倡皇族至上主義的是皇族派；相對地，想將皇族與混血一視同仁，讓魔族達到真正統一的是統一派。」

「在皇族支配國家的現狀下，那個叫什麼統一派的能自由地進行活動嗎？」

假如禁止在魔王學院進行統一派的活動，那在其他地方也差不了多少。

「當然是很不容易。不過，我們統一派也有強力的靠山。」

真意外呢。不過，既然皇族的勢力這麼龐大，要是沒有半個靠山的話，也不可能進行統一派這種像是謀反的行為啊。雖說是和平，但還沒辦法自由地發表自己的主張吧。

「靠山是指？」

「是七魔皇老之一的梅魯黑斯・博藍大人。他是七魔皇老之中，唯一贊同統一派思想的人物。」

七魔皇老啊。這樣的話，事情就有點複雜了。如果七魔皇老全是皇族派的話，構圖就簡單明瞭。只要認為：那些經營魔王學院的傢伙，將身為暴虐魔王的我設計成不適任者，意圖讓其他人或是自己等人取代成為暴虐魔王。

不過，統一派卻主張要對皇族與混血一視同仁。這要是受到認同的話，就枉費他們好不容易才把我設計成不適任者了。

也就是說七魔皇老也不是一塊鐵板嗎？還是說，站在統一派那邊，反而比較容易達成目的呢？

不等艾維斯的報告，實在無法做出結論呢。

「……阿諾斯大人，假如您對統一派有興趣的話，要我幫您介紹梅魯黑斯大人嗎？」

這項提議，不能當作是單純的親切之舉。如果是七魔皇老想跟我接觸的話，也能懷疑是有某種企圖。

算了，要是對面有所行動，也沒有不上鉤的理由。

「如果可以的話，我是很感謝，但能這麼快就見到面嗎？」

「是的。如果是阿諾斯大人的話，我想他一定會答應的。」

「喔，為什麼？」

「我們統一派相信阿諾斯大人就是暴虐魔王。小組對抗測驗中壓倒性的實力，還有在大魔法教練時展現魔法研究的睿智，全都不是尋常魔族能辦到的事。」

要是不拘泥於皇族的框架，實力就是一切。會認為我或許就是暴虐魔工的想法，要說的話也是當然的事。

不過，畢竟之前是那種反應，要是這麼容易就相信的話，反倒讓人起疑呢。從統一派的立場來看，也能說他們就只是發現到一個容易抬轎的對象吧。

「那個……請問怎麼了嗎……？」

「沒事。那麼，就幫我跟梅魯黑斯說一聲吧。」

聽我這麼一說，米莎就高興地微笑起來。

「我知道了。還有，要是您方便的話，現在能移駕到我們夥伴聚會的場所嗎？阿諾斯大人肯蒞臨的話，我想大家會非常開心的。」

唔，就當作是順便吧。去一趟也沒損失。

「那就帶路吧。」

「是的！請跟我來！」

米莎興高采烈地說道，神采奕奕地轉身走去。

在她的帶領之下，我們暫時離開教練場的某棟建築物，走向戶外。

「——話說回來，妳們也要來嗎？」

我向緊跟在兩側的米夏與莎夏問道。

「莎夏說想去。」

「無所謂吧？因為我是阿諾斯的部下，所以要一塊去。」

哎呀哎呀，好奇心真旺盛。

「就是這樣，米莎，追加兩個名額不要緊吧？」

米莎轉身露出笑容。

「當然沒問題啊。兩位也都相信阿諾斯大人就是暴虐魔王吧？」

米夏點了點頭。

「能不能別把我跟妳混為一談？我不是相信，而是知道。」

莎夏態度傲慢地說道。

真是的，不知道是在爭什麼。

「是這樣啊。不過，混沌世代的莎夏同學這麼說的話，更增加說服力了呢。那就更讓人歡迎妳了喔。」

米莎露出滿面笑容。

「如果可以的話，想請教妳知道了什麼？」

「這不是我能決定的事喔。」

米莎看著我。

「我可沒有證據喔。如果有，那我就不會是不適任者了。」

總之先這麼說了。

「可是，莎夏同學說她知道……」

「那兩人是特別的。」

米莎霎時沉默下來，喃喃說道：「是這樣啊。」

是在意她們哪裡特別吧？不過也沒有特地再問下去。

不知為何，莎夏似乎有點高興。

「喂，妳的夥伴是指統一派吧？德魯佐蓋多可是禁止進行統一派活動的，要是聚集起來，不是會被盯上嗎？」

「沒問題的。關於這件事我們也曾相當煩惱，但已經想到就算被盯上也不會有問題的名義了。」

米莎停下腳步。這裡是社團塔當中的其中一座。

德魯佐蓋多的校地上建有好幾座塔，其中幾座是作為社團活動的場所，提供給學生們在校內進行共同的喜好或有興趣的活動。

關於社團，有鍛鍊劍術的劍術社、研究魔法的魔法研究社等等，有著各式各樣的社團。

塔的入口處掛有牌子，上頭大大記載著社團名稱——

阿諾斯粉絲社。

「呵呵呵，這你們覺得如何？成為阿諾斯大人的粉絲，組成支持阿諾斯大人的粉絲社了。我們進行的不是統一派的活動，就純粹只是針對阿諾斯大人日常的發言、威風凜凜的模樣，互相談論他說了很棒的話啊、他真的好帥啊之類的話唷。」

「妳是笨蛋嗎！」

莎夏猛烈吐槽了說得得意洋洋的米莎。

「雖然妳這麼說，但由於有遵守魔王學院的院規，所以不怎麼會遭受處分。因為只要有遵守規矩，梅魯黑斯大人也就能幫忙說情了。」

米莎一邊這麼說，一邊推開社團塔的大門。

「而且，阿諾斯粉絲社只是用來掩人耳目的偽裝唷。這裡頭可是每天都在認真討論，要如何才能推翻皇族派的暴政。」

一走進社團塔，裡頭的學生就朝我一齊轉頭看來。

「呀啊啊啊啊啊啊啊啊啊啊啊啊啊！是阿諾斯大人，是阿諾斯大人耶！」

「騙人，真的耶。為什麼？怎麼會在這裡！」

「該怎麼辦啊——？我現在該不會是在跟阿諾斯大人吸相同的空氣吧？」

「對、對呀——這樣的話、這樣的話，是間接接吻啊啊啊！」

「冷、冷、冷冷冷、冷靜下來！要是這樣的話，妳就跟這裡所有的人都間接接吻了啦！」

莎夏冷眼看向米莎。

「妳剛剛是說認真討論什麼來著？」

「啊、啊哈哈……真是慚愧。本來應該是掩人耳目的偽裝，但是等我們注意到時，大家一下子就被阿諾斯大人的魅力迷倒了呢……」

「這不只是該慚愧的程度吧。」

就在這時，一名女學生下定決心似的站在我面前。

「阿、阿諾斯大人！能、能請您在這上頭簽字嗎？」

這麼說完，女學生展開了「契約」。

唔，契約內容是要發誓成為我終生的粉絲嗎？對我毫無壞處，坦白說，這只能說是份腦子有問題的「契約」呢。

「等等，禁止偷跑！也請您簽我的！」

「我也要、我也要！」

學生們紛紛聚集到我身旁，展開「契約」魔法。不論再怎麼用魔眼凝視，這都是份只對她們不利的契約。

「這在現代很常見嗎？」

向米夏詢問後，她忙不迭地搖起頭來。

「只有受歡迎的人。」

說我受歡迎，也挺讓人難為情的就是了。

「就算是受歡迎，這份『契約』也不太對勁吧？一點意義也沒有。」

「兩千年前沒有粉絲社嗎？」

「抱歉，我連聽都沒聽過。」

米夏沉思了一會後說道：

「大家想展現忠誠。」

唔，原來如此。是忠誠啊。這麼說來，能感到跟辛那傢伙類似的氛圍呢。也就是將對我宣誓忠誠的行為本身視為榮耀啊。還以為這種奇特的魔族就只有他了，時代也是會變的呢。

「那、那個，各位，不行突然就要人簽契約啦。凡事都要有個先後順序。」

米莎擋在我與央求簽字的女學生們之間。

「除了妳以外，好像沒有正常人呢。統一派沒問題吧？」

「……我想大家該認真的時候，還是會認真的吧……啊哈哈……」

米莎只能笑著打哈哈的樣子。

「算了，用不著在意，米莎。不過就是簽字，要我簽再多也無所謂。」

「咦？是這樣嗎？那就麻煩您了！」

米莎以驚人的氣勢施展「契約」，向我低頭拜託。

妳也是嗎——莎夏用這種眼神看著她。

「啊、啊哈哈……也沒什麼不好吧……」

「咦——米莎，妳太狡猾了！這是偷跑，妳偷跑！」

「對呀、對呀。大家都想成為阿諾斯大人簽字的第一號耶！」

面對女學生們的抗議，米莎堂而皇之地說：

「不，唯獨這件事我無法退讓。帶阿諾斯大人來的人是我，我應該有資格拿到簽字的第一號！就算竭盡全力，我也要拿到第一號！」

大概是米莎進入戰備狀態了吧，她身上冒出魔力粒子。

唔，魔力的波長和一般魔族不同呢。這是混了精靈之力嗎？

「就算對手是米莎，我也不會輕易敗北的唷……」

「沒錯、沒錯。就算要捨棄其他事物，唯獨簽字第一號我是不會讓給妳的！」

其他的女學生們也開始釋放魔力，不知為何演變成一觸即發的氣氛。

「……妳們稍微冷靜一下。為這種無聊的小事吵架，是想怎樣啊？」

莎夏提出忠告後，女學生們紛紛說道：

「不！阿諾斯大人的簽字有賭上性命的價值！」

「是呀，就算會死在這裡，我也無怨無悔。或許看在妳眼中很可笑，但我們有無法退讓的事物！」

米莎露出達觀的表情，平靜地說道：

「莎夏同學，妳就儘管笑吧。我們喜歡阿諾斯大人的心情，是絲毫不會退讓的。因為我們是阿諾斯粉絲社啊。」

魔力與魔力迸出火花。就在她們要一齊動作的瞬間，我開口說話了。

「唔，總而言之，只要全員都當上簽字的第一號就行了吧？」

我的話語，讓女學生們突然靜止下來。

「雖是這樣沒錯，但全員都是簽字第一號會有矛盾吧？就算再怎麼同時簽字，也還是會有零點一秒、零點零一秒的誤差。就是這個誤差，區分了第一號與之後的號碼……」

「為什麼要對簽字第一號這種事認真啊……只差零點一秒的話，就當作是同時簽下的不就好了……」

莎夏發起牢騷。

「哎呀，信念因人而異。我不會嘲笑妳們的。但是，假如相信我是暴虐魔王的話，就別把那種矛盾說得像是不可能一樣。」

我在全員的「契約」上簽字。

「咦、咦？呀啊啊啊啊！快看、快看！簽字、簽字了耶！」

「我也是、我也是！而且妳看！契約時間連零點一秒的誤差都沒有。就連零點零零零零一秒也沒有。完全是同一時間耶！」

「真的耶！這樣的話，大家都是第一號了啊啊啊啊！」

「可是、可是，這是怎麼辦到的？這種事情可能嗎？」
我向表示驚訝的女學生們說道：
「這沒什麼，只是用『時間操作(ebaido)』瞬間停止時間，然後在每個人的『契約』上簽字而已。」
如悲鳴般的尖叫聲突然響起。
「居然能停止時間簽字，真的是太酷了啊啊啊啊！」
「被做了這麼帥氣的事，我連心臟都要停下來了啦啦啦！」
真是傷腦筋耶。
「竟為了簽字這種事吵成這樣呢。」
「既然這麼想，就別為了簽字這種事停止時間啦……」
莎夏在一旁碎碎唸著多餘的話。

§3　【一半的魔劍】

「不、不好意思。給您添麻煩了……」
等簽字的事情告一段落後，米莎像這樣朝我說道。
「大家都是第一次遇到活生生的阿諾斯大人，所以慌張起來的樣子。」
「這種說法，總覺得很討厭呢……」

聽莎夏這麼說，身旁的米夏也頻頻點頭。

「像是在說酒。」

「唔，生阿諾斯酒嗎？」

「這個不用深入討論啦。」

莎夏傻眼似的吐槽。

「只不過，也有好幾個人是同班同學吧？又不是今天才第一次遇到，真搞不懂活生生的意思。」

「啊——該怎麼說好呢。阿諾斯大人有種與世隔絕的氛圍，也有著像是不把我們這種人放在眼裡的地方。儘管一直待在同一間教室裡，卻覺得直到今天才第一次被認識到。」

「也是，老實說，我是沒放在眼裡。」

「啊哈哈……說的也是呢……」

米莎看起來有點消沉的樣子。

「別在意，我就只是抱持著對沒興趣的事物要徹底無視的主義。」

「這沒有安慰到人喔。」

就像在同意莎夏似的，米夏點了點頭。

「不過我今天記住了。今後就盡情品嘗活生生的我吧。」

「這種說法，總覺得很猥褻呢……」

米夏不可思議地微歪著頭。

「活生生的阿諾斯很猥褻？」

「沒事，米夏不需要知道。」

米夏面無表情地望著上空喃喃自語。

「……好在意……」

「啊，這樣的話，米夏同學，妳要不要加入阿諾斯粉絲社啊？我想能學到許多事情唷。」

米莎的勸誘使得莎夏連忙反對。

「絕對不准！怎麼能讓妳們對我的米夏灌輸些不三不四的事情啊！這種一有縫隙就勸誘一般的行為，能麻煩妳住手嗎？」

「啊，既然如此，莎夏同學要不要也加入啊？」

「嗄？為什麼會變成這樣啊？」

莎夏驚訝地叫道。

「因為，妳是在擔心米夏同學對吧？一起加入的話，不就能安心了嗎！」

米莎笑咪咪地說道。

「我拒絕。再說我也沒理由要加入這種社團。」

「是這樣嗎？那還真是遺憾。」

說完，米莎靠到莎夏的耳旁低聲說道：

「……現在加入的話，還附贈阿諾斯大人的偷拍魔法照片作為特別贈品耶……」

「那種東西——」

莎夏突然朝我看了一眼。

「我才沒有興趣呢。」

莎夏一邊這麼說，一邊把臉靠向米莎，小聲地詢問。

「……我順便問一下，是怎樣的照片？」

「呵呵呵，要看嗎？也有在更衣時的瞬間拍到的半裸照片唷？」

「半裸……？這……這種不健全的照片……太、太過分了……！」

莎夏滿臉通紅地叫道。

「啊，妳討厭那種的嗎？那我會準備更加健全、擺出凜然表情的照片……」

「等、等等……」

米莎露出愣住的表情。

「咦？」

「為了小心起見，我要看。是為了小心起見。」

莎夏強調著「小心起見」這四個字。

唔，她們到底是在聊些什麼啊？雖然只要傾耳去聽，就能輕易聽到內容，不過也沒必要做到這種程度吧。

「我知道了。東西放在二樓，我這就帶妳去看。阿諾斯大人，能請您稍微等一下嗎？」

「無妨。」

莎夏就像是被拉攏似的，跟著米莎上去二樓。

「米夏不跟去嗎？」

「因為阿諾斯沒去。」

「是這樣啊。」

「嗯。」

過了一會，米莎從樓梯上衝了下來。

「讓您久等了。」

「莎夏怎麼了？」

「呵呵呵，正在享受的樣子。」

米莎耐人尋味地說。

「那個……阿諾斯大人，其實我有件事想拜託您……」

跟方才的態度截然不同，米莎露出認真的表情。

「什麼事？」

「儘管非常清楚這是很不要臉的請求，但能讓我們加入阿諾斯大人的小組嗎？」

原來如此。不過這也算是妥當的請求。

因為除了我之外，組長全都是皇族呢。要聽從他們的指示，對統一派來說會很不甘願吧。

「我收部下是有條件的。」

「是怎樣的條件？」

「要有實力，不然就是要有趣。」

聽我這麼一說，米莎就困擾似的笑起。

「果然沒這麼簡單呢……」

「妳為何要進行這種活動？」

「這種活動，是指統一派嗎？」

「是呀。迪魯海德確實是受到皇族所支配，使得魔族被分成兩類。不過，這也沒什麼好困擾的。他們的治理周到，讓迪魯海德很和平。只要無視不具權力這點，生活就能過得相當舒適吧？」

即使有著皇族問題，但相較於兩千年前，算是相當良好的時代了。畢竟在神話時代，弱者只會死去呢。就算弱小也不會因此喪命，可是很奢侈的一件事。

「沒有強大實力的你們要讓魔族正確地統一起來，就只會讓自己置身險境吧？」

「……這個嘛，確實就如阿諾斯大人所說的。」

霎時間，米莎低垂著頭。但很快就像振作起來似的把頭抬起，露出笑容。

「要是方便的話，能讓我帶您去參觀我們的社團塔嗎？我有樣東西想讓您過目。」

看來並不是不想回答的樣子。

米莎望來熱衷的視線。

「帶路吧。」

「是的！請跟我來！」

米莎走上階梯，為我簡單介紹社團塔的內部。

二、三樓擺放著阿諾斯粉絲社的相關物品，平時的活動是在這裡進行的樣子。能輕易看到以我為範本的雕刻，或是將我入學以來的英勇事蹟彙整起來的日誌。

四樓是能供人過夜的居住空間，五樓則是擺滿著迪魯海德的歷史書與魔族相關的書籍。雖然大略看了一下，不過沒看到認真記載兩千年前事蹟的歷史書。

再次走上階梯，來到最上層。

房間中央有個石造台座，上頭插著一把魔劍。

唔，樣子真奇特呢。以潛在性來說，能感受到不下神話時代極品的魔力，但卻是不完全的狀態。就像是被從中間縱切開來似的，這把魔劍只有半把。

「想讓我看的就是這個嗎？」

「是的。」

米莎緩緩走向前，停在一半的魔劍前方。

她注視著那把劍。儘管久久不發一語，但我決定默默地等待。

不久後，她平靜地說道：

「……阿諾斯大人或許已經注意到，我並不是純粹的魔族。我的父親雖是魔族，但母親是精靈。」

半靈半魔嗎？難怪能感受到精靈的力量。只不過，精靈與魔族居然會有結合的一天，這比得知有人類與魔族的混血時還要讓我驚訝。

「聽說母親在生下我不久後就過世了。」

米莎有點悲傷地說道。

「我跟父親，則是從來沒有講過話。就連長相與名字都不知道。」

「為什麼？」

「父親是皇族，而且身分地位似乎相當高。說不定是統治迪魯海德某處的魔皇。」

「這又怎麼了嗎？」

隨後，米夏說道：

「皇族有留下皇族子孫的責任與義務。當親族之中混入了皇族以外的血統時，那一族就會從本人到三等親內的所有人為止，全都從皇族之中除名。」

「原來如此。不只會殃及自己，甚至會對親族帶來影響嗎。」

就算女兒是混血，本人的血統也不會因此變淡。還真是想出了個腦袋有問題的規定。

「跟米夏同學說的一樣。當然，我想父親也很清楚這件事。其實是不應該愛上皇族以外的人的。儘管如此，卻還是無可奈何地喜歡上母親了吧。」

米莎呵呵笑起。

「不過這只是我的妄想呢。想說，要是這樣的話就好了……」

米莎雖是這麼說，但要不是真心愛上的話，應該不會甘願冒著這種風險吧。畢竟就連自己的處境都會有危險。

「父親是不可能和我說話的。要是讓人知道他有個半靈半魔的女兒，他就會失去一切。所以不只是無法見面，就連長相和名字都沒有讓我知道。」

姑且不論自己，應該是認為不能連累親族吧。

「唯獨在我十歲生日時，他隱瞞所有人，派出貓頭鷹使魔，送給我這把一半的魔劍。」

米莎溫柔地摸著劍柄。

「其實不要留下這種痕跡會比較好呢。不過，因此我認為，這是無法跟我說任何話的父親送來的訊息。這把劍的另一半，肯定是在父親手上。如今一分為二的這把魔劍，總有一天絕對會合而為一。會迎來皇族與混血正確地握手言歡的一天。為了實現這件事，父親正在奮戰；他絕對會來迎接我，所以要我好好等著。我想他是要跟我傳達這種訊息。」

米莎轉過頭來看我。

「迪魯海德很和平。皇族的治理很優秀，確實連沒有雙親庇護的我都有辦法上學，可以過著沒有任何不便的生活。」

說到這裡，她停下來露出悲傷的笑容。

「可是，比起過著沒有任何不便的生活，我更想要就算貧窮，也能和父親笑著度過的每一天。」

這是勉強自己吐露感情一般的話語。

「讓父親與女兒分離，就連說話也辦不到。我想由我來結束這種悲哀的事。大家都跟我一樣。統一派的各位，全都在皇族的和平統治之下見不得光，無法與親族見面、失去家人，有著這種經驗的人太多了。」

米莎以訴求般的眼神注視著我。

「儘管如此，理想與現實的鴻溝卻也太深了。所以，阿諾斯大人。當在學院看到你時，當你用壓倒性的魔力蹂躪皇族時，讓我們覺得總算是看到希望的光芒。因此能夠相信你就是暴虐魔王。」

「唔，那假如我不是始祖的話，你們打算怎麼辦？」

「無所謂。假如是為了贏取這微薄的幸福，我們不惜與始祖一戰。」

米莎明確地斷言。

「我們相信的是你的話語。因為你宣稱自己是暴虐魔王，所以才相信的。」

並不是需要始祖嗎。

對統一派來說，確實是沒有追求皇族始祖的理由。

「阿諾斯大人，還請原諒弱小的我們。然後，請您跟我們一起並肩作戰……」

「下次的小組對抗測驗是在什麼時候？」

大概是沒料到我會這麼問吧，米莎當下回答不出來。

「後天。」

米夏說道。

「那麼，米莎，後天就向我挑戰吧。」

她半張著嘴，目瞪口呆地看著我。不需要說出口，她的表情就如實述說著：她實在是力有未逮的事實。

「可是……」

「我不會要妳贏，但我不需要只想依靠我的力量的部下。假如妳不惜與始祖一戰的話語毫無虛假，就展現妳的覺悟吧。」

米莎緊抿唇瓣，就像下定決心似的點頭。

「我明白了。我絕對會回應阿諾斯大人的期待。」

「那麼，就把莎夏叫回來，去吃午餐吧。」

離開最上層，我們走下階梯。

「話說回來，阿諾斯大人慣於用劍嗎？」

米莎問道。

「不，我的劍術就只有靠蠻力在揮舞的程度呢。為何這麼問？」

「那個，因為明天是大魔劍教練，所以想說或許能見識到阿諾斯大人的英姿。」

這麼說來，是有聽過這件事呢。

「我記得是有外部的講師會過來吧？」

「是的，聽梅魯黑斯大人說，這次說不定會跟大魔法教練的時候一樣，是由七魔皇老過來授課。」

唔，阿伯斯．迪魯黑比亞也很清楚，我隱約察覺到他的存在了吧。是打算怎麼出招呢？就讓我拭目以待吧。

「還有，這件事學生們大概還不知道，不過會有轉學生來唷。」

米莎耐人尋味的話語，我並沒有特別放在心上。

§ 4 【鍊魔劍聖】

隔天——

德魯佐蓋多魔王學院，第二訓練場。

在上課鐘聲響起後，艾米莉亞走進了教室。她身後跟著一名黑制服的男學生。

「各位同學大家早。今天要先為各位介紹一名轉學生。」

艾米莉亞在黑板上寫起雷伊．格蘭茲多利這個名字。

黑制服的學生向前走出一步。

「大家好，我是雷伊．格蘭茲多利。其實第一天就應該要來上課了，但因為某些原因，所以才會在這種不上不下的時期轉入。因為有許多不清楚的地方，所以說不定會向大家請教很多事情，到時就請各位不吝賜教了。還請多多指教。」

聲音清澈、一頭白髮與淺藍色的眼瞳、美麗的中性容貌，還有帶著淡淡微笑的表情，散發著一種清爽的印象。

「……喂，那傢伙是七芒星喔……」

「笨蛋，你在說什麼啊，這是當然的吧。他可是雷伊．格蘭茲多利喔。混沌世代之一。鍊魔劍聖。據說不只是魔劍，就連魔族應該無法使用的靈劍與神劍都能運用自如，是超乎常

規的怪物。」

「還想說有聽聞他入學的消息，怎麼卻沒看到人，原來是還沒來到學院啊……」

混沌世代啊。跟莎夏一樣，似乎相當出名的樣子呢。

「雷伊同學能施展『魔王軍』的魔法，所以能擔任組長，不知你想要怎麼做？」

「也是呢。該怎麼做呢？」

雷伊以爽朗的語調說道。

似乎是不怎麼好戰的類型呢。

「雖然其他學生已經決定好組別了，但在明天的小組對抗測驗之前，還有時間找齊組員。當然，這次先加入其他人的小組，等下次小組對抗測驗時再作為組長參加也沒有關係，但依你的實力，加入其他小組也……」

艾米莉亞的話語之中，處處都能看出她想讓雷伊擔任組長的意圖。

「我跟大家也還不熟，這次就先加入其他人的小組吧。」

「咦……？」

是因為沒想到被稱為混沌世代的人物會說出這種話來吧，艾米莉亞發出困惑的聲音。

「我、我知道了。由於沒辦法立刻找到想成為組員的學生，就先暫時加入其他人的小組。不過想成為雷伊同學組員的學生，大概很快就會增加，所以就等到這之後再擔任組長。」

「不過我不太適合擔任組長就是了。」

雷伊坦率說道。

「就算你這麼說，不過我想就連你加入的小組組長，也肯定會認為你比較適合擔任組長的唷。」

唔，艾米莉亞那傢伙相當偏袒雷伊的樣子，是有什麼理由嗎？

「那麼，由於要讓雷伊同學選擇小組，所以請組長們起立。」

「不需要那麼費事唷。」

艾米莉亞不可思議地看著雷伊。

「你已經知道組長的長相與名字了嗎？」

「沒有，完全不清楚。」

艾米莉亞的表情愈來愈疑惑。

「不過，我知道一個人唷。」

這麼說完後，雷伊邁開步伐。

教室內的視線集中在他身上，傳來竊竊私語的聲音。

「……他是打算加入誰的小組啊……？」

「他可是鍊魔劍聖耶？我們班上有能制得住那種傢伙的組長嗎？」

「啊，他該不會以為莎夏大人是組長吧……？」

「也對，是會這麼想呢。畢竟任誰也想不到，破滅魔女成為了白制服的組員吧。」

雷伊筆直走向莎夏的座位，然後就這樣從她身旁通過。

停在我的座位前。

「嗨，初次見面。我是雷伊・格蘭茲多利。」

雷伊帶著爽朗的笑容向我問道。

「你的名字是？」

「我是阿諾斯・波魯迪戈烏多。」

「那麼，阿諾斯同學，能讓我加入你的小組嗎？別看我這樣，我勉勉強強算得上擅長用劍，肯定能派上用場的。」

唔，真是意外的要求。

「為什麼你知道我是組長？」

「因為你的魔力是這個班上最強的。」

能毫不恐懼地感受到我的魔力啊。也就是說，這傢伙本身也具有相當的魔力。

「就算我是白制服？」

聽我這麼一說，雷伊露出彷彿現在才注意到的表情。

「啊，聽你這麼一說，是這樣沒錯呢。我只有在看魔力。」

雷伊呵呵笑起，將自己的失敗一笑置之。

「不過，阿諾斯同學還真厲害呢。通常白制服是當不了組長的。」

「沒什麼，慣例只要打破就好。」

雷伊噗哧笑起。

「我果然想加入你的小組。似乎會很有趣。」

雷伊伸手要和我握手。

還真是個爽朗的男人呢。

「雷、雷伊同學，那個，你要加入誰的小組都沒問題，但阿諾斯同學的印記可是……」

「印記……？」

雷伊朝我制服校徽上，不適任者的烙印看去。

「啊，那你就是傳聞中的？魔王學院有史以來的第一位不適任者？」

「似乎是這樣呢。」

「哦～連魔力這麼強的人都會成為不適任者，那適任性檢查究竟是用來做什麼的啊？」

雷伊說出的單純疑問，把艾米莉亞嚇了一跳。

「雷、雷伊同學，那種發言算是在批評皇族唷？」

「啊，不好意思。那麼，能麻煩妳當作沒聽到嗎？」

「要我當作沒聽到……」

雷伊那彷彿不把皇族當一回事的態度，讓我啞然失笑。

「你這傢伙還真是有趣。」

「是嗎？我這樣沒問題吧？雖然常有人說我不懂得看氣氛呢。」

「就是這點有趣。」

雷伊露出爽朗的笑容。

「我還是第一次被人稱讚這種地方唷。」

他這麼說之後，面向艾米莉亞。

「並沒有規定不能加入不適任者的小組吧？」

「那個，規則上是這樣……但作為皇族，作為被視為魔王始祖轉生的混沌世代之一，我認為必須做出適當的判斷。」

艾米莉亞就像在逼他遵守共同默契似的說道。

「我知道了。要做出適當的判斷呢。」

雷伊這樣回答後，就收斂起表情，再次面向著我。

「那麼，就是這麼一回事，能重新請你讓我加入阿諾斯同學的小組嗎？」

唔，這傢伙是認為，只要擺出與皇族相稱的表情就好了嗎？

真的是完全不懂得看氣氛的男人呢。艾米莉亞等人太過驚訝，各個瞠目結舌，就像下巴掉下來似的張大嘴巴，但他卻完全沒有注意到的樣子。

哎呀，真是太有趣了。

「……這、這是怎麼回事啊？為什麼那個鍊魔劍聖，突然就向不適任者投降了……？」

「……是啊，就算是暫時的，也沒有這樣選的吧……」

「還以為雷伊．格蘭茲多利來了，這下總算不用再看那個不適任者囂張了耶……」

像是皇族的學生們發出沒出息的低語。

「不愧是阿諾斯大人！不用打就讓人知道誰才是老大，超帥的啦！」

「對呀、對呀！就連鍊魔劍聖，也一下子就被阿諾斯大人的魅力迷倒了呢！」

「等等！我發現到一件很糟糕的事。」

「什麼事？」

「一下子就被魅力迷倒，這不就是一見鍾情了嗎？」

「咦咦咦——那麼，雷伊同學是我們的情敵嗎？」

「可、可是，妳瞧，他是男人耶……！」

「這種事在愛情面前可是沒有意義的！」

教室內響起腦袋有問題的阿諾斯粉絲社的聲音。

「可以嗎？似乎有人很失望喔。」

我暗指著皇族等人。

雷伊「嗯」了一聲，左思右想起來。

「老實說，我也在煩惱要是只有上不了臺面的組長的話，自己該怎麼辦才好呢。不過，阿諾斯同學絕對比我強吧？」

雷伊毫不掩飾地說道。他似乎一點也不在意我是不適任者的樣子。

儘管無法確定他說了多少實話，但不可思議地，他說的話聽起來也不像在說謊。

「是沒錯啦。」

「既然如此，就拜託你了。在能幹的領導人底下聽令行事，也比較符合我的個性。」

這份不受皇族束縛的自由，有著跟兩千年前的魔族相通的部分。

「事情就是這樣，可以嗎？」

「唔，這個嘛，我拒絕。」

「……嗯？」

雷伊的表情愣住了。

「只是想輕鬆地聽令行事的話，那你加入其他小組就好。無論如何都想加入我的麾下的話，就要展現相應的實力。」

「阿諾斯同學。」

雷伊突然擺出逼真的表情，以裝模作樣的語調說道：

「雖然我說想聽令行事，但絕對不是想落得輕鬆。我有無論如何都得要去做的事。沒錯，是使命。為了達成使命，我必須成為你的部下，登上這座魔王學院的頂點。請務必讓我進入你的小組！」

「這樣啊。那就展現相應的實力吧。」

「……奇怪了，我還挺擅長演技的呢……」

雷伊再度恢復爽朗的笑容。

是個讓人無法捉摸的男人呢。彷彿空氣般瀟脫。

「……鍊、鍊魔劍聖說想加入小組，但他卻拒絕了耶？」

「不愧是阿諾斯大人！太崇高了！真是太崇高了吧！」

「等等！我發現到一件很糟糕的事。」

「這次又怎麼啦？」

「……雷伊同學，剛剛說想要進入………」

「他是受嗎？」

面對在聊著莫名其妙話題的阿諾斯粉絲社，我向她們說道：

「正好，米莎，妳們就加入雷伊的小組。」

「咦？那個……是的。既然阿諾斯大人這麼說的話，我們會照做的……」

米莎儘管困惑，也還是這樣回答。

「你們就攜手合作，在小組對抗測驗中向我挑戰。要是表現得好，就讓你們加入麾下。」

「……我知道了。」

我接著朝雷伊看去。

「這你沒問題吧？」

「不過我不太適合擔任組長就是了呢……」

唔，儘管他剛才也說了同樣的話，但看起來也不像是在謙虛。組長明明是為了當上魔皇的必要條件，是儘管擁有力量，卻對權力與政治毫無興趣嗎？

「你還真有意思。如果可以的話，很想跟你玩一場看看，但要是你沒有興致的話，我也不勉強你。」

「算了，隨你吧。我也對你產生興趣了。」

雷伊乾脆到讓人掃興地改變意見。然後，他清爽地微笑起來。

「還請手下留情。」

「好吧。就以全力擊潰你。」

雷伊一臉不可思議的表情改口說道：

「其實我有個一歲的女兒在等我回家。」

「哎呀，也就是說你會為了活著回去，無論如何都會全力奮戰了呢。」

雷伊忍俊不住，噗哧地笑了起來。這也是在說謊吧。真是隨便的男人。

「這是為什麼呢？」

「什麼為什麼？」

「沒有啦，總覺得似乎能和阿諾斯同學相處愉快。」

「唔，還真巧呢。我剛好也這麼覺得。」

雖然是一時興起才這麼說的，但卻不可思議地感覺能接受這種說法。

§ 5 【大魔劍教練】

「好的，看來雷伊同學也決定好小組了，我們就趕快來上課吧。」

是因為雷伊如她所願的當上組長了吧，艾米莉亞興高采烈地說道。

「今天接下來要進行大魔劍教練。由於是實戰教練，所以請各位同學移往競技場。客座講師已經抵達了，請不要做出失禮的行為。」

學生們一齊起身，走出第二訓練場。

「阿諾斯。」

米夏向邁開步伐的我搭話。

「怎麼了嗎？」

「雷伊是熟人？」

她問了奇怪的問題。

「不是。我們看起來像熟人嗎？」

米夏點了點頭。

「好像很愉快。」

「哎，是個有趣的傢伙沒錯。」

只不過，熟人啊。跟我一樣轉生的部下，應該也在這個時代呢。

就算那個男人是其中一位部下，也沒什麼好不可思議的。

雖然統稱為轉生，但也有著各種情況。由於根源魔法的水準，沒有完全繼承記憶與實力的情況也並不罕見。話雖如此，也還是會在內心的某處留下印象。

「或許曾在兩千年前遇過也說不定。」

「喂，再不快點去，就要開始上課了喔。」

遠方傳來莎夏的呼喊。

「走吧。」

「嗯。」

與米夏並著肩，我再次邁開步伐。

來到競技場後，學生們就像是圍著什麼似的排成圓陣。位居中央的是艾米莉亞，以及兩名魔族。

一個是體格比常人大兩倍的巨漢。淺黑色的肌膚、粗壯的手腳、一身健壯的肌肉，並留著落腮鬍。

另一個體格普通，是留著黑色長髮、眼神銳利的男人。

「那麼接下來，就有請七魔皇老的蓋伊歐斯・安傑姆大人與伊多魯・安傑歐大人進行大魔劍教練。」

身材魁梧的是蓋伊歐斯，長髮的是伊多魯嗎？

外型確實是和我製作的魔族幾乎相同。魔力波長的感覺也很類似。只不過，說不定他們也被融合魔法奪走了根源與身體呢。

話說回來，沒想到會一次來兩個。

「蓋伊歐斯大人、伊多魯大人，今天請兩位多多指教了。」

艾米莉亞低頭問好後，就不妨礙授課地退到角落。

「哼，那就先來打聲招呼吧。」

他的聲音粗獷。蓋伊歐斯把手高舉過頭後，天空浮現數十個魔法陣。

「跟學生的人數一樣。」

一旁的米夏低語。

「似乎是這樣呢。」

魔力聚集在魔法陣上，並從中心突然出現劍的劍身。

「那、那是什麼……是魔劍耶……」

「等等，這是什麼誇張的魔力……那種東西要是掉下來的話……？」

學生們持續仰望著上空，像是畏懼著從魔法陣中露出的魔劍一般，向後退開。

「喂，可別亂動喔，小雞們。」

蓋伊歐斯的粗獷聲音響徹開來，把學生們嚇得顫了一下，乍然止步。

「沒錯，就這樣保持不動。要是亂動的話，恐怕會死人喔。」

蓋伊歐斯用力握拳，使勁地向下揮去。

「嗚喔喔喔喔喔呀啊啊啊啊啊！」

伴隨著怒吼，從魔法陣中落下雨點般的魔劍。

「唔、唔啊啊啊啊啊啊！」

「呀啊啊啊啊啊啊啊！」

競技場上到處傳來慘叫聲。

不過，學生們全都毫髮無傷。他們腳邊插著方才的魔劍。

「好啦，就試著拔起你們腳邊的魔劍吧。」

學生們戰戰兢兢地握住魔劍使力。

「咦，奇怪？拔不起來耶……」

「這是什麼……魔力被吸走了……？」

「唔、啊啊啊！手、手放不開！救、救命啊！」

到處再次傳來慘叫聲。

「哈哈哈。別哭叫了，小雞們。這就是所謂的魔劍。真正的魔劍會選擇使用者。假如不展現與魔劍相稱的實力，反而會吃到苦頭喔。注入魔力，把劍制伏吧。要是發呆的話，說不定會死人呢。」

唔，看來這些魔劍並不是用魔法產生，而是由他們帶來的樣子。他們是在瞬間判斷魔力的波長，配合在場所有學生選出適當的魔劍吧。

「大家也都知道吧？近期會在德魯佐蓋多舉辦魔劍大會。正因為是決定迪魯海德第一劍豪的大會，所以聚集了迪魯海德各地的參賽者。跟你們這些小雞不同，參賽者個個都是豪傑。所使用的魔劍得要自己帶去，但要是連這種程度的魔劍都弄不到，可是連參加都沒辦法。」

蓋伊歐斯像在鼓舞學生似的大聲喊道。

「想在魔劍大會上讓自己稱霸的話，就試著拔起這種程度的劍吧！要是能好好拔出來的話，要我送給你們也行喔。」

看向身旁，莎夏為了拔起魔劍，使勁地站穩腳步。

然而卻拔不起來的樣子。

「哈，怎麼啦，莎夏，妳拔不起來嗎？」

「……你很煩耶……」

米夏也想拔出魔劍，但好像不太順利。

「不擅長劍。」

也是啦，無關魔力多寡，每個人都有擅長與不擅長的東西。

老實說「蓮葉冰戒指」與「不死鳥法衣」是等級比這種程度的魔劍還要高出許多的魔法具，但兩人都能輕而易舉地配戴在身上。

話說回來，辛那傢伙儘管也能毫無節操地使劍，不過除此之外的魔法具卻完全不行。因為這個原因，他必須使劍來解決一切的事情，於是才把劍術練到登峰造極的樣子。

「……真要說來，阿諾斯不是打從剛才就連碰都沒有碰魔劍一下嗎？你該不會要說你拔不出來吧？」

「咯咯咯，咯哈哈哈。莎夏，玩笑話要適可而止啊。」

我朝眼前的魔劍瞪了一眼。

下一瞬間，魔劍就像服從我似的自行拔起，飄浮起來。

「……喂、喂，快看。阿諾斯那傢伙，不用手就把劍拔起來了耶……」

「……可惡，他是怎麼辦到的？我光是像這樣握著，就快要昏過去了耶……那傢伙是怪物嗎……？」

我握住飄在空中的魔劍。

「我拔不起來的劍，這世上就只有一把。」

「……還以為你會說連一把也沒有呢……」

「有一把神話時代的勇者所使用的聖劍。那是為了將我消滅，由人類的名匠所鍛造，而且寄宿著劍之精靈、受到眾神祝福的魔法具。唯獨那把劍，我實在是拔不起來。」

不過能使用那把聖劍的人，連那個時代也只有勇者加隆。如果是辛的話，或許就有辦法拔起來吧，但沒有機會嘗試呢。

說到底，魔族與聖劍的適合性很差。而且如果是為了消滅我而鍛造的劍，那個男人恐怕會在拔起來之前先破壞掉吧。

「好啦。」

我邁開步伐筆直向前。

「等、等等，你又打算做什麼了？」

唔，莎夏也變得相當了解我了呢。

「沒什麼，只是要讓無聊的課程稍微熱鬧一點。」

當我走到蓋伊歐斯面前時，他就像讚嘆似的說道：

「哼，竟能這麼輕易地拔起魔劍，看來也有令人期待的傢伙在呢。」

「我倒是很失望呢。因為說是大魔劍教練，還以為是要上什麼驚人的課程，沒想到居然是要陪著玩這種無聊的遊戲。」

遠方的艾米莉亞儘管一臉驚慌失措的表情，但眼前的蓋伊歐斯卻像是感到有趣地摸起下巴來。

「哈哈哈，你這傢伙還真是有趣。總之就是這麼一回事吧。希望我教你實戰的魔劍用法，對吧！」

蓋伊歐斯將手高高舉起。他的手上浮現一個巨大的魔法陣，從中出現一把比蓋伊歐斯的身高還要長三倍，厚實且巨大的魔劍。

他一拿起那把魔劍，就用單手輕盈地揮舞起來。光是颳起的風壓，就讓學生們東倒西歪，連忙站穩腳步。

「……糟了、糟了，那個是……蓋伊歐斯大人的極大魔劍格拉傑西歐……」

「我記得……是將尼爾山脈劈成兩半的魔劍吧……這已經不是劍的水準了啦……」

「哪怕是阿諾斯，這次也絕對死定了吧……」

唔，不愧是七魔皇老，魄力還算可以。雖然我的目的不只是要戰鬥，但稍微來玩一下吧。

「伊多魯，你要不要也下場來玩啊？」

向長髮的七魔皇老詢問後，對方立刻回以不愉快的眼神。

「要我們七魔皇老二打一？」

「沒什麼，我這邊也想兩個人一起打。」

我這麼說後，蓋伊歐斯就朝我豪放大笑。

「那好，就配合你擅長的戰鬥方式。另一個人是誰？」

我朝後方看去。

「在那裡的雷伊・格蘭茲多利。」

甚至還沒有要拔起魔劍的雷伊，用不可思議的眼神看過來。

「唔，那我們就接受挑戰。那麼，其他人可以退下了。我們現在就來讓各位見識一下，何謂魔劍的精髓吧！」

蓋伊歐斯將極大魔劍格拉傑西歐刺在地面上。競技場的地板一帶浮現魔法陣，展開將我和雷伊、還有兩名七魔皇老覆蓋住的魔法屏障。

「真受不了，每隔百年，就會出現一次這種不自量力的傢伙。」

伊多魯一張開雙手，就浮現出兩個魔法陣，顯現出一對魔劍。一把是冰魔劍；另一把是炎魔劍。

「喔，是炎魔劍傑斯與冰魔劍伊迪斯啊。那兩把魔劍還挺有趣的。就算只是擦過，前者也能瞬間讓對手化為灰燼，後者則是能將對手凍結粉碎。」

我朝還站在插在地上的魔劍前的雷伊走去，這樣說道。

「……比起那種事，總覺得我還搞不清楚狀況，就變得要跟七魔皇老對決的樣子，這沒問題吧……？」

「別擔心，這只是授課的一部分。不會被殺的。」

「這倒是無所謂啦。」

雷伊以爽朗的語調說道。

「要是贏的話，不會很糟糕嗎？」

呵、咯咯咯，咯哈哈哈。還以為他在擔心什麼，原來是這種事啊。

他果然是個有趣的傢伙。在這個時代，幾乎沒有魔族敢對七魔皇老誇下這種海口。

「就充分展現你的實力吧。你想對付誰？」

雷伊打量兩名七魔皇老，啟動魔眼。

「一定要選的話，就是那個冰炎二刀流吧。只拿一把劍似乎很不利呢。」

「喔，特意選擇不利的一方嗎？」

「想說配合氣氛，稍微苦戰一下會比較好吧。」

也就是絲毫不覺得自己會輸嗎？不這樣怎麼行呢。

「要來比誰先打贏嗎？」

「那要是我贏的話，能讓我加入阿諾斯同學的小組嗎？」

聽到他這麼說，讓我綻開了笑容。

「說半天，你出乎意料地起勁呢。」

「想說比起在小組對抗測驗中直接對付阿諾斯同學，還是這邊比較簡單吧。」

雷伊握住魔劍，理所當然似的拔起。然後在高高舉起後，他朝伊多魯投擲出去。

「………？」

伊多魯在用炎魔劍打掉後，投擲出去的劍就瞬間化為灰燼。

「還以為先發制勝呢。」

雷伊接著拔出一旁其他學生用的劍，然後再度丟向伊多魯。他當場跑了起來，接二連三地拔起魔劍丟向伊多魯。

魔劍會選主人。能拔起這麼多把魔劍，可是非比尋常的事呢。

「哼，在戰場上東張西望，可是愚者的行為唷。」

無聲無息繞到我背後的蓋伊歐斯，舉起極大魔劍格拉傑西歐。

「好好避開吧，小雞！」

他以驚人的氣勢揮下格拉傑西歐，巨大刀尖直接擊中我的腦袋。

劍壓在地上打出坑洞，粉塵激烈地揚起。

「什麼…………」

他倒抽了一口氣。因為極大魔劍格拉傑西歐在與我的腦袋相撞後，發出喀嚓一聲，刀尖應聲而斷。

「打的位置不好呢，蓋伊歐斯。腦袋可是很硬的喔。」

「……硬……是這種程度嗎？……能將山脈一刀兩斷的極大魔劍，為什麼……？」

我垂下魔劍，擺出下段姿勢（註：劍道招式中將劍尖降到對手膝部位置的動作）說道：

「不過就是將山脈一刀兩斷，難道你以為就能打破我的腦袋嗎？」

被我的殺氣嚇到，蓋伊歐斯立刻退開。不過，他在這瞬間看丟了我的身影。

「不見了……居然……消失了……？」

「別慌成這樣。我就只是散個步而已，蓋伊歐斯。」

我從背後用魔劍切開他的腳跟後，蓋伊歐斯就突然跪在地上。我用左手一把抓住位置變得剛好的後腦杓。

「好啦，不知道你還記得多少？」

連續施展起源魔法「時間操作」與「追憶」，清查他的表層記憶。

但是果不其然，蓋伊歐斯的腦海中也沒有阿諾斯．波魯迪戈烏多的名字。

用魔眼凝視，深深窺看蓋伊歐斯的深淵後，該說是不出所料吧，存在著兩個根源。一個根源是我正在調查記憶的蓋伊歐斯；另一個根源，恐怕是阿伯斯．迪魯黑比亞的魔族部下的吧。但既然不知道起源，就無法回溯到過去調查那名魔族的記憶。

也罷，是在預料之中吧。不覺得能在這裡抓到他的狐狸尾巴。

「要繼續嗎？」

我放開手，改用魔劍指著他的後頸。

「…………………………我認輸……」

蓋伊歐斯一臉苦澀地說：

七魔皇老的敗北宣言，使得競技場同時響起喧嚷與歡呼之聲。

§6 【雷伊的實力】

「……難以置信……七魔皇老的蓋伊歐斯大人，居然這麼輕易就輸了……」

「……剛才的情況……就連對決都不算吧……」

「……阿諾斯說的，該不會……是真的吧……？那傢伙真的是暴虐──」

「喂，你在說什麼蠢話！就算再怎麼強，那傢伙都不是皇族，那個不適任者怎麼可能會是暴虐魔王啊！」

「沒錯，重要的不是力量和智慧，而是我們體內流著的高貴血統吧？別忘了繼承始祖之血的皇族榮耀。那傢伙就只是徒有強大力量的不適任者。那傢伙的力量並不尊貴。」

能從觀眾席那邊聽到這種蠢話。

都親眼目睹始祖之力了，卻還是這麼冥頑不靈。儘管相當滑稽，但這也是阿伯斯．迪魯黑比亞的目的嗎？

只不過，就只是奪走我的地位，到底是打算做什麼啊？假如只是想要權力的小人物的話，是不需要特別在意，但至今仍不清楚那傢伙的目的。

「咯咯咯。」

聽到伊多魯的笑聲，我朝他那邊看去。

「那是最後一把了吧？儘管你耍小聰明，但也已經沒辦法再丟了呢。」

放眼望去，插在競技場上的劍全都沒了。

剩下的就只有雷伊手上的那一把。要是與伊多魯的雙劍對砍，魔劍就會瞬間消滅。一般而言，這已經是死局了吧，但不可思議地，我並不覺得那個男人會輸呢。

你打算怎麼解這個局呢？就讓我領教一下吧。

「那麼，差不多該普通地打了。」

雷伊喃喃唸了一句，沒有耍任何手段，堂堂正正地走向伊多魯。

「哼，終於做好覺悟了嗎？來吧。劍不是用來丟的，就讓我來教你魔劍的用法吧。」

伊多魯與雷伊互相對峙。只要再踏出半步，就會進到雙方的攻擊範圍內。正面交鋒對雷伊是壓倒性地不利──儘管如此，輕易踏出那一步的人卻是他。

「愚昧之舉。」

雙劍毫不留情地揮出。雙臂就像不同的生物般動起，炎魔劍劈向雷伊的頭部，遲了片刻，冰魔劍斬向他的胸口。

就算勉強避開炎魔劍，也會在失去平衡時遭到冰魔劍攻擊吧。面對這必殺的二連擊，雷伊以右手的魔劍迎擊。

「這裡。」

鏗鏘一聲，劍與劍碰撞的聲音響起。

「二。」

「…………？」

伊多魯露出凝重的表情。

雷伊的魔劍，打掉了伊多魯的雙劍。

將幾乎同時襲來的雙劍，用一把劍迎擊的技術自然是不在話下，但他無法理解的是，雷伊的魔劍為何會毫髮無傷吧。炎魔劍傑斯、冰魔劍伊迪斯，不論是碰觸到哪一把，雷伊的魔劍應該都會被破壞才對。

「……喝……！」

伊多魯再度揮出雙劍。

劍擊聲響起，雷伊輕易地打掉了他的攻擊。

「四。」

雷伊喃喃低語。

「……小子，你做了什麼……？」

鏗鏘一聲，劍與劍的碰撞聲響起。

「六。」

「……嘖，既然如此……！」

伊多魯揮舞雙劍的速度加倍，並在下一瞬間，再度超越了加倍後的速度。

看不清是怎樣揮舞的無數連擊被悉數打落，而且雷伊的劍依舊無傷。

「八七。」

「可惡……為什麼能用那把低劣的魔劍擋住？你是動了什麼手腳！」

鏗鏘鏗鏘鏗鏘鏗鏘，響起不絕於耳的劍擊聲。

「原來如此。雷伊，你投出的魔劍在被伊多魯打落時，讓他的雙劍稍微崩口了。就算是魔劍，崩口的部分也無法充分發揮魔力，所以才能像這樣對砍吧。」

我的解釋，讓伊多魯蹙起眉頭。

「……怎麼可能……只瞄準崩口的細小部位，就將如此高速揮舞的雙劍打掉了嗎……！

這種事怎麼可能辦得到啊……！」

更正確來講，從投擲魔劍時，就只有瞄準雙劍的特定部位。

控制著投擲的力道、角度與目標，促使雙劍分毫不差地用特定的部位把劍打落。只要不斷重複這個行為，就算是魔劍傑斯與伊迪斯，也多少會產生崩口。

「揭曉謎底會對我不利，所以我才沒說的耶。」

雷伊一點也不覺得困擾的樣子說道。

「這種程度的讓步，就別吝嗇了。」

伊多魯退開一步，計算著距離。

「……看樣子，是我小看你這小子了。從現在起，我要全力以赴了……」

伊多魯的雙手浮現魔法陣。魔劍傑斯上冒出火焰之刃，魔劍伊迪斯上覆蓋起冰霜之刃。

「這是魔劍傑斯與伊迪斯的真實姿態。做好覺悟吧！」

伊多魯的身影一晃。瞬間踏入攻擊範圍內的他，高速揮舞起雙劍。

他的連擊一秒可算出兩百下。沒有任何逃跑空間的冰與火的斬擊，幾乎同時襲向雷伊。

「……呼……！」

伴隨著吐氣般的氣勢，雷伊讓魔劍閃動起來。如同閃光般的斬擊，再度將伊多魯的雙劍悉數打掉。

「四四二。」

「……為、為什麼……？就算想要瞄準崩口處，應該也已經沒用了才對……」

雷伊似乎不打算回答，露出爽朗微笑。

「這很簡單。雷伊的魔劍並沒有碰到你的雙劍。光靠劍壓就把你的劍彈開了呢。」

「這還挺難的呢。」

雷伊若無其事地說道。

「……光靠劍壓，就能跟我的雙劍對砍嗎……？」

流露出悔恨後，伊多魯一臉憤怒地瞪向雷伊。

「可惡，既然如此！我就看你能持續這種冒險的行為到什麼時候！」

伊多魯的雙劍再度閃起，雷伊則是將其打掉。

「你的劍法確實是很驚人，但持久力又如何？我就算打個一百年也不會累──」

伊多魯說不出話來了。因為纏繞在雙劍上的冰與火，宛如碎裂般地煙消雲散。兩把魔劍喀嚓一聲斷裂，劍尖在空中旋轉飛舞。

然後，插在地面上。

「……我的雙劍……斷了……」

「四四四。跟我估算的一樣吧。」

還以為他在算什麼，原來是在算那對雙劍還要幾次才會斷嗎？

「話說回來。」

雷伊若無其事地說。

「你什麼時候要教我魔劍的用法？」

雷伊爽朗的笑容，卻讓伊多魯像是感到畏懼似的縮起身子。

他求助似的朝蓋伊歐斯的方向望去。只不過，蓋伊歐斯也早已落敗——他總算是注意到的樣子。

「……你們……你們到底是什麼人……？能把我們七魔皇老當成小孩子般玩弄的魔族，可是前所未聞啊……」

伊多魯垂頭喪氣地說道。

我沒有特別放在心上，朝走過來的雷伊看去。

「雷伊，你放水了吧？」

「我沒有喔。」

「無謂的謙虛就省了吧。憑你的實力，不用一招就能擊倒他了吧？」

雷伊揚起清爽的笑容，這樣回答：

「這樣會沒辦法練習呢。」

「哦？」

「我以為能不用魔力，光靠劍技就折斷那對雙劍。但最後還是使了點詐，所以還有待加強呢。」

咯哈哈，哎呀哎呀，真是愉快的男人呢。是把七魔皇老當成對手在練劍嗎？

有意思。無論如何都想見識他真正的實力。

「明天就認真來吧。」

雷伊不改笑容地說道。

「如何？」

「拿我當對手來練習，會死喔。」

「可以的話，還希望能保留在不死人的程度呢。」

他的應答還是一樣讓人捉摸不定。

「算了，就隨你高興吧。」

「很高興你能這麼說。」

我狂妄地笑起說道：

「我會讓你想拿出真本事來的。」

雷伊瞬間愣了一下地看著我後，噗哧地笑了起來。

「阿諾斯很喜歡虐待人吧？」

「你在說什麼啊？沒有魔族比我還心地善良了。」

「那希望你能手下留情呢。」

「咯哈哈。別說蠢話了。你的身體可不是這麼說的。」

雷伊很高興似的微笑著。

儘管並不好戰，但也不是討厭戰鬥的樣子呢。不然也不會把劍術鍛鍊到這種水準吧。

「話說回來，運動完後肚子也餓了呢。」

「這種課程已經夠了吧？要回教室提早吃便當嗎？」

「不要緊吧？」

「別擔心，偷偷溜回去就沒問題了。」

「我知道了，就偷偷溜回去吧。」

我和雷伊一邊這樣聊著，一邊在學生們的眾目睽睽之下走出魔法屏障。

「……喂，等等，那種輕鬆打贏七魔皇老的日常感是怎樣？別像是家常便飯似的聊起提早吃便當的事啦……」

明明就是家常便飯的事，莎夏卻這樣抱怨著。

§7【前哨戰】

隔天。德魯佐蓋多魔王學院，魔樹森林。

為了即將開始的測驗，二班的學生全員聚集在此。

遠方傳來上課鐘聲，艾米莉亞說道：

「那麼，即刻起開始雷伊組與阿諾斯組的小組對抗測驗。」

雷伊朝我走來。

「昨天睡得好嗎？」

「不錯，我是很容易入睡的人呢。」

「我倒是睡得不怎麼好。」

「唔，是看了什麼有趣的書嗎？熬夜對身體不好喔。」

「就是說啊，早上起床時，渾身無力到不行呢。」

雷伊打了個哈欠。

「等、等等，等等！」

或許是有什麼意見吧，莎夏插話說道。

「怎麼了嗎？」

「什麼怎麼了。接下來是要進行小組對抗測驗耶，小組對抗測驗！這是什麼溫吞的氣氛，你們是打算去遠足嗎？」

真受不了她，這又不是要去戰爭。當然，不小心的話是會死人沒錯，但也不需要無緣無故搞得殺氣騰騰吧？

「抱歉，我的部下有點囉嗦。」

把手放在莎夏頭上，暗示她安靜下來。

「……那個……手、你的手……我才不會這樣就閉嘴啦……」

雖是這麼說，但莎夏卻也失了氣勢，變得安分起來。

「忌妒？」

從莎夏背後，米夏突然冒了出來。

「……妳、妳在說什麼啦……？」

「因為阿諾斯跟莎夏的時候不一樣。」

跟莎夏的時候不一樣？

「啊，什麼嘛，莎夏，因為我跟妳那時候不一樣，跟雷伊和顏悅色地說話，所以就忌妒了嗎？」

「笨、笨蛋！我才沒有忌妒呢……！」

「是嗎？」

一探頭窺看起莎夏的表情，她就把臉別了開來。

「我才沒有忌妒……」

她喃喃自語似的低聲嘟囔著。

「說到底，之前的小組對抗測驗，明明是妳跑來找我吵架的吧？」

莎夏只將視線朝向這邊，發出「嗚……」的呻吟。

「莎夏同學。」

「怎樣啦！」

怒氣沖沖的莎夏，讓向她搭話的米莎有點嚇到。

「……那、那個啊，我們要不要也比一場啊？」

「什麼比一場？」

「妳看，阿諾斯大人不是跟雷伊同學約好要比試嗎？為了不妨礙他們，我們要不要也來較量一下？」

「真讓人傻眼。小組對抗測驗可是模擬戰爭唷。這世界上，哪裡會有事先約好對決內容的戰爭啊？」

就算莎夏說得毫不留情，米莎也還是笑嘻嘻的。

「前天的魔法照片，妳好像非常中意呢。」

「……並、並沒有。才沒有很中意呢。」

莎夏的眼神游移起來。

「呵呵呵，要是打倒我的話，就送給妳唷？」

米莎瞬間從懷中拿出像是照片的東西亮了一下。

「……喔。妳想說的就只有這樣？」

「是的，讓我們一起好好努力吧！」

留下這句話，米莎就回到阿諾斯粉絲社的集團裡。

「啊，對了。我突然想到，昨天的比試是阿諾斯同學贏了吧？」

「是呀，要給我什麼獎品嗎？」

雷伊揚起爽朗的笑容。

「那麼，就讓你愉快地享受這場小組對抗測驗如何？」

我發自內心地噗哧笑起。這不是比嘴上說著凶狠威脅字句的傢伙，還要更加難以應付的臺詞嗎？

「有意思。我就拭目以待吧。」

「陣地要怎麼辦？」

「選你喜歡的。」

「那就東側吧。」

雷伊轉身向米莎等人搭話。

「我們走吧。我或許是不可靠的組長，但還請大家助我一臂之力。」

隨後，米莎就露出一臉意外的表情。

「怎麼了嗎？」

「沒事，雷伊同學很特別呢。居然對白制服的我們這樣說話。」

「啊，因為我很不擅長這種事。皇族什麼的，複雜到我搞不太清楚呢。」

雷伊毫不掩飾地說道。

「而且，我偶爾也會這麼想呢。」

「想什麼？」

「始祖真的會說那種話嗎？」

米莎一臉驚訝地注視著雷伊。

「皇族很偉大，那個人真的會這樣說嗎？」

「……那個人？」

「啊，沒事，就只是莫名這麼覺得。我一直有種不對勁的感覺。深深覺得大家口中的暴虐魔王就像是另一個人。不過，明明是混沌世代卻說出這種話來，會遭人冷眼看待呢。所以還請妳別到處張揚唷。」

米莎有點高興地說道：

「呵呵呵，我知道了。話說回來，雷伊同學對統一派的活動有興趣嗎？」

是聽到雷伊的發言而判斷有機會吧，米莎認為這是大好機會似的開始勸誘。

「不，我完全沒興趣。」

「是這樣嗎？真遺憾。那麼，你對阿諾斯大人的粉絲社有興趣嗎？」

雷伊等人一面和氣融融地聊著天，一面朝東側的陣地走去。

我們也轉身前往森林西側。

過了一會後，飛在上空的貓頭鷹傳來「意念通訊」。

「即刻起開始雷伊組與阿諾斯組的小組對抗測驗。請各位不負始祖之名，使出全力痛打敵人吧！」

伴隨著一如往常的臺詞，揭開小組對抗測驗的序幕。

「……作戰……？」

「我來對付米莎和其他的學生。」

米夏直盯著莎夏的臉。

「想要照片？」

「才、才不是呢！我就只是想給那個自以為有辦法對付我的女人一點顏色瞧瞧罷了。」

雖然嘴上說著模擬戰爭怎樣怎樣的話，但她說來說去還是稱了對方的意呢。

「莎夏，先跟妳說一件事。」

「什麼啦？」

「雖說是以寡擊眾，但既然是我的部下，就不准逃著回來唷。」

她以高傲的態度微笑起來。

「這是當然的。你就拭目以待吧。我會將她們全員擊潰的。」

「唔，那要是順利的話，我就給妳獎賞吧。」

「要給我什麼？」

「什麼都行。妳就先想好妳喜歡的東西吧。」

隨後，大概是想到什麼了吧，莎夏露出害羞的表情。

「……什、什麼都行……？」

「沒錯。」

莎夏倏地靠了過來。

「你說什麼都行，真的是什麼都行嗎？不論我要什麼都可以嗎？」

「是啊，妳想要什麼？」

她突然滿臉通紅地把臉別開。

「……沒有。並不是有什麼想要的東西……我、我會考慮的……」

看來是有想要的東西呢。

「要建城嗎？」

米夏說道。

「啊，姑且建起來吧。」

米夏點了點頭，像是祈禱般地握起左手。

「蓮葉冰戒指」才剛冒出幾個冰晶，這些結晶就立刻構築起魔法陣，開始閃閃發光。

「冰城。」

米夏施展起「創造建築」的魔法。

霎時間，我們腳下就凍結起來，製造出冰的地板與外牆。接著，陸續出現冰的王座、銅像和鏡子等物。下一瞬間，身體就像是被一口氣抬高似的，冰的地板轉眼間就朝著天空升起。

最後，上空覆蓋起冰的天花板，完成一座巨大的冰魔王城。

我們就待在裡頭的王座之間。

「……米夏的『創造建築』，能這麼快就完全建好魔王城？」

米夏微歪著頭。

「因為有『蓮葉冰戒指』？」

「嗯，這也是原因之一吧。」

我這麼說後，莎夏就一臉不可思議地問道：

「其他還有什麼理由嗎？」

「這就試著詢問自己的根源吧。」

莎夏不滿意地瞪來的視線，被我乾脆地避開。

「那麼，要怎麼做？在對面建好城堡之前出擊嗎？」

「這點時間我會等啦。我要在萬全的狀態下擊敗她，讓她輸得無話可說。」

雖然她打從方才就在和米莎較勁著什麼，但很高興她們的感情這麼好。

「那麼，我去探聽一下對面的情況吧。」

我啟動魔眼，跟前陣子一樣監聽著「意念通訊」，順便也讓米夏與莎夏能夠聽見。

『啊，我想現在被監聽了。』

『咦？你感受得到嗎？』

「意念通訊」傳來雷伊與米莎的通訊。

『嗨，阿諾斯同學，你在監聽對吧？』

被發現了嗎？就算從米莎她們那邊得知我能監聽「意念通訊」，不過還真不愧是他耶。

「因為我很閒呢。你們那邊的魔王城建得怎樣了？」

『似乎還要一點時間耶。』

「這下可無聊了。」

『那麼，為了打發時間，要跟我在這邊溪谷最大的瀑布那裡見面嗎？』

喔。

「就我們兩個？」

『沒人打擾比較好吧？』

儘管不認為他是會躲躲藏藏的人，但沒想到會如此光明正大地向我挑戰。

而且他還知道我的實力，所以才讓人覺得有趣。

「我立刻就去。」

『那就待會見了。』

「意念通訊」被切斷了。是米莎她們停止施展魔法了吧。

「就是這樣，我稍微去玩一下。」

「小心。」

米夏說道。

「要玩是可以，但可別在我打贏米莎之前分出勝負啊。」

小組對抗測驗只要打贏組長擔任的魔王(King)就結束了。

「我等妳半個小時，超過就無法保證了。妳就好好加油吧。」

留下這句話後，我就施展起「轉移(gatomu)」魔法。

眼前染成純白一片，然後立刻取回色彩。這裡是一座水流從約三百公尺的高處傾瀉而下的瀑布。

到底是還沒來嗎？我坐在適當的岩石上，就這樣等著。

不久後，東邊森林冒出一座巨大的魔王城。似乎建造得相當堅固。當我心不在焉地確認著魔王城完成的水準時，耳邊傳來「沙沙」的踏草聲。

轉頭看去，雷伊就站在那裡。

「嗨，等很久了嗎？」

「沒什麼，我也才剛來。」

雷伊朝我走來。

在距離劍擊範圍剛好一步之差的位置上，他停下了腳步。

「就這樣突然開打，也沒什麼意思呢。」

「就算是這樣我也無所謂，還是你有其他有趣的點子嗎？」

雷伊就像是想到惡作劇的點子似的微笑起來。

「你的部下和粉絲社她們，你覺得哪邊會贏？」

唔，是這麼一回事啊。

「看你這表情，也就是你動了什麼手腳吧？」

「是米莎同學吧？因為她說也想加入阿諾斯同學的小組呢。這也算是某種緣分，所以我就決定稍微幫她一把了。」

有意思。也就是部下之間的前哨戰了。

「不用說，當然是我的部下會贏。」

我在瀑布上展開魔法陣，在上頭施展起「遠隔透視(rimuneto)」的魔法。將巨大的瀑布作為螢幕，顯示出我與雷伊的小組，雙方陣營的情況。

「聽到了嗎？莎夏。有個好消息。我們決定要先等妳和米莎分出勝負了。」

『這樣啊。謝啦。那我就速戰速決了。』

莎夏正以「飛行(furesu)」飛在空中，筆直前往粉絲社她們建造的魔王城途中。

本來由於會暴露行蹤，所以一般不會想要從空中前往，但考慮到莎夏與米莎等人的實力差距，這也就無關緊要了。

「我照妳的希望來了，米莎．伊里歐洛古。出來吧。還是要我去城裡比較好？」

「呵呵呵，感謝妳了，莎夏同學。作為妳勞駕前來的答禮，就讓妳看樣有趣的東西吧？」

滋、滋滋滋、轟隆隆隆隆隆隆隆，地鳴聲響起。

岩石手臂從粉絲社建造的魔王城上伸出。接著把腳伸直，緩緩地站起身。

那是一個仿照城堡外型，碩大如山的巨人兵。

「……是『物體操軀（guinesu）』的魔法……沒想到居然是用在魔王城上……」

「物體操軀」是將物體有如生物般操作的魔法。物體的規模愈大，操作起來就愈加困難，也會更加需要魔力。

操作恐怕是由粉絲社分擔進行的吧。不過，就算全員都擔任在偵測、操作魔法上能獲得魔法強化恩惠的咒術師（Shaman）職階，她們的魔力也還是不足。

「你把魔力借給她們了嗎？」

雷伊呵呵地微笑著。

「我有點不擅長魔法呢。因為用途很少，所以魔力算是多出來的。」

是將多出來的魔力，藉由「魔王軍」的魔法分給粉絲社她們了吧。

「要上嘍，莎夏同學！」

巨人兵舉起大得誇張的劍，朝莎夏砍去。

「呃……這傢伙……！」

有別於體型，巨人兵相當靈敏。它所颳起的風壓讓莎夏無法隨意飛行，她好不容易才避開攻擊的樣子。

「不是塊頭大就行了！」

莎夏用「破滅魔眼」朝巨人兵一瞪。

儘管岩石外牆稀稀疏疏地逐漸剝落，但無奈巨人兵的體型實在太大了。就算是莎夏，也沒辦法將巨人兵全身映入視野之中，無法一瞪就使其全毀。

「稍微幫她一把會比較好吧？」

雷伊說道。米莎等人的人數，加上雷伊借出的魔力。是無法否認莎夏落於下風吧。

只不過——

「可別小看我的部下啊。」

我用「意念通訊」向她搭話。

「喂，莎夏，需要幫忙嗎？」

『不需要。就算是以寡擊眾，才這點程度就要人幫忙的話，可稱不上是魔王的部下吧？』

「說得好。既然如此，妳就施展『獄炎殲滅砲』吧。」

這是出乎她意料的提案吧，莎夏遲了一會才答道：

『……我辦不到。那是用上二十個人，才好不容易施展出來的。就算我現在的職階是魔導士（Mage），魔力也完全不足啊。』

魔導士的職階會在攻擊魔法上賦予魔法強化的恩惠，並且提高魔力。另一方面，則是會強制在恢復魔法上賦予魔法弱化的效果，並且降低身體能力。

「還可以借用米夏的力量吧？」

『……可是，只有兩個人……』

「不相信我嗎？」

沉默了一會後，莎夏說道：

『……我知道了。米夏，行嗎？』

莎夏一面在千鈞一髮之際避開巨人兵揮來的劍，一面用「意念通訊」詢問。

『展開立體魔法陣。術者設為莎夏。』

米夏如此答覆。

在遠離巨人兵的地方，位在西側陣地的冰魔王城浮現出閃閃發光的冰晶，開始構築起魔法陣。

城堡前特大的魔法陣完成，變得有如砲門一般。米夏與莎夏的魔力，經由「魔王軍」的魔法線合而為一。莎夏貼近巨人兵揮下的劍，宛如瞄準般地將手舉起。

「上吧，『獄炎殲滅砲』！」

從冰魔王城所展開的魔法陣砲塔之中，出現了漆黑的太陽。以龐大魔力為傲的那顆太陽，就像被彈射出去似的拖曳著閃亮的尾巴，朝著巨人兵筆直射出。

「米、米莎，快閃開！」

「辦、辦不到啦！這麼大的體型是——！」

轟隆隆隆隆隆隆隆隆隆隆隆隆隆——巨人兵被漆黑的太陽所吞噬。在嘎啦作響中，手臂掉落、雙腳崩坍，外牆全都開始剝落。

「呀、呀啊啊啊啊啊啊啊啊啊！」

粉絲社她們的慘叫聲響起。

「不、不愧是阿諾斯大人的部下，才一發魔法就破壞掉這種巨人兵，實在是太強了！」

「喂、喂！我發現到一件很厲害的事！」

「都、都快沒命了，是有什麼事啦？」

「就這樣死掉的話，由於是在阿諾斯大人的命令之下被殺死的，所以算是被他間接殺掉的吧？」

「好、好想被阿諾斯大人殺掉啊啊啊啊啊啊啊啊啊啊啊啊啊——！」

轟隆一聲巨響，巨人兵從頭部開始崩坍。

§8 【精靈魔法】

「……比以前發射的『獄炎殲滅砲』還要強耶……就算有米夏的魔力，但是明明也才兩個人……」

莎夏眺望著如跪拜般趴伏在地面上的巨人兵，茫然地喃喃自語。

『……嚇了一跳……』

人在冰魔王城的米夏聲音也傳了過來。

『喂，阿諾斯，你做了什麼嗎？』

「我應該說過了，去試著詢問自己的根源吧？」

『就算要我詢問自己的根源，也不懂你是要我問什麼…………啊……』

莎夏就像恍然大悟似的叫道。

『「分離融合轉生(deino jikusesu)」？』

米夏問道。

「就是這樣。」

莎夏與米夏原本是同一個人。

施展在莎夏身上的「分離融合轉生」魔法，將肉體與根源一分為二，米夏因此而誕生。

兩人原本應該會在十五歲生日時，再度恢復成一個人，並經由「分離融合轉生」的魔法效果，讓魔力增強數十倍之多。

然而，由於我將米夏的根源送回到過去，與過去的米夏與莎夏的根源合而為一，使得她們兩人打從一開始就是兩個人。

所以發生了什麼事？藉由「時間操作」與「過去改變(ingudo)」，讓莎夏與米夏在十五年前就完成了「分離融合轉生」。

只不過，由於其中一方是剛出生的根源，所以並不是完整的形式。儘管如此，魔力也還是跟過去有著天壤之別吧。

莎夏與米夏至今會沒有發覺到這件事，是因為「過去改變」限制住了過去的莎夏與米夏的魔力。要是不這麼做，她們在施展「時間操作」前後的誕生時魔力就會出現差異，讓過去與現在產生矛盾，進而無法順利改變過去。

不過在「過去改變」完成之後，魔力的限制就解除了。米夏能比往常施展出更高精度的「創造建築」魔法，也是因為這個理由。

『既然如此，就早點這樣說嘛。做過頭，說不定會死人耶。』

莎夏降落到森林，環顧起周邊的情況。

『喂，要是還活著的話就答話吧。我會去救妳們的。』

就算呼喚，也沒有答覆。

嗯，還感受得到魔力，所以並不是死了吧。

「如何？你自豪的魔王城好像被打垮了？」

我將目光從瀑布上的「遠隔透視」移開，朝雷伊的方向看去。

「很遺憾，是我輸了──」

他爽朗地微笑著。

「──你的部下會這樣想吧？」

就在這時，「遠隔透視」傳來莎夏的聲音。

「啊，討厭。是怎樣，別在這種時候下雨啦……」

雨？我所在的位置別說是雨了，還是萬里無雲的大晴天呢。

『小心。』

米夏的聲音傳來。

『怎麼了啦？』

『我這裡沒下雨。雨就只下在莎夏那邊。』

莎夏的臉色大變。

剛剛還是小雨的雨勢已轉變成傾盆大雨，讓她周圍幾乎伸手不見五指。

只不過，就算用雨勢封鎖視野，對於用來看魔力的魔眼並沒什麼影響。

『……這是什麼……？這不是尋常的雨……米夏。』

『……每一顆雨珠，都跟米莎的魔力一樣，找不到本體……』

莎夏的眼神凶惡起來。

「這是什麼魔法……？也不是失傳的魔法，就連聽都沒聽過……」

唔，精靈魔法嗎。這跟水之大精靈里尼悠在阿哈魯特海倫施展的魔法相同。米莎雖是半靈半魔，不過跟里尼悠有什麼關係嗎？

精靈所使用的魔法很特殊。因為他們的存在本身就如魔法一般。雖說魔族本來就不熟悉精靈，但千年沒有交流，也讓他們的傳承完全斷絕了吧。不過跟暴虐魔王不同，某處或許還留有文獻也說不定呢。

既然莎夏和米夏都未曾聽聞，那米莎肯定是直到此時此刻，都隱瞞了她會使用精靈魔法的事。

會在這裡亮出這張底牌，是她無論如何都想贏的證據吧。雖說是不熟悉的精靈魔法，但也只要揭穿底細就能對付。對米莎來說，打倒強於自己的莎夏，現在是千載難逢的良機。

而這件事，莎夏應該也十分清楚吧。

「沒關係，最初的一擊就讓給妳了。不過，妳就做好覺悟吧。要是沒辦法一擊解決我，那麼就是妳輸了。」

莎夏在全身展開好幾層反魔法與魔法屏障。

經由「分離融合轉生」而顯著提升的魔力，加上魔導士職階所提高的魔力，要突破這道防守，對於包含米莎在內的粉絲社來說，負擔或許太重了吧。

「要上嘍！」

粉絲社的女學生們從傾盆的雨勢之中現身，襲向莎夏。

合計八人，她們手上拿著長槍。她們大概是判斷無法用魔法突破莎夏的反魔法吧。

她們從前後左右同時發動攻擊，用那些長槍使勁地刺下去。

「總算是現身了呢。」

粉絲社少女們的長槍，全都被莎夏的魔法屏障擋下，無法傷到她一絲一毫。莎夏用「破滅魔眼」朝全員八人瞥了一眼。

「暫時躺下吧。」

「……啊……」

女學生們搖晃了一下，當場昏倒在地。

「我已經手下留情了，只要躺一天就能起來了。」

「……還沒……」

這道聲音，讓莎夏瞠大了眼。

應該要徹底喪失意識的一名粉絲社少女，在地面上爬行著。

「……我要加入……阿諾斯大人的小組……」

魔力遠遠不如自己的對手，憑藉意志力承受住「破滅魔眼」。而事情就發生在莎夏因此分心的瞬間。

從天而降的雨滴化作人形。突然在莎夏頭上現身的，是以大上段（註：劍道招式揮刀從頭上往下砍的架勢）的姿勢將純白魔劍高舉過頭的米莎。

「是我贏了，莎夏同學！」

「太天真了。」

莎夏以全力在頭上展開反魔法與魔法屏障。但米莎毫不在意，依舊揮下了魔劍。

「哈——！」

純白魔劍輕易地劈開莎夏的反魔法與魔法屏障，橫向劃開了她的腹部。

莎夏溢出鮮血，當場倒下。

「……哈……哈……」

著地後的米莎，大概是魔力幾乎都用在這次的攻擊上吧，不停地大口喘氣。

「唔，原來如此，那是你的魔劍吧？」

我向雷伊這樣問道。就算是打算攻其不備，米莎也無力突破莎夏的防守。

「雖說魔劍會選主人，但只要用『魔王軍』讓魔力連接起來，就能暫時借給別人呢。」

「一般是辦不到的。」

「或許吧。」

記得曾經聽過他連靈劍與神劍都能運用自如的事。儘管如此，他居然能讓魔劍服從到足以借給他人使用。關於劍的方面，他擁有超乎常規的能力呢。

跟辛有點像吧。

「話說回來，還是幫她治療一下會比較好吧？憑魔導士的職階，我想是治不好那把魔劍的傷勢唷。」

雷伊的發言卻讓我嗤之以鼻。

「我應該說過了。別小看我的部下。」

顯示在瀑布上的莎夏倒下了。但下一瞬間，她的身體覆蓋起金色的火焰。

米莎驚訝地轉頭，反射性地退開。

「意外地能幹呢。想不到妳能使用那種魔劍。」

莎夏彷彿飛在空中似的起身。同時，纏繞在身上的金色火焰逐漸具象化，變化成「不死鳥法衣」。這件能帶給穿戴者不死恩惠的法衣，只要魔力尚未耗盡，就能無限地治好傷勢。

「……既然如此，這次大不了就連同那件法衣一起斬斷就好……」

米莎舉起純白魔劍。唯獨那把劍，就連莎夏也不得不警惕吧。

『我來幫忙。』

響起的是米夏的聲音。

『我從魔劍上感受到雷伊的力量。一對二很不利。』

『……雖然很高興妳的心意，但在米夏抵達之前，似乎就能分出勝負了。』

要是從魔王城發射「獄炎殲滅砲」的話，就連莎夏自己都會遭到波及。話雖如此，但米莎也不會等到米夏趕到才動手吧。

莎夏是這樣想的吧，但她眼前卻突然浮現了一個魔法陣，從中出現了一名白金髮的少女——是米夏。

「米夏……剛剛那是『轉移』？」

莎夏不掩驚訝地如此詢問。

「因為看過很多遍，覺得能夠做到。」

唔，確實讓她看過很多遍，但光是這樣，居然就能完美地模仿「轉移」。

儘管也有受到「分離融合轉生」的效果影響，但她果然有著一雙好魔眼（眼睛）。

「……好吧。詳情就等打倒那個女人之後再說。」

「嗯。」

米夏與莎夏並肩站立，眼神銳利地看向米莎。

「……真厲害呢，不論是米夏同學，還是莎夏同學……可是，我也不會輸的……」

米莎將所有魔力注入魔劍之中。就算有雷伊的協助，那把魔劍也不是米莎有辦法掌控的。所以大概無法進行長期戰吧。

「……要上嘍！」

米莎舉起魔劍，蹬地衝出。

「莎夏。」

「我知道。」

莎夏展開一門魔法陣，發出「灼熱炎黑（guriado）」。經由「不死鳥法衣」的魔法效果，讓「灼熱炎黑」昇華成金色的火焰襲向米莎。

「喝！」

米莎以純白魔劍斬向「灼熱炎黑」，金色火焰瞬間消滅了。

「果然如此。」

「能斬斷魔法術式的魔劍。」

魔法的根本，即是讓魔法得以是魔法的魔法術式。這就像是魔法的設計圖。那把純白魔劍能穿透魔法，藉由斬斷術式，讓魔法無效化。

「……果然還是看出來了嗎？但是對這把魔劍來說，不論是魔法還是反魔法都沒有效果……而且……」

米莎的身體倏地融入雨滴之中，消失得無影無蹤。經由精靈魔法，她與這場雨同化在一

起了。

「米夏。」

「嗯。」

莎夏與米夏背靠著背，在背後握住彼此的雙手。不知道米莎會從哪裡現身。在那把魔劍之前，不論防禦還是攻擊，幾乎都會被無效化。

儘管如此——

「呵呵。」

莎夏卻笑了。

「怎麼了？」

「想不到會有這麼一天呢。」

這不過只是學院的小組對抗測驗。

既然是姊妹，那麼同心協力進行挑戰，也不是什麼罕見的事吧。

但是對她們來說，這正是她們夢寐以求、無可取代的奇蹟。

「就讓她見識一下，涅庫羅的祕術吧。」

「嗯。」

米夏揚起淡淡的微笑。三百六十度，兩人互相掩護對方的視野。

「要上嘍——！」

雨滴倏地變化成米莎，突然出現在兩人面前。

只差三步，就是劍的攻擊範圍。莎夏為了迎擊而展開魔法陣。

「不對。」

米夏喃喃低語。儘管隱藏在傾盆的雨勢之中看不清楚，但米莎並沒有手持魔劍。她只是假裝拿著而已。

莎夏猛然驚覺，抬頭朝頭上看去。雨滴變化成純白魔劍，正以驚人的速度落下。這個時機點上無法避開。米莎是這樣想的吧。然而兩人的身影，卻在即將命中之前消失了。落下的魔劍撲空，插在地面上。

「真是可惜呢。」

靠著米夏的「轉移」避開魔劍的兩人，互相握著一隻手，同時將另一隻手朝著米莎舉起。兩人手上浮現出魔法陣。

「『魔炎(guresude)』。」

「『魔冰(shieid)』。」

兩人同時說道。

「「『魔冰魔炎相剋波(jiegureido)』。」」

涅庫羅的祕術。經由將魔法融合的融合魔法，使得「魔炎」與「魔冰」同化。金色火焰與白銀冰晶交融，化作冰炎一體的魔法波朝米莎強攻而去。

米莎連忙拔起插在地面上的純白魔劍，迎擊「魔冰魔炎相剋波」。

「哈啊啊……！」

魔劍與魔法波相撞。只不過，「魔冰魔炎相剋波」的威力儘管遭到削弱，卻沒辦法完全無效化。

經由融合魔法構成的魔法術式很複雜，是由多重的術式所疊合而成。而且，就算讓表層的術式無效化，也只是恢復成融合前的兩個魔法。將這一切術式斬斷的技術，米莎並不具備。

「呀啊啊啊啊啊啊啊啊啊啊啊——！」

在炎與冰的席捲之下，米莎的身體被炸飛出去。在地面上滾了幾圈後，大概是喪失意識了吧，再也沒有起身。

精靈魔法的效果結束，使得雨勢止歇。

從雲縫間倏地灑落陽光。

「雖然曾經獨自練習過……但明明是第一次合作，卻意外地配合得很好呢。」

莎夏的說法，讓米夏揚起淺淺微笑。

「我跟莎夏一樣。」

隨後，莎夏就開心地回以笑容。

兩人比誰都還要互相理解。就連難以配合魔力波長的融合魔法，也能如呼吸般輕易地施展吧。畢竟她們本來就是同一個人。

「我也跟米夏一樣喔。」

莎夏一邊這麼說，一邊舉高手。

米夏跟著伸手，可愛地跟她輕輕擊掌。

§9 【神話的交鋒】

餘興分出勝負了。米莎和粉絲社的少女們，大概都無法再繼續戰鬥了吧。

我朝雷伊的方向看去時——

「……『魔冰魔炎相剋波』嗎……斬得掉嗎？」

他像這樣喃喃自語著。

「要是贏過我，就給你機會試試吧。」

在我挑釁似的說道後，雷伊回以清爽的笑容。

「交給米莎的劍，不收回來行嗎？」

「從那裡回來很花時間呢。就算沒有伊尼迪歐，我也有好好帶上其他的劍。」

雷伊指著腰上佩帶的劍。看上去，感受不到任何魔力。應該就只是一把普通的鐵劍吧。

「以我為對手，卻用這種寒酸的劍嗎？我不介意等你把劍拿回來喔？」

「很高興你能這麼說，但真的是這樣嗎？」

「什麼意思？」

雷伊抽劍離鞘。

「你一臉等不及想趕快交手的表情耶？」

唔，真是服了他了。還真是個合我胃口的男人。

「我就這樣打也無所謂唷。」

這不是在虛張聲勢，也不認為背後有什麼計謀。真有意思。

「那麼，作為回禮。我也只用劍對付你吧。」

我撿起掉在地上的一根稱手的樹枝。

「就算是阿諾斯同學，我想還是用普通的劍會比較好喔。」

「要不然的話，會連同這根樹枝一起將我一刀兩斷嗎？」

沒有否定，也沒有肯定，雷伊就只是微笑著。

「你就試看看吧。」

我毫無警戒地朝雷伊的攻擊範圍踏進一步。瞬間，他的手消失了，鐵劍宛如閃光般揮出。

「……呼……！」

「太嫩了。」

我靠著蠻力揮下樹枝。在撞上雷伊的劍後，單方面把他橫掃出去。

咚隆一聲巨響，被擊飛的雷伊在地面上滾動著。

「怎樣？還覺得能輕易斬斷樹枝嗎？」

我向倒地的雷伊如此問道。受到我魔力增強的樹枝，有著遠高於鐵的強度。

「……嗯……真不愧是你呢。」

雷伊喃喃說道，然後若無其事地站起身。

「我這還是第一次打輸武器比自己遜色的對手唷。」

「雖然你這麼說，但似乎挺高興的呢。」

「是嗎？我可是怕得要死喔。」

「說什麼謊，你嘴角都上揚了喔。」

雷伊噗哧笑起，這次是他踏進我的攻擊範圍內。將無謂的動作省略到極限的步法，速度自然是不在話下，還幾乎沒有預備動作。

宛如用上魔法般的，雷伊突然出現在我眼前。

「呼！」

劍光一閃，看起來就只像是一道閃光。

「唔，無懈可擊的一擊。」

面對雷伊窮盡技術的一擊，我靠著臂力迎擊。劍與樹枝相撞，然後雷伊的身體被再度擊飛出去。

「剛剛的是極限了？」

向倒地的雷伊詢問後，他又再度輕鬆站起。

「真是傷腦筋呢。我可是認為已經超越極限了。」

他的話語中不帶焦躁。有的就只是純粹的快樂。雷伊的心情，我也有種隱約明白的感覺。

「能再來一次嗎？」

雷伊倏地舉劍。他的動作，宛如移動手腳般自然。

「你要挑戰幾次都行。」

雷伊吸了口氣，止住呼吸。

他才剛在腳上用力，別說是劍光一閃，就連身體都化作閃光。雷伊以我的魔眼都看得很勉強的速度踏步，讓劍刃加速。

「唔，截然不同的速度呢。」

將力道提高一個階段，藉由靠著蠻力揮舞的樹枝，將雷伊手上的劍揮開。鏘的一聲，劍與樹枝相撞，力道不相上下。

直到剛剛都被我單方面擊飛的雷伊，擋住了我的攻擊。

「漂亮。」

使出加倍的力道，連同劍一起把雷伊擊飛。只不過，他這次沒有倒在地上，而是用手安然著地。

「你太厲害了。我還以為剛剛的行得通呢。」

我揮舞樹枝的力道，是第二下比第一下強，而剛剛的又比第二下還要更強。

儘管如此，雷伊卻逐漸能對應我的攻擊。他並沒有在隱藏實力。這可是在用無法注入魔力的鐵劍對付我，所以應該沒有這種餘裕吧。

我也不認為他剛剛宣稱已超越極限是在說謊。這也就是說，雷伊是在每次與我對招的短暫空檔中，以驚人的速度成長。

「……不過，感覺還差一點就能想起來了呢……」

「想起什麼？」

「劍的用法。」

雷伊再度踏進我的攻擊範圍。不過跟剛才不同，他的速度並不快。儘管看得一清二楚，但卻感受到莫名的殺氣。

「呼……！」

「太慢了。」

就像要揮開雷伊緩慢揮出的劍一般，用樹枝打了上去。啪嚓一聲尖銳聲響，他的劍承受住我的力道，然後往後方架開。

我這只要正面擊中就足以擊飛城堡的一擊，雷伊憑藉他的技術，沒有抵抗力量的流向，而是將其錯開。

唔，居然這麼快就能對應了，有意思。

「你這傢伙還真行。」

到底是承受不住一切的衝擊，我朝因此失去平衡的雷伊揮出第二下。

「就獎賞你吧。」

「……喝……！」

啪鏘一聲的撞擊聲響起，雷伊再度架開了我的攻擊。

而且，他這次沒有失去平衡。

「接下來，能斬斷那根樹枝嗎？」

他爽朗地微笑著。

「有意思。那我就打斷你那把劍吧。」

我跟雷伊一面發出完全不像是刀劍交鋒會有的咚隆巨響，一面用樹枝與鐵劍對砍。就算逐漸提高力道，雷伊也以他那驚人的成長速度，在每次的交鋒之中超越極限。

驚人的劍法，是足以讓人感到後生可畏的天賦之才。只要使上雷伊的成長速度來不及追上的力道，說不定就能在瞬間分出勝負，但我也開始想見識一下這個男人能變得有多強了。

「趕快踏進我的領域吧。可別半途而廢唷。」

「受到這種期待，我也很傷腦筋呢。」

在過了十招、二十招之後，我們的對決逐漸接近了神話時代的交鋒。

只要劍刃交鋒，大地就會撼動；只要架開衝擊，樹木就會遭到轟飛。

這裡宛如颱風的中心，我們周遭的一切事物全都遭劍壓逐漸剷平。

『呀、呀啊啊啊啊啊啊──！』

『這是怎麼了、這是怎麼了，天地異變啦！』

『等、等等，阿諾斯，你到底做了什麼？山被轟掉了耶！』

『河川乾涸了。』

『地、地震停不下來啦……！』

對於「意念通訊」傳來的慘叫與哀號，我很乾脆地答道：

「沒什麼，就只是打得稍微激烈了點。」

「抱歉了，能再忍耐一下嗎？」

再過一招，雷伊與我劍刃交鋒。劍壓與劍壓的衝擊波，將周遭的草木連根颳走，讓這邊一帶被夷為平地。

只不過，魔樹森林的土壤充滿著魔力。不論再怎麼大鬧，也只要一個晚上就能恢復原狀吧。這也就是說，能盡情地發揮實力。

「阿諾斯同學，你似乎很開心呢。」

「當然開心。好久沒有像這樣盡情地大展身手了。要是不偶爾運動一下，可是會嚴重地欲求不滿。」

再過一招，樹枝與鐵劍對砍。撞擊的劍壓激起風暴，形成吹散上空一切雲朵的龍捲風。

「真要說的話，你才像是不怎麼討厭的樣子呢。」

「因為是第一次啊。能這麼長時間地與人比劍。」

如果是具備如此天賦之才的人，哪怕對手比自己強，也只要過上幾招，就能在轉眼間超越對方，然後將其遠遠拋在身後吧。

「看來你很喜歡劍呢。」

「我就只有這個優點唷。」

或許是因為這份才能，才讓雷伊至今都沒能遇到好對手吧。人人都是微不足道的存在，是最為無聊的事了。

「我非常明白你的心情喔。」

「我也隱約有種明白阿諾斯同學心情的感覺呢。」

唔，該怎麼說這種感覺呢？明明是如此竭盡全力的過招，卻感到胸口某處在發燙。這種感覺還是第一次。沒有互相奪取對方的性命，是因為這個時代所致吧。

「只不過，差不多該結束了吧。」

他以傑出的劍技徹底擋下我的樹枝，同時將劍尖指向我的咽喉。

「呼！」

擊出至今從未展現過、使盡全力的突刺。我才剛要打掉這招，突刺的軌道就突然改變，從中間貫穿了樹枝。

不論是伸出，還是抽回，樹枝都免不了斷成兩截吧。

「……就是這裡……！」

劍的軌道再度變化，雷伊準備斬斷樹枝。我看準時機，用快被斬斷的樹枝頂向劍身。

鏘的一聲，斷裂的劍尖彈飛，同時半截樹枝掉在地上。

朝著僵住的雷伊，我用變短的樹枝指著他的腦袋。

「唔，一如宣言啊。想不到你居然真的斬斷了我的武器。」

「……不過，是我輸了。你不僅用樹枝打斷了我的劍，還確實給了我最後一擊呢。」

雷伊就像投降一般，放開折斷的劍，舉起雙手。

「能讓我說件奇怪的事嗎？」

「准。」

「在跟你過招時，我一直有種感覺。不知道是為什麼。不論怎麼想我們都是初次見面，卻完全不覺得是第一次見到你。」

「那麼，說不定是在兩千年前遇過呢。我認識一個跟你很像的男人。」

雷伊十分感興趣地看過來。

「雷伊，如果我說我就是暴虐魔王，你信嗎？」

「我不知道，但就算是這樣，也沒什麼好不可思議的呢。如果是你的那份力量的話。」

轉生者的前世究竟是誰，即便是我也無法完全斷言。不過，我卻有種很熟悉雷伊的感覺。

「話說回來，因為我輸了，所以沒辦法加入阿諾斯同學的小組了嗎？」

算了，都特意轉生了，也沒必要拘泥於過去的事了吧。

「是阿諾斯。」

「嗯？」

「被能跟我對等交手的男人用上敬稱，感覺也挺讓人難為情的。」

就像雷伊最初所做的那樣，我向他伸出右手，要求握手。

「那麼，阿諾斯。」

雷伊用力握住我的手。

「下次我會贏的。」

「這是我要說的，下次就連劍都不會讓你折斷喔。」

我這麼說後，他就爽朗地微笑起來，讓我也跟著咧嘴笑起。

有別於神清氣爽的我們，魔樹森林就像是遭到巨大龍捲風蹂躪過似的，變得慘不忍睹。

§10 【魔王的裸體】

下課的鐘聲響起，讓我醒了過來。

「那麼，今天的課程就上到這裡。還請各位同學不要偷懶，明天也要好好來上學喔。」

艾米莉亞走出教室，學生們一齊開始準備回家。

坐在前面位置的雷伊靠在椅子上，轉頭過來。

「要去吃點什麼嗎？」

「你老是在餓肚子呢。」

「我身體的效率很差吧。」

我拉開椅子起身。

「要來我家嗎？會開小組對抗測驗的慶功宴。我媽的料理很美味喔。」

「好呀，那我就去讓你請這一頓吧。」

雷伊站起身。

隔壁的莎夏一臉詫異的表情。

「喂，你們剛剛上午才在魔樹森林進行那麼慘烈的死戰，為什麼還能這麼友好地對話啊？話又說回來，參加對方打贏自己的慶功宴，不是很屈辱嗎？」

我和雷伊對看了一眼。

「好像是這樣耶？」

「如果是敗得那麼徹底的話，也懊悔不起來吧。」

「說得好。會不覺得懊悔，是因為打算下次贏回來吧。」

雷伊露出笑臉，肯定了我的發言。這男人還真是有趣。

「你該不會以為光是這樣就能摸透我的實力了吧？」

「我從未輸給相同的對手兩次唷。」

「我就連一次都不曾輸過呢。」

在我擺出居高臨下的眼神後，雷伊就像在回應我似的爽朗地露出微笑。

「……所以說，為什麼都鬥成那樣了，還能一塊參加慶功宴啊？真是搞不懂你們耶。」

莎夏打從心底感到不可思議地發著牢騷。

「妳不懂嗎？」

「是女孩子很難理解的感覺吧？」

「啊，原來如此。」

我們就像理解似的對視而笑。

總覺得就算不說出口，也能隱約明白對方的思考與感受。儘管這跟神話時代的主從關係多少有些相似之處，但不同於那樣的對等關係，感覺還真是舒服。

這就是男人之間的友情嗎？還挺不錯的。

「忌妒？」

米夏向莎夏問道。

「所以說，才不是這樣啦。米夏老是立刻就說這種話。」

「不行嗎？」

「無所謂，妳想說什麼就說吧。」

「喂、喂，幹麼擅自幫我回答啦！她是在問我，剛剛那是對我的詢問！」

唔，她是在生什麼氣啊？

「我想說什麼就說什麼。」

唔——莎夏不服氣地瞪來。我隨便地敷衍過去。

「好了，就走吧。有人擺出一臉餓到不行的表情了。」

「如果是在說我的話，還能再忍個十秒唷。」

「這已經是極限了吧？」

我跟雷伊兩人一齊笑了起來。

「……他們兩個是在笑什麼啊……」

「……感情真好……」

莎夏與莎夏好像在喃喃唸著什麼。

「要轉移了喔。」

我一伸手，莎夏就牽住我的手，米夏再牽住莎夏的手。

當我把另一隻手遞向雷伊時——

「……啊，能稍等一下嗎？」

雷伊就像是注意到什麼似的說道，然後向準備離開教室的一名女學生搭話。

「米莎同學。」

她回過身，朝這裡走了幾步。

「有什麼事嗎？」

「等一下好像要到阿諾斯家中開慶功宴的樣子，妳要一塊來嗎？」

「咦……那個，雖然很高興你的邀約，但只有小組自己人參加會比較好吧？」

雷伊別有含意地看著我。

真是富有同情心的男人呢。還是說，他也對米莎有興趣嗎？

算了，就這樣吧。

「妳在說什麼啊？妳已經是我的部下了。」

「咦……？可、可是我徹底敗給了莎夏同學和米夏同學，還借用雷伊同學的力量……」

「姑且不論勝敗，妳有著可取之處。魔族是無法施展精靈魔法的。而且妳所使用的，還是水之大精靈里尼悠的拿手魔法。」

「……里尼悠……嗎？」

「妳不知道嗎？」

米莎點頭。

記得她提過母親已經過世了。就算一無所知，也沒什麼好不可思議的。

「是在神話時代看守大精靈之森的精靈。妳跟那傢伙，恐怕有某種關係。因為精靈的魔法，跟他們的存在本身有著很深的關係。」

米莎認真聽著我的話語。大概是對過世的母親感興趣吧。

「如果妳能發揮作為精靈的真正力量的話，感覺還挺有意思的。」

只不過，神話時代並沒有半靈半魔。米莎是否能完全發揮作為精靈的力量，還不得而知。

「……感謝阿諾斯大人的賞識……還請務必讓我加入麾下，但那個……」

「怎麼了嗎？」

「……阿諾斯大人粉絲社的其他人呢……？」

我立刻回答：

「總之就只讓妳先加入。一旦讓她們進到我的小組裡，似乎會很吵。」

「啊哈哈……也是呢……」

米莎苦著一張臉。

「怎麼了？只有自己一個人加入麾下，感到過意不去嗎？」

「要說是過意不去……還是很怕她們的反應呢？要是沒處理好，會不會被暗殺啊……啊哈哈……」

唔，就算是我，也有點難以理解她們的思考。

「不、不過，這是我自己的問題。還請阿諾斯大人不要放在心上。」

「我會的。」

「好快，真是無情無義的反應。」

莎夏說著多餘的話。

「啊，莎夏同學，話說回來……」

由於米莎向她偷偷招著手，莎夏就靠到她身旁。

「怎樣？」

「呵呵呵，因為對決是我輸了。」

米莎拿出魔法照片交給莎夏。

仔細注視了一會後，她開口說道：

「……我就姑且收下了。作為戰利品，姑且……」

「怎樣的照片？」

「呀！」

被突然冒出來的米夏嚇到，莎夏把照片掉在地上。

「唔，哎呀哎呀，是在吵什麼啊？」

我撿起掉落的照片。

「不、不行！你不可以看！」

「到底是在慌張什麼啊？不過就是張照片，就算看了也不會怎樣吧？」

把照片翻到正面，上頭拍著一名黑髮黑眼的少年。是半裸的我。是趁著課程需要，用魔法換裝的短暫瞬間拍下的照片。

「…………………」

莎夏滿臉通紅地縮起身體。

「這張照片，雖然是偷拍的，阿諾斯卻注意到魔法了呢。」

從我背後探頭看著照片的雷伊說道。

「怎麼可能沒注意到。儘管似乎偷拍了好幾次，嗯，但因為沒有害處，就置之不理了。」

我把魔法照片遞給莎夏。

「妳還真是做了相當可愛的事呢。就這麼想一直看著我嗎？」

語罷，莎夏就抬頭狠狠瞪來。臉頰飛紅，眼瞳浮現著「破滅魔眼」。

「你、你別自戀了！聽好了嗎？我是因為喜歡男人的裸體！就只是你的身體碰巧很對我的胃口啦！目的就只有你的身體！」

唔，是這樣啊？就連我也啞口無言了。

教室裡鴉雀無聲，大家好像有點嚇到的樣子。

「我也喜歡阿諾斯的裸體。」

米夏就像在幫她找臺階下似的說道。

「米夏，妳不需要陪莎夏扮小丑喔。」

米夏忙不迭地搖頭。

「阿諾斯的裸體是藝術，我很喜歡。」

米夏直盯著我的眼睛。

唔，真是堅強呢。只不過，也不能讓她們太過丟臉吧？

「真想不到，我的裸體居然這麼有魅力呢。真是罪孽深重啊。」

我哼笑了一聲，脫口說道。

「好吧。我可是擁有會幫部下實現心願的度量。莎夏，既然妳這麼想看，就讓妳看吧。不是照片，而是親眼見識我的裸體！」

「咦……？親、親眼，咦咦……！那、那個……？」

莎夏露出不知所措的反應。

「怎麼了？目的是我的身體吧？就作為今天的獎賞讓妳看吧。」

「是、是這樣沒錯……雖然我這樣說了沒錯……」

「怎麼，不想看嗎？」

莎夏低垂著頭。

「…………………………………………………………我要看…………」

「很好，既然如此——」

我雙手用力握拳。光是這樣就讓全身的肌肉蓬勃，炸開上半身的制服。

「儘管看吧！」

「為什麼是在這邊脫啦！你是笨蛋嗎！」

莎夏就像恢復正常似的厲聲叫道。

偶爾扮扮小丑，感覺還挺不錯的。

§11 【不講理】

視野在瞬間染成純白一片後，就看到了鐵匠與鑑定舖「太陽之風」的招牌。

推開店門後，門鈴就啷噹響起，讓媽媽從店內走了過來。

「小諾，你回來啦！」

媽媽很高興地撲向我。

「今天的小組對抗測驗還好嗎？」

「我贏了。」

聽我這麼一說，媽媽就綻開笑顏，把我的頭緊緊抱在胸前。

「討厭啦，小諾真是天才！長大後絕對能成為一名出色的魔皇唷。等小諾當上魔皇後，一定能建立起一座美好的城市呢。媽媽絕對要住在那裡。從現在就開始期待了！」

「媽媽，妳知道魔皇的事嗎？」

「當然知道了。這可是小諾的夢想嘛！媽媽好好調查過了喔。是負責統治迪魯海德各地區的工作對吧？我到離家最近的城堡打聽了許多事情唷。也稍微謁見了艾里奧．路德威爾魔皇大人了喔。」

因為我說想就讀魔王學院，所以就認為我想成為魔皇嗎？只不過，明明就事不關己，卻還是跑去調查魔皇的事情，最後居然還實際見上一面了。這就是所謂的父母嗎？不對，這只是媽媽的行動力驚人吧。

儘管並不是想成為魔皇，但考慮到阿伯斯·迪魯黑比亞的事情，最終還是有必要證明我是暴虐魔王吧？不過既然大致上沒錯，就當作是這樣吧。

「話說回來，媽媽見到的魔皇是姓路德威爾嗎？總覺得好像在哪裡聽過呢。」

「嗯，小諾班上的艾米莉亞老師，聽說是艾里奧魔皇大人的女兒喔。」

啊，原來如此。是艾米莉亞的姓氏啊。會這麼計較什麼批判皇族的，是因為這個理由嗎？

「謁見時談了什麼嗎？」

「沒有耶，我就只是因為有跟群眾一起謁見聽講的機會，所以才去的。能談上話的，聽說就只有獲得特別許可的人喔。」

唔，這麼說也沒錯。魔皇要是得一一聽所有民眾講話，就算有再多的身體都不夠用吧。

「先不提這個。媽媽，今天人數又增加了，沒問題吧？」

「咦……？」

媽媽露出嚴肅的表情，戰戰兢兢地窺向我的背後。

「……小、小諾……你該不會是帶了第三位新娘子——是男孩子啊！」

媽媽一看到雷伊的臉就驚叫起來。

「沒錯吧？是男孩子吧？跟小諾一樣穿著男孩子的制服對吧？」

「是呀，我是雷伊．格蘭茲多利。雖然昨天才剛轉學過來，但已經跟他成為好朋友了。」

接著，媽媽就綻開了笑容。

「太好了——因為小諾都只帶女孩子回家，所以媽媽還擔心你是不是跟男孩子處得不好呢。也是呢。沒問題呢。小諾才不是那種毫無節操、老是誆騙女孩子的愛情騙子呢！」

媽媽，原來妳在擔心這種事啊？

「安心吧。我也覺得要一塊生活的話，還是男人比較好。雖說直到今天都沒發覺這件事就是了。」

儘管我在兩千年前並不會在意性別差距，但如今要說的話，則是明白自己跟男人比較親近。當然，這說不定是因人而異，但我跟雷伊是莫名地投緣。

「……男人……比較好……？」

媽媽茫然地喃喃唸著什麼後，猛然倒抽了一口氣。

「……小、小……小諾他，小諾他……」

媽媽搖搖晃晃地退了幾步，大聲叫道。

「怎、怎麼辦————！小諾他出櫃了啊啊啊啊啊啊啊啊啊啊啊啊啊啊啊啊啊啊啊啊啊啊啊啊啊啊啊啊啊啊啊啊啊啊！」

媽媽的開關好像突然打開了。

「我說了什麼奇怪的事嗎？」

「咦……？沒、沒有喔，一、一點也不奇怪喔。小諾一點也不奇怪喔。」

「是嗎？不過硬要說的話，至今為止是有點怪吧。現在這樣才是正常的吧。」

因為其他人都會在意男女有別呢。也就是說，我也總算是能理解正常人的感覺了。

「至今為止才奇怪……是這樣啊……嗯。正常唷，很正常。喜歡男孩子一點也沒有錯喔……雖然一點也沒有錯，可是，等、等一下。」

媽媽以驚人的氣勢把米夏和莎夏抓過來。

「妳、妳們兩個知道嗎？」

朝著驚慌失措的媽媽，莎夏盡量冷靜地說道：

「……那個，首先請您冷靜下來好嗎？」

「也、也是呢。這種時候，當母親的怎麼能慌張呢。小諾都鼓起勇氣坦承出櫃了，必須要好好接受才行！」

莎夏變得面無表情。

米夏本來就沒什麼表情，現在則是更缺乏表情了。

「雖然他說直到今天都沒發覺，但小諾一定也很苦惱吧？覺得自己有哪裡不正常。說不定也是因為這樣，才會急著想與小莎和小米結婚吧？想設法掩飾自己的心情，光只有小米不行的話，那也跟小莎交往……甚至還求婚了，逼迫著自己……可是……還是沒辦法騙過真正的心情！」

「……米夏，妳有什麼想說的嗎……？」

「……壯大的劇情……」

媽媽猛然回頭，向雷伊說道：

「小雷！」

「我是。」

「沒問題，媽媽是你們的同伴。男人在一起不也很好嗎！比起這種事，媽媽覺得喜歡上某人的心情才是最重要的。所以千萬、千萬不要對自己的這種心情說謊喔。不會有問題的！」

噗哧一聲，雷伊微笑起來。

「阿諾斯，可以問你這是什麼狀況嗎？」

「媽媽有點容易誤會呢。你等等，我現在就跟她解釋——」

就在這時，工作室的門被啪咚一聲推開。不知為何固定著開門姿勢的人不是別人，正是我的父親。

「……阿諾斯，你很痛苦吧……能、能說出來真是太好了……」

爸爸突然一副感動不已的樣子。

「我能稍微明白你的心情。爸爸我其實……其實呢！以前也曾看著比我小一輪的可愛男孩子，覺得完全吃得下去喔……！」

這是犯罪吧。

「喜歡上了就是沒辦法。爸爸覺得可以理解你的想法。只不過，你……你……那個……是哪一邊？」

「……咦？」

「所以說，是那個啦，那個。是插入的一方嗎？如果是的話，爸爸我還勉強可以理解喔！可是，如果是被插入的一方的話，爸爸我就實在是……儘管想理解……儘管想要理解——」

爸爸一臉認真地低聲問道。

「會非常舒服嗎？」

爸爸啊……別說得你很能理解，也想試看看的樣子啦。

算了，爸爸的腦袋有問題也不是一天兩天的事了。就隨便敷衍過去吧。

「話說回來，你們說不定沒注意到，但除了雷伊之外，還有一位客人喔。」

「等等，阿諾斯！在這種狀況下介紹，你瘋了嗎？事情會變得一發不可收拾耶！」

莎夏連忙插嘴。

「沒什麼，之後再解釋就好。」

一旁的米夏微歪著頭。

「到目前為止，你一次也沒有好好解釋過吧！」

米夏頻頻點頭。

「莎夏，妳可別小看我啊。」

米夏直眨著眼。

「在這件事上，你完全無法信任啊。」

米夏頻頻點頭。

「……啊哈哈……我、我需要躲起來嗎……？」

等到米莎出聲，爸媽才像是第一次注意到她似的看著她。

然後，他們迎上笑臉。

「啊，歡迎。不好意思呢，沒跟小諾的朋友打招呼。」

「是呀，讓妳看到有點丟人的樣子了，不過就請慢坐吧。請問妳的名字是？」

「為什麼就只有米莎是普通的對應啊？腳踏兩條船、重婚，還是同性戀什麼的鬧劇上哪去啦？」

莎夏對這種不講理狀況的抗議叫喊，在家中響徹開來。

§ 12 【媽媽與爸爸的心意】

我們聚集在廚房裡做晚餐。

「不好意思呢，測驗這麼累了，還要妳們過來幫忙。今天店裡的客人很多，所以沒時間準備餐點。」

媽媽一面做著焗烤蘑菇的準備，一面說道。

「請別放在心上，畢竟總是讓您招待了。」

「料理很快樂。」

米夏一一洗著大量的蘑菇，莎夏再把這些蘑菇切成一口大小。

「很好，這樣蔬菜就全部洗好了。就先來處理馬鈴薯吧。」

爸爸把洗好的馬鈴薯裝滿在料理缽裡運來。

「因為要煮咖哩，所以就削皮，適當地切成一口大小就好。」

「因為量很多，我們就分頭處理吧。啊，可是，菜刀就只有一把……」

米莎說道。

「喔，是這樣啊。工作室裡有打好的，我這就去拿來。」

「不用這麼麻煩了。能借用一下菜刀嗎？」

雷伊叫住爸爸，從米莎手中借過菜刀。

他拿起裝滿馬鈴薯的料理缽後，就將缽裡的東西慢慢地拋到空中。

「……呼……！」

雷伊的手邊才剛閃了一下，拋在空中的大量馬鈴薯就瞬間削好皮。

這些馬鈴薯通通落在深盤裡，削下的皮則是落在料理缽裡。

「喔，本事相當好呢。那麼，要用這邊的紅蘿蔔比一場嗎？」

我手上的料理缽裡，裝著大量的紅蘿蔔。

「削好最多紅蘿蔔皮的人獲勝，如何？」

「我無所謂。」

米莎聽到對話後，帶著苦笑說道：

「可是，菜刀就只有一把。」

「我用這個就夠了。」

我拿起削皮器。

「我想你會後悔喔？」

「這還很難說吧？」

我與雷伊交換視線，迸出火花。以此為信號，我將料理缽中的紅蘿蔔撒向空中。

「……就是現在……！」

「太嫩了。」

菜刀與削皮器化為閃光，削好皮的紅蘿蔔零零落落地掉到深盤裡。

「數吧。」

「我看看喔。阿諾斯大人是……十根，雷伊同學……也是十根。平手呢……」

隨後，雷伊就帶著爽朗的笑容，將自己盤子裡的紅蘿蔔遞給米莎看。

「仔細看清楚。」

米莎直盯著盤子裡的紅蘿蔔看。

「……啊！」

她驚呼一聲，摸起紅蘿蔔。隨後，紅蘿蔔就像分解似的散成碎塊。

乍看之下只有削皮的紅蘿蔔，早已切成一口大小了，而且還是十根全都是這樣。

「而且這是……切成心型……」

米莎發出驚呼。居然能在那瞬間削好皮，把紅蘿蔔切成一口大小的心型，這可不是尋常的技術。

「是這樣嗎？」

朝著洋洋得意地微笑起來的雷伊，我遞出裝著自己的紅蘿蔔的深盤。

「確認一下吧。」

雷伊注視著紅蘿蔔，就像猛然驚覺似的用菜刀刺下去。

「……這是……切成星型……」

我削好皮的紅蘿蔔，全都切成一口大小的星型了。

「用、用削皮器，是怎麼切成這樣的啊……？」

米莎露出驚愕的表情。這也是無可厚非的事。因為削皮器是用來削皮的道具。恐怕連想都沒想過，這居然能用來把紅蘿蔔切成一口大小，而且還是星型的吧。

「別這麼驚訝，只能把道具用在本來的用途上的話，可稱不上是魔王的。」

不過，因為這是個和平的時代嘛。要是能隨時取得菜刀的話，也就沒必要用削皮器把紅蘿蔔切成星型了。不過，兩千年前可就不同了。

「這算是我輸了吧。」

雷伊喃喃低語。然後，拿起另一個料理缽。

「唔，是要用洋蔥一決高下嗎？有意思。」

大量的洋蔥，豪邁地在空中飛舞。

我與雷伊同時動作——

「對面好像在幹什麼蠢事呢……」

在準備焗烤蘑菇的莎夏遞來白眼。

「呵呵，小諾就連削皮也很拿手呢。能這麼快就把洋蔥給處理好，真是太厲害了呢。」

看到媽媽佩服似的這麼說，莎夏露出詫異的表情。

「……伯母是為什麼能像這樣宛如銅牆鐵壁般的毫無動搖啊？」

莎夏就連對媽媽講話的口氣，也變得愈來愈口無遮攔了。

「不會嚇到嗎？」

莎夏與米夏的詢問，讓媽吟吟笑起。

「呵呵，是會嚇到沒錯喔。每天都是一連串的驚喜呢。才剛出生就長得這麼大，還會使用很厲害的魔法，而且非常聰明，說要就讀迪魯海德的魔王學院，還帶了這麼多的同班同學回家呢。」

「……不覺得害怕嗎……？」

莎夏這話一說出口，媽媽就「嗯？」了一聲，溫柔地向前探近她的臉。

「啊……」

莎夏露出一臉糟了的表情。

「莎夏的魔力很強，而被害怕了。」

米夏說道。

「被父母親？」

「嗯。」

「這樣啊。」

媽媽伸出手，將莎夏的頭緊緊抱在懷中。

「妳很難受吧，小莎。」

「……這、這才……沒什麼大不了的……因為我有米夏……」

莎夏一面被媽媽「好乖、好乖」地撫著背，一面把臉埋在她的胸前。

「……我曾被醫生說過，是沒辦法生下健康寶寶的體質……」

「咦……？」

「……是我懷上小諾，用魔法進行檢查的時候說的喔。醫生說就算生下來，也肯定無法四肢健全，所以還是放棄小孩會比較好……說這麼做，小孩子也肯定比較幸福……」

媽媽溫柔微笑著。

「可是，肚子裡懷著小諾，一想到他還活著，就沒辦法放棄。就算稍微跟別人不同、就算沒辦法讀書識字、就算體弱多病也沒關係。因為我想盡全力愛著這個孩子，不論他生得怎麼樣，都要讓他幸福唷。」

等注意到時，爸爸已站到媽媽的身旁。

「當時親愛的是這麼說的呢。我們不能擅自決定這個孩子是不幸的。不過就是做不到某些事情，就認定他無法幸福，這種事怎麼可以接受。」

爸爸點了點頭。

「只不過，阿諾斯在媽媽肚子裡的時候，狀況比預期的還要糟糕。曾一度差點死去。」

「就連醫生的魔法也束手無策呢。於是我每天向神明祈禱，希望能設法生下這個孩子。只要能生下來，不論他是怎樣的孩子、不論發生什麼事，我都絕對會讓他幸福長大——我向神明如此祈求著。」

莎夏問道。

「……結果怎麼了？」

「心臟一度停止了呢。醫生說是已經死了。可是，我還是無法放棄啊。就算不是神明也無所謂，不論是惡魔還是誰都好，希望能救救這個孩子，像這樣祈求著。然後，心臟就再度跳動了唷。」

更正確來說，媽媽腹中的小孩是死了。

說是打從一開始就沒有活過，會比較適當吧。就跟醫生的診斷一樣。媽媽是無法生小孩的體質，那個孩子本來就沒有足以出現明確意識的根源。

就只有肉體存在於媽媽的腹中，而那具肉體也早在出生前就已經死亡。

然而，這個器皿卻因為我剛好轉生過來而復活了。

魔法有時也會受到意志力大幅影響。就算是無法使用魔法、幾乎沒有魔力的人類，只要有堅強的意志，有時也會罕見地吸引到魔。

說不定就是媽媽堅定的祈禱，把我召喚來的。

「在這之後，小諾就完全恢復健康了，在肚子裡愈來愈大喔。就連醫生也說是奇蹟呢。」

媽媽泛著些許淚光，笑了起來。

「所以呢，我從未感到害怕過。不論是怎樣的孩子，我都無所謂喔。因為，小諾活得這麼健康。除此之外，我已經別無所求了。」

媽媽的話語，讓米夏與莎夏泛起淚光。米莎也用手帕擦拭眼角，就連雷伊都露出感慨萬千的表情。

大家肯定全都跟我有著相同的想法。

——所以才會不論是腳踏兩條船、重婚，還是同性戀，都能接受啊。

§13 【米夏的焗烤料理】

用完餐後，我獨自坐在椅子上休息著。

今天的晚餐格外美味。媽媽的焗烤蘑菇果然是最棒的。儘管會在不知不覺吃得太多這點也是個問題，但是這份飽腹感也讓我有種難以言喻的愉快心情。

其他人是到工作室了。得知雷伊對鍛劍有興趣後，爸爸就充滿幹勁地帶他過去參觀。而莎夏跟米莎她們也跟著一塊去看。雖然已過了一段時間，但沒有要回來的跡象。由於能不時聽到笑聲，所以是聊得很開心吧。

當我靠在椅子上發呆時，廚房那邊傳來聲響。

是媽媽嗎？我不經意地探頭望去。

裡頭的人是米夏。

「妳在做什麼？」

米夏回過頭，面無表情地說道：

「焗烤。」

石窯好像在燒的樣子。是在做焗烤料理吧？

明明才剛用完晚餐，還真是奇怪呢。

「這是怎麼回事？」

「正在做。」

「米夏嗎？」

她點了點頭，就像辯解似的說道：

「阿諾斯的媽媽說可以。」

「唔，我沒有要責怪妳的意思，不過這是為什麼？」

隨後，米夏就眨了兩次眼。

「跟她學了。」

這麼說來，在準備晚餐時，她跟莎夏兩個人幫忙做了焗烤料理呢。是在那時學到料理方法的嗎？

「一個人練習做。」

原來如此。

「是想練習做焗烤料理嗎？」

「嗯。」

「也對，畢竟說得客氣一點，媽媽做的焗烤蘑菇是至高美味呢。」

米夏點了點頭，說道：

「是阿諾斯最喜歡的料理。」

「……這個意思是，因為我喜歡吃，所以妳才練習的嗎？」

米夏害羞了起來。儘管只有一點點，但覺得她是在不好意思。

「喜歡阿諾斯高興的表情。」

還真是說了句可愛的話呢。

「我很高興喔。」

在我這麼說後，米夏就瞇縫起眼。

「阿諾斯跟莎夏的感情很好。」

「是呀。」

莎夏會赤裸裸地表現感情，毫不客氣地表達意見。由於兩千年前並沒有這種部下，所以讓我也不自覺地起了興致，甚至還會主動做點什麼事來戲弄她。

「這很好。」

米夏直直窺看著我的眼睛。

「可是，有點寂寞。」

「唔，是這樣啊。也就是妳覺得姊姊被我搶走了吧？」

米夏微微瞠圓了眼，忙不迭地搖起頭來。

「被搶走的人，反了。」

纖纖玉指倏地指向我。

「我？被莎夏嗎？」

米夏微微點頭，然後低著頭，向上望來不同於往常、彷彿在主張著什麼的眼神。

「我先成為朋友的。」

她以微弱的聲音說道。

「……可是，現在是跟莎夏比較好……」

我忍不住笑了起來。

「米夏也會這樣想啊？」

她低垂著頭，喃喃說道：

「……忌妒，不好……」

一副管不住自身情緒的樣子。

「我並沒有特別跟莎夏比較好喔。」

「是嗎？」

帶著有點懷疑的心情，米夏直盯著我看。

「就只是那傢伙的話很多罷了。」

「……我的話很少……」

米夏的語氣有點消沉。

「這是妳的優點。」

經我這麼一說後，她就稍微露出了微笑。

「真的嗎？」

「是呀，跟妳說話會讓人感到心平氣和。」

米夏呵呵笑著，害羞起來。

「很高興。」

唔，能解開誤會是再好也不過了。

「啊。」

米夏就像想到似的打開石窯後，雙手套上連指手套，從中拿出焗烤盤。白醬與起司的美味香氣飄散著。

「完成了。」

米夏開開心心地把焗烤盤放到餐桌上。

她拿來一把木湯匙，舀起一匙焗烤蘑菇。然後在呼呼吹氣後，大口吃了下去。

是烤得很美味吧，米夏一面品嘗焗烤蘑菇，一面頻頻點頭。

「好吃嗎？」

在我詢問後，米夏面無表情地回過頭。

然後，再度用湯匙舀了一匙焗烤蘑菇，把湯匙朝向我。

「要吃嗎？」

「啊，不用了。我剛剛已經吃很多了呢。」

「……………………………………………這樣啊。」

米夏直盯著湯匙舀起的焗烤蘑菇，看起來很寂寞似的。

這麼說來，她是想看我高興的表情才練習的呢。既然如此，就算會吃到撐死也得吃。

「唔，只不過，我正好有點餓的樣子。能讓我吃嗎？」

隨後，米夏就開心地微笑起來，頷首答應。她把湯匙舀起的焗烤蘑菇呼呼吹涼，遞到我的嘴邊。

「來。」

米夏要求我張開嘴巴。

「…………」

又不是小嬰兒，我自己可以吃吧。

我沒有張開嘴，她就微歪著頭。

「……啊——」

是以為我沒有明白意思吧，米夏再度要求我張嘴。

算了，就這樣吧。就隨她高興吧。

我一張開嘴，米夏就把焗烤蘑菇遞到嘴裡。我咀嚼著焗烤蘑菇。唔，極品。不愧是跟媽媽直接學習，將媽媽的焗烤味道完美重現了。

「……怎樣……？」

「極品。」

米夏呵呵笑起。

「再一口？」

「好。」

米夏再度把焗烤蘑菇遞到嘴邊。

「……啊——」

是以為不這麼說我就不會開口吧，米夏就跟剛才一樣地餵我吃焗烤蘑菇。

雖然肚子已經很撐了，但最後還是把練習用的焗烤蘑菇整盤吃完了。

「很好吃喔。米夏很會做菜呢。」

「……普普通通……」

她有點害羞地說道。

「我再做。」

「別這麼勉強自己。就算不做，我跟米夏的關係也不會變差的。」

米夏困擾似的沉默下來。

「不行？」

「如果妳想做的話，我非常歡迎喔。」

「我喜歡做。」

這麼說來，她的拿手魔法也是「創造建築」啊。

「那麼，能再請我吃嗎？」

「約定？」

「好啊，我很期待喔。」

我用手指彈了一下盤子與湯匙，發動魔法將這兩樣餐具唰地洗乾淨後，讓餐具飄到空中，放回餐具櫃上。

「去過工作室了嗎？」

「還沒。」

「那麼，要去嗎？」

「嗯。」

我跟米夏一起離開廚房。推開工作室的門走進後，看到媽媽待在裡頭。

「雷伊他們怎麼了？」

隨後，媽媽豎起食指噓了一聲。仔細一看，發現莎夏就在旁邊，裹著毛毯睡著了。

「小莎好像累了呢。」

她在小組對抗測驗中耗費了不少魔力呢。

「小雷他們說要去吹吹晚風，到庭院那邊去了喔。」

媽媽低聲說道。

唔，庭院啊。離開工作室，我們走到屋外。

儘管太陽早已下山，但月光也隨之升起，使得周遭並不會太暗。由於這附近住宅密集，所以也有從民家裡露出光亮。

「不過，今天真是謝謝你了。」

從家中庭院那邊，傳來米莎的聲音。

試著窺看過去，就看到她坐在樹根上；雷伊則站在一旁。

「是指什麼事啊？」

「呵呵呵，是你邀請我的吧？要是雷伊同學沒有邀請我的話，我想阿諾斯大人也不會讓我加入小組吧。所以，我是在謝你這個唷。」

雷伊揚起淡淡微笑。

「我並沒有這種意思就是了。」

「啊，不讓我欠你人情，你還真是溫柔呢。」

米莎吟吟笑起。

那兩人在一起時，老是在笑呢。

「……我還是第一次遇到像雷伊同學這樣的人唷……」

「像我這樣？」

「……那個，該怎麼說才好，要說是完全不在意自己是皇族的事嗎……？」

雷伊忽然爽朗笑起。

「我想涅庫羅的兩姊妹也一樣喔。」

「啊哈哈……可是，還是有點不同呢。我想莎夏同學和米夏同學，是在充分理解皇族的意義之後，依舊選擇成為阿諾斯大人的部下。」

「我看起來不是嗎？」

「這個嘛，老實說，你看起來就像是對什麼皇族啊、混血啊，還是始祖之血本身等等，一點興趣也沒有的樣子。這樣講雖然不太好聽，但感覺就像是覺得這些事怎樣都好唷？」

雷伊噗哧笑起。

「或許吧。在小組對抗測驗時我也說過了，我很不擅長應付這種事。」

雷伊將視線從米莎身上移開，注視起遠方。

「我真的就只想考慮劍的事情。要怎樣才能把劍揮得更快？要怎樣才能斬斷無法斬斷的東西？除此之外的事都讓我感到麻煩呢。」

「有什麼讓你無法只考慮劍的事情嗎？」

就像是單純的疑問般，米莎詢問著。

「只要活著，就有很多唷。比方說，像是不能不吃飯。」

米莎噗哧地啞然失笑。

「雷伊同學還真是怕麻煩呢。」

「我是打從骨子裡的懶人喔。」

雷伊再次看向米莎。

「所以我不打算加入統一派唷。雖然也不認為皇族是對的。」

「啊，不是的，我沒有這個意思。」

米莎連忙搖手，然後一臉認真地說道：

「我是這麼想的呢。像雷伊同學這樣的人，說不定就是我們統一派的理想。早在說出皇族怎樣、非皇族怎樣的言論時，我們就已經把魔族分成兩派了。會說這種事很麻煩、怎樣都好的人，肯定才是個沒有任何歧視的人，我有這種感覺。」

「就算妳這樣抬舉我，我也很傷腦筋呢。要這樣說的話，阿諾斯看起來才像是真的什麼都不在意吧？」

「……阿諾斯大人是……」

「是因為想拱他上轎，所以無法冷靜看待他嗎？」

米莎驚訝地看向雷伊。

「你講得真直白呢。」

雷伊沒有答話，就只是回望著米莎。她尷尬地別開視線。

「……雖然我們除了相信阿諾斯大人外，已經沒有其他方法了，但也很清楚，這對阿諾斯大人來說或許不是一件好事……」

「我覺得這麼做很好。」

立刻回答的雷伊，讓米莎再次露出驚訝的表情。

「不論米莎同學等人做了什麼，我想都不會對他造成一絲的影響。」

米莎就像不知該怎樣回話似的，把臉埋進膝蓋裡。

「我不是在顧慮妳，而是真的這麼覺得唷。是不是遭到利用、是好事還是壞事等等，阿諾斯並不處於這種層次上。就算灑上一個水桶的水，也不會讓大海激起一絲波浪。他看起來就是如此超凡。至少對我來說是這樣呢。」

「你們才剛認識沒多久，為什麼能斷言到這個程度啊？」

雷伊爽朗笑起。

「就只是直覺唷。我不擅長思考困難的事。」

米莎也呵呵笑起。

「總覺得心情稍微輕鬆了一點。」

「我也能問妳一個問題嗎？」

米莎露出不可思議的表情。

「好的。」

「米莎同學是半靈半魔吧？」

「是的……」

「身體狀況有變差的時候嗎？」

米莎就像是摸不著頭緒似的歪著頭。

「那個……是有稍微身體不適的時候啦，但基本上一直都很健康唷。怎麼了嗎？」

雷伊瞬間閉上了嘴，然後以難得認真的表情說道：

「因為我聽說半靈半魔不長命。」

「咦……？」

「就我所知，沒有半靈半魔能在施展精靈魔法後還保持健康的。米莎同學是特別的吧。」

「是這樣嗎？我自己也不太清楚……」

雷伊把手伸向米莎。

「回去吧。身體會著涼的。」

「啊，好的。」

牽起手，米莎站起身來。

「不過，今天真的很謝謝你。今後我會努力營造一個能讓雷伊同學這樣的人變得很普通的社會喔！」

米莎這麼說後，露出一臉糟了的表情。

「不、不好意思。就算我這麼說，你也覺得很為難吧。」

「不會。」

雷伊吟吟笑起。

「我會替妳加油的唷。說什麼因為是皇族、因為是混沌世代的，而被硬塞了一堆事情到身上，坦白說也讓我覺得很厭煩呢。」

米莎一臉開心地用力握拳。

「請交給我吧。為了讓雷伊同學能有悠哉度日的一天，我會拚命努力的。」

§14 【統一派的七魔皇老】

在那之後，過了一陣子——

德魯佐蓋多魔王學院，第二訓練場。

「——那麼，接下來要傳達聯絡事項。馬上就是預定要在德魯佐蓋多舉辦的迪魯海德魔劍大會了，本學院也會派出優秀的學生參加。一年級生儘管在實力上大都無法獲得推薦，但本班很意外地有學生獲得推薦。」

艾米莉亞的發言讓教室內鼓譟起來。

「會是誰啊？」

「笨蛋，這還用說嗎？我們班上能出場魔劍大會的人就只有一個。」

艾米莉亞看向一臉悠哉地在聽她說話的那名學生。

「雷伊．格蘭茲多利同學，恭喜你了。期許你能作為德魯佐蓋多魔王學院的學生在魔劍大會上好好表現。」

在艾米莉亞拍手後，學生們也跟著一起拍手。

雷伊沒有特別起勁的樣子，就跟往常一樣微笑著。

「如果是鍊魔劍聖的話，說不定能贏得優勝呢。」

「是啊，不管怎麼說，他都能用劍勝過那個七魔皇老。」

「要是我們班上出現魔劍大會的優勝者的話，我們也與有榮焉呢。」

是知道雷伊在劍上的實力吧，優勝之類的字句此起彼落。

「還有另一位。」

在艾米莉亞這麼說後，教室內以另一種形式再度鼓譟起來。

「……另一位……我們班上還有其他能出場魔劍大會的傢伙嗎？」

「不，我完全不知道耶。莎夏大人雖是混沌世代，但劍術並沒有這麼好，所以不適合參加魔劍大會吧？」

「要說的話，是有一個吧？能用劍勝過雷伊的傢伙……」

「可是，那傢伙是……」

學生們的視線，一齊集中在我身上。

「阿諾斯．波魯迪戈烏多同學，你也被派去參加魔劍大會了。請作為德魯佐蓋多的學生，進行毫不羞恥的戰鬥。」

瞬間，教室的一隅響起尖叫聲。

「來啦啊啊啊啊啊啊啊啊啊啊啊啊──阿諾斯大人的時代喔──！」

「阿諾斯大人被選上了，就代表已經獲勝了吧？」

「對呀、對呀，別說是獲勝，是保證進入名人堂唷！」

「該怎麼辦，我緊張起來了。」

「為什麼妳要緊張啊？」

「因為，必須組成阿諾斯大人的啦啦隊啊！不能讓阿諾斯大人孤軍奮戰！」

粉絲社大喊著諸如此類的話。

「這是怎麼回事？白制服出場魔劍大會，可是前所未聞的事耶。」

「是啊，不論是一般參賽者，還是特殊參賽者，混血應該都會在文件審查階段就被刷掉才對……」

「就算阿諾斯再怎麼強，居然推薦他去參賽，魔王學院是不是瘋了啊？」

一部分的皇族如此抱怨著。

並沒有特別說明這件事，艾米莉亞繼續說道：

「為了參加魔劍大會，必須要有一把劍，所以請兩位準備好。我想兩位也知道規則，原則上是不允許中途換劍的。此外，當劍折斷，或是遭到破壞時，就算是當場敗北。也不允許使用會傷害對手的魔法。原則上，只准用劍來戰鬥。由於還有其他瑣碎的規定，所以詳情請到競技場的魔劍大會辦事處查詢。」

原來如此。只能靠自己準備的劍來戰鬥啊。也就是說，不僅劍術的本領，魔劍的性能差距也掌握著勝敗的關鍵。

「以上。今天的課程就到此結束。」

如此宣告後，艾米莉亞就離開教室。

學生們也立刻開始準備回家。

「如果是能在決賽時碰頭的分組就好了呢。」

雷伊靠在椅子上，就像躺著似的把臉對過來。

「這次要是能好好使用魔劍，正面一較高下的話就好了。」

「想盡情對決的想法，我也有同感。」

雷伊滿足似的微笑著。

「只不過，問題並不只限於分組。」

「我不認為你會輸就是了。」

「至少這間學院的人，是會這麼想吧。」

雷伊坐起身，重新轉過身來。

「既然認為我會贏的話，那麼為什麼會推薦我參加魔劍大會？」

雷伊回答不出這個質問。他對皇族、混血等這方面的事情不熟。

「皇族應該不會想要混血的我在魔劍大會上獲得優勝才對。那麼最簡單的方法，只要禁止我報名參賽就好。然而，他們卻特意推薦了本來應該沒有參賽資格的混血。」

不論怎麼想，都只覺得這背後有鬼。

「果然很奇怪呢。」

米莎如此搭話。

「妳知道什麼嗎？」

「不，我並沒有那麼清楚……不過，剛好有個知道詳情的人來了，所以說不定可以試著問他看看。」

「誰呀？」

「就是前陣子約好要見面，七魔皇老的梅魯黑斯大人。」

這麼說來，是有做過這種約定啊。

「他在哪裡？」

「就在我們的社團塔裡。好像是預定行程突然空下來的樣子。真是不好意思，請問現在方便嗎？」

「沒問題。」

「感謝。那麼，我們就走吧。」

我們離開了教室。

來到阿諾斯粉絲社的社團塔後，就這樣登上階梯，前往最上層。正好就在經過二樓時，聽到愉快的聲音。

「那麼，要來唱阿諾斯大人的啦啦隊歌嘍！鏘鏘鏘鏘鏘♪」

「史上！最強！阿諾斯大人～♪以優美的劍法瞬殺～♪」

「殺～呀、殺～呀，想被殺掉♪想成為～他的劍下亡魂～♪」

「戰鬥的模樣也很美麗～♪慈悲為懷的阿諾斯大人～♪」

「在床上賜予憐憫♪雄壯的長劍一柱擎天♪」

「倒～呀、倒～呀，想要倒下♪想成為～他的劍下亡魂～♪」

「用～阿諾斯大人的♪雄壯的長劍♪混血無限增值啊～♪」

「沒有～皇族的～世界♪唯一的解決方法～♪」

「倒～呀、倒～呀，想要倒下♪以優美的劍法瞬殺～♪」

唔，當作沒聽到吧。

只不過，應該是剛剛才提到啦啦隊要怎樣怎樣的話題，為什麼已經編好完成度這麼高的啦啦隊歌啦？

儘管不想太積極地去想，但這就是所謂日常鍛鍊的成果吧。一面將多餘、猶然在耳的歌詞與旋律驅離腦中，一面登上最上層。

「梅魯黑斯大人，我帶阿諾斯大人來了。」

在一半的魔劍的房間裡等候的，是個留著白色長鬍子的老人。

身穿法衣，持著杖子。是七魔皇老梅魯黑斯・博藍吧。就從魔力波長來看，毫無疑問是我製造的魔族。

而且這傢伙還是重視生存，最為強化魔法與魔力的類型。跟艾維斯與伊多魯的水準不同。擁有能與神話時代身經百戰的強者為伍的實力。

梅魯黑斯默默朝我走來，沒有特別感受到敵意。他在走近停步後，啟動魔眼直盯著我的眼睛。

數秒後，梅魯黑斯落下一滴眼淚，當場跪倒。

「老身一直在等待您的轉生，吾君，魔王阿諾斯・波魯迪戈烏多大人。」

唔，沒想到會突然來這一套呢。

「梅魯黑斯，你記得我嗎？」

隨後，梅魯黑斯就搖了搖頭。

「說來慚愧。老身一時大意，記憶好像被某人消除了。可是，老身的根源還記得您。像這樣直接會面，才總算是得以確信。」

關於記憶，就跟艾維斯他們一樣啊。

「那麼，就讓我確認一下吧。」

「請隨意。」

我一把抓住梅魯黑斯的頭，用「時間操作」與「追憶」清查表層記憶。就跟艾維斯他們一樣，我的記憶被從腦海中徹底消除了。

接著用魔眼窺看深淵，確認梅魯黑斯的根源。

就只有一個。至少梅魯黑斯沒有跟阿伯斯・迪魯黑比亞的部下融合，被奪走身體的樣子。

「你知道多少？」

「是兩千年前，阿諾斯大人轉生後沒多久的事。老身遭到某人襲擊，消除了記憶。等注意到時，人已置身在阿哈魯特海倫了。」

大精靈之森啊……

「你越過牆壁了嗎？」

如果是兩千年前的話，迪魯海德與阿哈魯特海倫是經由我的魔法，以牆壁分隔開來的。

「恐怕就是這樣吧。儘管記憶模糊，不過只記得是為了逃避某人的襲擊而利用了牆壁。」

雖說那是我耗盡生命施展的大魔法，但只要是擁有強大魔力的神話魔族，就有可能越過牆壁。

就算是在那個時代，能做到這件事的也不滿二十人，而且就算越過，也應該得付出相當大的代價。當然，應該也有例外吧。

「如果要追著你越過牆壁的話，就會消耗大半的魔力。這樣一來，就得耗費不少時間才能再度越過牆壁，返回迪魯海德吧。所以才沒有繼續追來，是這樣吧？」

「誠如吾君所言。只不過，老身要恢復足以再次越過牆壁返回迪魯海德的魔力，也得要一百年的歲月。」

跟艾維斯他們不同，梅魯黑斯具備足以越過牆壁的魔力。就算能消除掉我的記憶，也難以奪取他的根源吧。

「等到老身返回迪魯海德時，暴虐魔王之名已被篡改為阿伯斯・迪魯黑比亞。哪怕老身沒有記憶，也還是有種怎樣也無法抹去的不對勁感。儘管其他的七魔皇老都對阿伯斯・迪魯黑比亞深信不疑的樣子，但老身至今一直都抱持著疑問。」

「而這個疑問，就在此時化為確信了嗎？」

梅魯黑斯恭敬地低下頭。

「誠如吾君所言。老身的根源表示，您才是真正的魔王。」

梅魯黑斯的話語中沒有可疑之處。但已經知道的，頂多就是阿伯斯·迪魯黑比亞可能打從神話時代就存在了。

兩千年前跟我敵對的傢伙多如牛毛，但其中格外強大的有三人。

勇者加隆、大精靈蕾諾，還有創造神米里狄亞。如果是這三人的話，應該就能無傷越過牆壁了吧。

只不過，他們也協助我製作牆壁了，所以應該是互相追求著和平才對。即便假設他們判斷這個和平的時代不需要我，做得這麼拐彎抹角有意義嗎？也不覺得他們會想要暴虐魔王的位置。

這樣一來，就是他們以外的人搞的鬼？

「阿伯斯·迪魯黑比亞有什麼企圖，你預想得到嗎？」

「毫無頭緒。」

不過，也是啦。孤立無援的話，能調查的事情也有限。

「要是掌握到什麼的話，就跟我報告吧。」

「遵命。」

果然只能從身邊的事情開始著手了嗎。

「再問你一件事。德魯佐蓋多有人推薦我參加魔劍大會。你知道他的目的嗎？」

梅魯黑斯想了一會後說道：

「阿諾斯大人，您曉得皇族派嗎？」

「是指提倡什麼皇族至上主義的一群人吧？」

梅魯黑斯點了點頭。

「皇族派是意圖擴大如今的皇族權利的組織，有著非皇族即非魔族的激進主張。」

唔，從米莎那邊聽到時也曾想過，但還真是一群腦子有病的傢伙。

「其實，德魯佐蓋多也有許多皇族派。老身以為這次的推薦，恐怕是他們所為。」

「推薦我的目的是？」

「是對統一派的牽制吧。阿諾斯大人蹂躪學院的情況，已在統一派與皇族派之間流傳開來。混血的阿諾斯大人，遑論任何皇族，即便是七魔皇老都無法與之為敵。這成為統一派氣勢高漲的主要原因，皇族派對此是不會覺得有趣吧。」

「也就是說，是想讓我在魔劍大會上敗北，藉此削弱統一派的氣勢嗎？」

梅魯黑斯頷首同意。

「皇族派好像無法再對您置之不理了。因為只要阿諾斯大人參加，並在魔劍大會上取得優勝，恐怕就會讓統一派更加團結吧。跟皇族相比，混血的人數眾多，皇族派害怕混血會團結一致。」

「就算是這樣，這麼做也依舊很蠢呢。畢竟要防止這件事發生，就必須讓我在魔劍大會上敗北。」

隨後，梅魯黑斯露出做好覺悟的表情。

「阿諾斯大人，請恕老身斗膽提議。能否請您放棄參加魔劍大會呢？」

「為什麼？」

「對您而言，這或許是微不足道之事；但對統一派來說，阿諾斯大人是他們的光。現在不能在這裡讓這道光消失。」

梅魯黑斯是統一派。對於阿伯斯．迪魯黑比亞的疑心，即是他成為統一派的理由吧？但除此之外，他內心也不喜歡這個只由皇族統治的迪魯海德吧。

「我不打算放任皇族派為所欲為。」

恭敬地低垂著頭，那名七魔皇老說道：

「吾君會勝利吧。不論發生何事，決不會在勝負中敗北。但即使如此，也無法保證能贏得比賽。」

梅魯黑斯的擔憂，讓我大致有了頭緒。

「用規則讓我輸嗎？」

「您或許會感到荒謬。只不過，就算勝負十分明顯，只要製造出您輸掉比賽的事實，對皇族派來說就是充分的成果了……」

是一群比起實力，更加注重血統的傢伙。就算採用這種手段，也不足為奇。

「既然如此，就算我辭退資格，也不認為他們會取消推薦吧？說不定還會大肆宣揚我落荒而逃喔？」

「只要您沒在比賽中現身，之後的事老身會設法處理。還請您大發慈悲。」

如果是七魔皇老的話，也具備相當的權力。是能做到這種事吧。
只不過，哎呀哎呀，還真是麻煩。不過，我也不是一定想要參加魔劍大會就是了。
「我會考慮的。」
「感謝。」
梅魯黑斯深深低頭。

§ 15 【米夏的詢問】

和梅魯黑斯大略談過後，我回到自己家中。儘管平時媽媽總是在看店，但這個時間已經關店了，所以沒有人在。
「歡迎回來。」
淡淡的聲音響起。從廚房內突然冒出來的人，是米夏。
唔，我有點驚訝。
「怎麼了嗎？」
「練習料理。」
隨後，媽媽就從廚房走出來。
「小諾，你回來啦。馬上就能吃飯了。今天是跟小米一塊做的唷。」

「妳向媽媽學料理嗎？」

米夏點了點頭。

「前幾天小米說想替小諾做美味的料理，所以媽媽就邀請她有空的時候過來學。」

她們做了這種約定啊？

「那麼，媽媽我就去把晚餐弄好喔。」

「我也去。」

「今天已經沒問題了。剩下的步驟，小米也能輕鬆做好。能幫我陪小諾聊聊天嗎？」

米夏想了一下，點了點頭。

「喔，阿諾斯，你回來啦。」

完成工作的爸爸從工作室中走了出來。

「我回來了。」

「你似乎又幹了很厲害的事呢。這次是魔劍大會嗎？」

爸爸這麼說後，媽媽就露出滿面笑容。

「對對對，有這麼一件事呢！小諾，恭喜你了。是今天艾米莉亞老師過來通知的。班上只選出兩個人耶，小諾真是天才！」

媽媽緊緊抱住了我。

只不過，居然還特意跑來通知爸媽，看來是非常想要我參加魔劍大會呢。

「我還沒確定要參加魔劍大會。」

「咦？為什麼？在魔劍大會上留下好成績，也比較容易當上魔皇吧？」

這倒是第一次聽到耶。

「是這樣嗎？」

向米夏詢問後，她就點了點頭。

「成為魔皇需要實績。魔劍大會上的成績會被算進去。」

原來如此。不過，雖說是和平的時代，但沒有一定程度的實力也無法勝任吧。

「就算要出場，我現在也沒有劍。」

總之就先這麼說吧。

「劍的話，就交給爸爸吧。是要怎樣的劍？」

就算想參加，老實說，這也不是能交給爸爸處理的事……

「一般的劍是不行的。因為參賽者拿的是魔劍，一碰就會斷。」

爸爸盤起雙臂，沉思起來。

「說到魔劍，是在指那個嗎？爸爸也曾聽說過，是用特殊金屬打造的劍吧？據說能削鐵如泥。」

爸爸的打鐵知識是人類國度，而且還是邊境城鎮的水準。就算提到魔劍，也不會意識到是在指帶有魔力的劍，就只有削鐵如泥程度的認知。

「好，爸爸稍微出門一下。」

爸爸露出一臉得意的表情，我只有一種不好的預感。

「應該要準備吃晚餐了吧……？」

「伊莎貝拉，我出門個兩、三天。店裡就拜託妳了。」

爸爸很有男子氣概地這麼說後，媽媽就吟吟笑起。

「好的，親愛的。路上小心喔。」

儘管場面好像搞得很熱烈，但爸爸打造的劍，毫無疑問會被魔劍打斷。

說到底，我也還沒確定是否要參加魔劍大會，所以這完全是白跑一趟吧？

「爸爸，如果是劍的事情，就算弄到手也毫無意義喔。」

「不不不，並不是這件事。爸爸是突然想到了一點小事要做，跟劍一點關係也沒有。」

為什麼要為了一點小事，突然離家個兩、三天啊？這個藉口也太牽強了吧？

「說到底，就算有劍，我也不一定會參加魔劍大會……」

「我知道了、我知道了，之後的事等爸爸回來再說吧。」

爸爸用力拍著我的肩膀，開朗笑著。

「那麼，爸爸不在家時，媽媽就交給你照顧嘍。」

「不是啦，爸爸。」

隨後，爸爸用力拍著我的肩膀，開朗笑著。

「那麼，爸爸不在家時，媽媽就交給你照顧嘍。」

「…………」

這是什麼狀況？

「所以說，爸爸，我——」

隨後，爸爸用力拍著我的肩膀，開朗笑著。

「那麼，爸爸不在家時，媽媽就交給你照顧嘍。」

你是壞掉的魔法人偶嗎？

「…………好的，請不用擔心……」

爸爸就像等這句話很久似的，用力豎起拇指。

哎呀哎呀，真是受不了他。

「我出門了。」

爸爸推門離去。

「…………」

唔，算了，隨他吧。如果能弄到好劍，就算無法在魔劍大會上使用，也能提高作為鐵匠舖的聲譽。畢竟爸爸似乎幾乎沒有想要擴大店舖、賺錢的意思呢。偶爾讓他努力一下也不壞。

說到底，產生誤解的爸爸根本不聽人說話。

「那麼，媽媽去把晚餐弄好嘍。」

媽媽這麼說後，就返回廚房。

「不參加魔劍大會嗎？」

米夏問道。

「聽說皇族派打算用規則讓我敗北。雖然不論是怎樣不利的規則，都不覺得我會輸，但

就算稱了他們的意，對我也沒有好處呢。」

這如果是阿伯斯．迪魯黑比亞的計謀的話，就算要陪他們玩一下也無妨吧。順利的話，說不定還能抓到他的狐狸尾巴。

然而，要是這件事跟他毫無關聯，就只是看我不順眼的什麼皇族派在搞鬼的話，就沒什麼參加的意思了。

如果是無足輕重的遊戲，就算照梅魯黑斯的進言去做也無所謂吧。

既然如此——

「來吧。」

在我這麼說後，一隻貓頭鷹就從窗外飛進屋內——是使魔。

「去吧。」

在用「意念通訊」下達指示後，貓頭鷹就立刻飛離。

「米夏，明天學院休息吧？」

米夏點了點頭。

「有預定行程嗎？」

米夏忙不迭地搖頭。

「那麼，要跟我去玩嗎？」

米夏面無表情地直盯著我看。

「……出門？」

「是啊。」

我回答後，米夏就像在思考什麼似的緘默下來。

「……兩個人？」

「有問題嗎？」

米夏有點慌張地搖了搖頭。

「很期待。」

她帶著微笑這麼說道。

「有想去的地方嗎？」

「都可以。」

「那麼，有想做什麼事嗎？」

「都行。」

唔，毫無欲望啊。不過，畢竟是米夏，說不定只是在客氣。

「阿諾斯想做什麼？」

「也是呢。什麼都行，不過硬要說的話，就是想試看看米夏喜歡的事。」

我這麼說後，米夏就有點驚訝地眨了眨眼。

「我喜歡的？」

「是啊。」

「……很無聊喔……」

「偶爾做點無聊的事也是一種樂趣。」

米夏吟吟笑起。

「阿諾斯很溫柔。」

「是嗎？」

米夏點了點頭。

「告訴你。」

在用眼神詢問後，米夏接著說道：

「我喜歡的事。」

「是什麼？」

「還不行說。是祕密。」

也就是明天的樂趣吧。

「…………」

米夏的視線直盯過來。以為是有什麼話想說而試著等了一下，她卻不發一語。

只不過，似乎有事想問我的樣子呢。

「怎麼了嗎？有事想問的話就儘管問吧。」

隨後，米夏有點害羞地說道：

「……阿諾斯喜歡怎樣的衣服？」

「衣服？我並沒有特別在意外觀，不過硬要說的話，就是長外衣吧。」

「長外衣？」

米夏再次驚訝地直眨著眼。然後，有點不安地說道：

「……我適合嗎……？」

「嗯？」

「啊。」

說到這裡，彼此才注意到對話完全牛頭不對馬嘴。

「是在說米夏穿的衣服嗎？」

米夏頻頻點頭。

「唔，可是，我不太懂女性服飾。」

「……喜歡什麼顏色？」

如果是米夏要穿的話——

「這個嘛……白色比較好。平時穿的制服也很適合妳喔。」

米夏稍微瞠圓了眼後，害羞起來。

「喜歡裙子還是褲子？」

「……我還是第一次被問到這種問題呢。」

米夏朝我走近一步，探頭直盯著我的臉看。

「喜歡哪個？」

感覺她不同以往地在主張什麼，不過該怎麼回答呢？

「就算問我喜歡哪個，我也不清楚啊……」

「褲子？」

米夏一面問，一面注視著我的眼睛。

「裙子？」

接著，米夏繼續問道：

「喜歡嚴謹的衣服？」

說到嚴謹，就是禮服了吧。儘管不錯，但也很難說是喜歡吧。

「輕便的服裝比較好？」

不過由於平時沒怎麼考慮過這些，就算她這樣連珠砲似的詢問，我也不知道該怎麼回答才好。

「我知道了。」

米夏在我回答之前留下這句話，不再詢問。

「小諾、小米，晚餐好嘍——」

客廳傳來媽媽的聲音。

「走吧？」

「……不再問了嗎？」

隨後，米夏就「呵呵」笑起。

跟看似比平常愉快一點的米夏並著肩，一塊走向客廳。

§16 【傳說的鑑定士】

結果，爸爸昨天沒有回來。

因為爸爸的正職是鐵匠，所以認為他不會在有關劍的事情上太過亂來。雖是這麼想，卻抹不去那份隱約的不安。

「……真是奇妙的心情呢。」

就算發生了什麼事，我也只要設法處理掉就好。應該是沒什麼需要擔心的理由啊。

「小諾，小米來接你了唷——」

一樓傳來媽媽的叫喊。我從椅子上站起後，就離開自己房間，下去店舖那邊。

米夏跟媽媽在等著我。

「早安。」

米夏說道。

她穿著白色連身裙，在輕飄飄的豎捲髮上綁著緞帶。

「沒看過的衣服呢。」

「……新衣服……」

原來如此，難怪覺得布料很新。

「……奇怪？」

米夏低著頭，向上窺看著我問道。

「不會，非常適合妳喔。很好的衣服。」

她像是有點難為情地害羞起來。

「阿諾斯的喜好。」

「我的？嗯，我確實是覺得很好呢。到頭來，我應該幾乎沒有回答到米夏的問題吧？」

隨後，米夏就跟昨天一樣呵呵笑起。

「看眼睛就知道。」

「喔，是這樣嗎？」

「嗯。」

我雖然自認沒有得到結論，哎呀，內心居然被看穿了。不愧是有著一雙好魔眼（眼睛）。

「真虧妳能注意到。我很高興喔，米夏。」

她的才能非常傑出。大概蘊含著只要正確成長，就有逼近神話時代魔族的可能性吧。

「太好了。」

我的感想，讓米夏很滿足的樣子。

「那麼，媽媽，我們出門了。」

「路上小心。」

媽媽笑嘻嘻地送我們出門。

來到屋外後，我停下腳步面向米夏。

「好啦，能告訴我米夏喜歡的事情了嗎？」

米夏點了點頭。

「這裡。」

米夏這麼說完便邁步走去。雖然很期待是要去哪裡，卻也還是跟她並肩齊行。

不久後，來到許多店家櫛比鱗次的地方。是密德海斯商店街。這附近最為熱鬧的大街，眾多行人熙來攘往。

「這裡。」

米夏在某間店家前止步。那間店掛著魔法模型店「創龍的故鄉」的招牌，是規模相當大的店舖。米夏推門入內，戴著帽子的女店長轉身過來。

「哎呀？小米，歡迎光臨。今天也要做嗎？」

「嗯。」

「老是受妳關照了。之前做好的城堡魔法模型已經找到買家了唷。真是幫了大忙耶。」

女店長打開內側的門。

「話說回來，這位小哥是小米的男朋友？」

米夏朝我看了一眼，忙不迭地搖起頭來。

「朋友。」

「我是阿諾斯·波魯迪戈烏多。」

我這麼說後，店長就吟吟笑起。

「我是梅莉莎．諾瑪德。請多指教。」

「好的。話說回來，魔法模型是什麼？」

我一詢問，梅莉莎就露出嚇了一跳的表情。

「……這年頭，還有人不知道什麼是魔法模型啊？小哥不是迪魯海德的人吧？是打哪來的呢？」

兩千年前。就算這麼說，她也不會信吧。

「是從人類的大陸——亞傑希翁的某座邊境城鎮來的。」

「哦——是這樣啊。那麼，小米是帶小哥來參觀魔法模型的吧？」

米夏點了點頭。

「那就請進吧。工作室現在沒有人在用。」

我跟隨著米夏與梅莉莎，走進工作室內。

工作室的地面上畫著幾個魔法陣。是限定魔法陣。儘管地點與魔法的種類會受到限制，但相對能施展高精度的魔法。

此外還設有長桌與架子，上頭擺放著球形的玻璃。

裝在那個玻璃裡頭的，是小型的建築物與花草樹木。就像是把風景裁剪下來，縮小裝進去一樣。

「怎樣？這就是魔法模型唷。很厲害吧。順道一提，小米前陣子做好的是這個。」

在梅莉莎展示的玻璃球中，有座聳立在森林之中的冰造城堡。是前陣子米夏在小組對抗測驗中建造的魔王城的小型版本，背景是魔樹森林。

桌上貼著已售出的紙張。

「原來如此。是用『創造建築』做的啊。」

米夏頷首。

要用「創造建築」製造巨大尺寸的物體，需要相當的魔力與對魔法術式的理解，但要製造細小的物體，更是需要在這之上的力量，所以才會用到限定魔法陣。

「魔法模型是做得愈是細小、精緻的愈好。」

因為光是要這樣就很困難呢。儘管米夏做的魔法模型只有巴掌大小，卻連細部都做得十分精緻。

「這就是米夏喜歡的事嗎？」

「我喜歡製作精緻的東西。」

米夏的平板語調，感覺比平時還要高昂。

「你看。」

米夏舉手啟動限定魔法陣。

「大家一起用餐。」

施展「創造建築」後，首先出現了一個玻璃球體，裡頭逐漸構築起我家的客廳。餐桌上擺放著大量料理，桌旁圍著米夏、莎夏、雷伊、米莎，還有爸媽。是前陣子大家一起用餐時

的風景。

儘管米夏做得很輕鬆，但只靠印象就將實際存在的事物連同細部都細膩地製作出來，是非常困難的事。她具備著能將看到的事物瞬間記憶下來的能力吧。

話說回來，她似乎比平時還開心呢。平時總是面無表情的米夏，臉上微微綻開笑容。不過她的眼神卻很認真，直盯魔法模型不放。

她忽然停止施法，轉向我這邊。

「很無聊？」

她的表情有些不安。

「不會，很有意思喔。儘管只是玩樂，但追究更加細小、精緻的創造，也能逼近『創造建築』的深淵。」

米夏呵呵笑起。

「阿諾斯很喜歡魔法。」

「我是不這麼覺得啦……」

米夏搖了搖頭。

「喜歡。」

唔，這種事我連想都沒有想過呢。對我來說，魔法就跟呼吸一樣。

「我看起來像是喜歡嗎？」

米夏點了點頭。

「那麼，大概就是這樣吧。」

因為我不了解自己的事呢。既然米夏這麼說，就有參考的價值在吧。

她重新施展「創造建築」的魔法。細部愈來愈精緻，在經過幾分鐘後，最後我的身影出現在餐桌旁，魔法模型完成了。

「做好了。」

「做得相當好呢。」

我將視線落在米夏做好的魔法模型上。在球形的玻璃之中，客廳就連細部都完美重現了。能將「創造建築」用得如此之好的人，在這個時代是相當罕見。

「試看看？」

「我做的話，會完成這世上獨一無二的傑作喔。」

語罷，身後就傳來哈哈笑聲。

「真大的口氣呢，小哥。不過，魔法模型的歷史已有五百年之久，可不是這麼簡單的事情唷。」

「是嗎？那麼，能讓我見識最優秀的魔法模型嗎？」

「……啊，我店裡到底是沒有最優秀的，但是有很厲害的唷。對某些人來說，會說是最優秀的作品呢。跟我來。」

梅莉莎雀躍地轉身離去。

照她說的跟上後，來到一個裝飾著各式各樣魔法模型的地方。這裡好像是店內的展示空

間，相當熱鬧。看來迪魯海德比我以為的還要流行魔法模型的樣子。

「這後面有在魔法模型之中，算是名列前十的厲害作品唷。雖然創作者不明，但被稱作是夢幻逸品，據傳這說不定是某位知名魔族耗費數十年的心血之作喔。」

梅莉莎帶我們到店後方，那裡陳列著裝飾得比其他作品還要華麗的魔法模型。是高價商品吧。

再往內走，能看到裝飾得更加豪華的一隅。

恐怕是擺放魔法模型的位置，站著一個男人。是戴著單片眼鏡的老紳士。身旁跟著一名看似店員的男人。

「啊，抱歉。我不小心忘了這件事。看來得稍等一下才行了。」

欣賞魔法模型的人就只有一個。就算不用等，也能很正常地欣賞吧。

「要讓我看的魔法模型不就是那個嗎？旁邊還有空位吧？」

「有點不太好呢。那位是知名的鑑定士大師唷。名字是迪米路・古拉哈，在這一帶可是無人不知無人不曉，號稱是傳說的鑑定士呢。要獲得他的認同，作為魔法模型士才總算是一流的。所以，總之，一起欣賞的話，該說是有點失禮吧。」

也就是特別待遇啊。好吧，反正從這裡也能看得很清楚。

「……喔，不愧是被稱為夢幻逸品的作品呢。」

探頭直盯著魔法模型看的迪米路說道。

「以小指大小製作得如此精緻，而且還連內部都忠實重現了。德魯佐蓋多的造型很古老，也一如傳聞，是數百年以前製作的模型吧？太棒了。能將『創造建築』用得如此之好的人，即使綜觀歷史也不滿五人吧。」

我在意起那到底是有多出色，於是用遠望的魔眼窺看起魔法模型。

「那就是在魔法模型之中名列前十的模型嗎？」

「小哥，你看得見啊？沒錯。很厲害吧？你現在後悔方才的發言了吧？」

梅莉莎捉弄似的說道。

「後悔？咯哈哈。妳在說什麼啊？這種程度的話，我隨手就能做出來。」

語罷，正熱衷看著魔法模型的迪米路就轉頭過來。

他朝周遭投以要殺人般的尖銳視線。

「是誰？剛剛褻瀆這個傑出作品的傢伙？」

叱責般的語調，讓熱鬧的店內變得鴉雀無聲。

「真是的。要是沒有承認的勇氣，就別輕率開口。對傑出的作品不抱持敬意，還做出貶低作品般的發言，作為魔法模型的愛好者，還真是讓人悲歎不已。」

我朝正要重新欣賞魔法模型的迪米路搭話。

「剛剛說話的人是我。」

語罷，迪米路就朝我怒目瞪來。

「不過，我並沒有要貶低這件作品。終究只是說出事實罷了。」

我的發言讓迪米路皺起眉頭。身旁的梅莉莎連忙緩頰。

「那、那個，小哥……？到此為止了好嗎……？」

「沒問題的。」

「就、就算你說沒問題。喂、喂，小米也幫我跟他說幾句啦。」

米夏直直回看著梅莉莎。

「沒問題。」

「咦、咦咦咦……妳說沒問題……」

迪米路朝我邁開一步。

「你是魔法模型士嗎？」

「不是，但如果是這種程度的『創造建築』，對我來說是輕而易舉。」

迪米路啞然失笑。

「哎呀哎呀，外行人就是這樣才讓人受不了。聽好了嗎？要製作小巧的模型，可是比你想像得還要累人唷。要是你辦得到的話，現在就去工作室做給我看吧。嗯？」

「沒有這個必要。」

迪米路哈哈哈地大笑起來。

「瞧，我就說吧。以後就別再大言不慚了。對於傑出的作品與模型士，我認為應該要抱持敬意唷。」

「你是有什麼誤會嗎？我說的是，就算不去工作室，我也能在這裡做出來。」

我高舉起手，畫起魔法陣。下一瞬間，魔法陣中出現了一個比豆粒還小的極小石頭。

「這是……？」

迪米路顫抖起來，直盯著那顆小石頭。這時，梅莉莎連忙擋在我跟他之間，低頭賠罪。

「真、真是非常抱歉！這位小哥……那個……是對魔法模型一無所知的外行人。還請您高抬貴手……」

她是以為迪米路在生氣吧。然而，他卻朝介入的梅莉莎說道：

「妳在說什麼啊？」

「咦……？」

梅莉莎露出愣住的表情。

「身為魔法模型店的店長卻這麼不像話。不懂這個作品有多傑出的話，就給我閉嘴。」

迪米路不變的態度，讓梅莉莎只能傻眼。

毫不在意這種事情，迪米路直盯著我做的極小石頭。他將魔力集中在魔法具的單片眼鏡上，用魔眼直直凝視著。

「……啊啊……跟我想得一樣……不對，是超乎預期……難以置信……不論跟誰說都不會有人信吧……這是什麼……？這個極小的顆粒，居然是德魯佐蓋多城……？不對、不對，不是的。豈止是德魯佐蓋多，這該不會是，怎麼會……是重現了這個城鎮嗎？擴大到一萬倍，不對，就連一百萬倍，都還看不清楚細部構造……」

「想要看清楚細部的話，得擴大到十億倍呢。」

「十、十億？意思是說，你構築了十億分之一大小的魔法模型嗎？」

「就說很簡單了吧！」

迪米路露出一臉驚愕的表情，全身直打哆嗦。

「我、我的天啊……十億分之一的魔法模型，不用固定魔法陣，瞬間就……」

迪米路將魔力全開，拚命凝視著極小的魔法模型。是用單片眼鏡所具備的魔法，將魔法模型擴大來看的吧。

「……太棒了……真是太棒了……！這是何等精緻啊。有可能做到這種事嗎？你，不、不對……！師傅！請問是否能請教您的大名？」

「我是阿諾斯．波魯迪戈烏多。」

「阿諾斯師傅！我想觀賞您的更多作品！我絕對會讓大師您成為世界第一的魔法模型士的！今後要是還有作品的話，敢問是否能讓我觀賞呢？不論你要多少錢我都會付的。」

哎呀哎呀，真是誇張呢。由於迪米路的吵鬧，使得周遭聚集起人群，好奇地張望過來。還是趕快離開吧。

「抱歉，我不打算成為魔法模型士。」

「什麼……儘管擁有著如此才能……這到底是為什麼……？不論財富還是名聲，都能如你所願唷！」

「抱歉，我沒興趣。」

「沒、沒興趣——？」

迪米路發出怪叫。

用手一指後，德魯佐蓋多魔王城的模型就飄到空中，收到我的掌心裡。

「那、那麼，師傅，至、至少將這傑出的作品賣給我吧？不論多少錢，我都會付的！」

「很遺憾，這我還有用途。」

「怎麼會！師傅！阿諾斯大師傅！」

我轉身向米夏說道：

「抱歉，鬧出了一點騷動。」

米夏忙不迭地搖頭。

「你沒有錯。」

「造成騷動了不是？」

「很像阿諾斯。」

唔，米夏毫不動搖呢。

「總之先離開吧。」

「嗯。」

無視周遭的喧囂，我們離開了魔法模型店。

§ 17 【貓咖啡廳的黑貓】

走到大街上後，米夏問道：

「要用魔法模型做什麼？」

「啊啊。」

我將方才做好的魔法模型放在指尖上，遞給米夏。

「難得第一次做了魔法模型，所以想讓米夏看一下呢。」

米夏直眨著眼，然後開心地微笑起來。

「謝謝你。」

她用魔眼直直凝視起魔法模型。

「怎樣？」

「……好厲害……」

米夏宛如注視般的細細品味，改變角度，從各個方向觀看我做的魔法模型。

我愣愣望著她的這副模樣，即使過了好幾分鐘，她也依舊沒有要別開目光的意思。

這還是第一次看到米夏這麼沉迷的樣子。看來不光是製作，她對魔法模型本身也很感興趣呢。

「漂亮。」

「是嗎？」

米夏點了點頭。

「就連看不到的地方，都好好地做出來。」

被發現了嗎？真不愧是米夏呢。

「因為『創造建築』的重點在於內部呢。如果是創造劍的話，要是沒考慮到內部會是怎樣的構造，就無法具備正常的強度。雖說魔法模型只需要給人觀賞就好，但就算只讓外表相似，也不會形成相同的模樣。」

米夏忙不迭地點頭，認真聽著。

「在創造石頭時，不要創造石頭，而是要創造構成石頭的原子——這在神話時代可是耳熟能詳的論述。」

「誰說的？」

「我說的。」

「……………」

只不過，這是說來容易做來難，因此實際上能做到的人並不多。

米夏再次直盯著魔法模型。

「這麼中意的話，就送妳吧。」

她稍微瞪圓了眼。

「可以嗎？」

「是妳今天陪我出遊的謝禮。」

我施展「創造建築」的魔法，用那個魔法模型代替寶石，製造出戒指，然後套在米夏的右手食指上。

「這樣就能在想看的時候看了吧。雖然是個一點也不亮眼的枯燥戒指。」

米夏忙不迭地搖頭，露出拘謹但十分高興的笑容。

「這是最漂亮的。」

「是嗎？」

米夏點了點頭。

「……阿諾斯什麼都辦得到……」

米夏看著魔法模型的戒指，以幾乎是喃喃自語的感覺脫口說道。

「還好啦，也沒什麼做不到的事呢。」

語罷，米夏就有點沮喪地說道：

「……我什麼都辦不到……」

「沒有這種事吧？」

米夏朝我看來。

「阿諾斯幫助了我。」

「是呀。」

「所以，我想要回報。」

沉默了半晌，米夏接著說道：

「阿伯斯．迪魯黑比亞是冒充者。我也想助阿諾斯一臂之力。」

還真是說了句值得讚賞的話呢。

「可是，什麼都辦得到的阿諾斯，不需要我。」

原來如此。是因為這樣才沮喪的嗎？米夏還是一樣很溫柔呢。

「這可不一定。」

米夏直眨著眼。

「妳有雙好魔眼，也很擅長創造魔法。如果只限於這兩方面，說不定能超越我喔。」

「……真的？」

「即使是我，也絕非萬能。今後也無法保證不會出現我從未想過的不可能事物呢。要說的話，我能勝過這世上所有人的，就只有毀滅什麼的力量。」

毀滅、毀滅、毀滅一切，將不可能化為可能。不過，我也沒有愚蠢到會自視過高地認為：今後不論發生什麼事，自己都能做到相同的成果。

「而妳的創造魔法則是跟我截然相反，說不定總有一天會派上用場。」

準備是愈多愈好吧。

當然，要辦到這點，米夏的成長是不可或缺的吧。

「如果想助我一臂之力的話，就要更加逼近魔法的深淵。」

就像下定決心般，米夏點了點頭。

「等我。」

眼中帶有堅定的意志。

「我盡是受到阿諾斯的幫助。可是，總有一天會回報的。」

「我很期待喔。」
這時，傳來「喵——」的鳴叫聲。
一隻黑貓從某棟建築物的窗戶探出頭來，招牌上寫著貓咪咖啡廳「木天蓼亭」。
「……喵、喵……」
隨後，米夏模仿著貓叫聲，呼喚著黑貓。只不過，黑貓從窗外縮回屋內。
「……喵……」
米夏大為失望。
「要進去嗎？」
「……可以嗎？」
「這裡是目的地。」
「……阿諾斯也喜歡貓……？」
「差不多吧。」
走進木天蓼亭後，充滿精神的招呼聲「歡迎光臨」響起。
店內有好幾隻貓走來走去，米夏「喵、喵——」地頻頻叫喚著。就座後，一隻白貓就靠了過來，坐在她的膝蓋上。
「阿諾斯，你看。」
米夏開心地說道。
「好可愛。」

「太好了呢。」

她帶著笑臉點頭。

「喵?喵——?」

米夏一面好乖、好乖地摸著白貓的頭，一面模仿著貓叫聲向牠搭話。當然，貓是不可能回答的，牠就只是在米夏的膝蓋上放鬆休息。

隨便點了紅茶後，一隻黑貓跳到我背後的櫃子上。是方才把頭伸出窗外的貓。

「辛苦你了，艾維斯。」

米夏驚訝地看著黑貓。隨後，黑貓就開口說話。

「還請原諒小的以這身姿態汙了陛下的眼。」

「無妨。」

畢竟不能讓人察覺到艾維斯還活著呢。

不是經由魔法聯繫，而是像這樣直接會面，也是為了要避免引起阿伯斯・迪魯黑比亞的注意。

昨天向鎮上派出貓頭鷹，是我想跟他見面的信號。在確認到信號後，艾維斯就會主動找到我，進行接觸。這是之前用「意念通訊」交付記憶時，順便訂好的規則。

因此，今天才會像這樣請米夏陪我出門，在鎮上閒晃到艾維斯與我接觸為止。

「查到什麼了嗎?」

「關於七魔皇老之一的梅魯黑斯・博藍，有件無法理解之事。他雖是屬於統一派，卻不

是統一派的首領。」

唔，這樣確實是很奇怪。就算說是統一派，幾乎是最具權力的七魔皇老居然不是首領。

「那麼，統一派的首領是誰？」

「儘管調查過了，但連我也無法掌握其身分。統一派的首領決不會公開現身，不僅如此，似乎連在統一派之中，也無人知曉其真實身分。」

「就連梅魯黑斯也是？」

「沒錯。」

這又是一件極其可疑的事呢。

「嗯，如果是當今魔皇之中的某人，這也不是無法理解吧？自己是統一派首領的事假如洩露出去，就很有可能失去魔皇的地位。」

七魔皇老不論如何都會是七魔皇老吧，但魔皇就有被替換的可能性。

「不過，要是連你都無法掌握身分，說不定會是活過神話時代的魔族呢。」

也能認為那傢伙就是阿伯斯．迪魯黑比亞。不過要是這樣的話，他當上統一派的首領，是有什麼企圖嗎？是在控制統一派與皇族派的勢力平衡嗎？

「我這邊也清楚了一件事。梅魯黑斯失去了我的記憶。而且，根源只有一個。」

「接觸過了嗎？」

「沒錯。他是親自見到我的根源後，注意到我就是暴虐魔王的樣子。儘管是自己人的可能性很高，但我沒說出你的事情。」

艾維斯動也不動地等候著我的命令。

「去調查梅魯黑斯，還有統一派的首領。儘管姑且清查過記憶了，但就只有表層。而且說不定是用與根源融合不同的方式讓我讀不到記憶。」

「遵命。」

「其他還有查到什麼嗎？」

「有一件。是說不定跟那個統一派首領有關的情報。」

店員剛好把點的紅茶送來。艾維斯暫時緘默下來，等她離開之後，才再度開口說道：

「這座城鎮有間叫做羅古諾斯的魔法醫院，是魔皇艾里奧使用私費建設的醫院，有著能受到迪魯海德最好醫療的評價。不過，魔皇艾里奧就只是個傀儡。他的背後似乎還有其他魔族在……」

「就算調查，也掌握不到真實身分嗎？」

艾維斯頷首。

「也能認為此人跟統一派的首領是同一個人物吧。」

「我知道了。其他還有什麼事嗎？」

「是還有幾件事，但還不是確定的情報。」

「那麼，最後一件事。去調查魔劍大會，特別是七魔皇老有沒有參與其中。」

「遵命。」

艾維斯自窗戶離開。

不過，身分不明的魔族嗎……擔任統一派的首領還可以理解，但建設魔法醫院的目的是什麼？當中有什麼關聯性嗎？還是說，雙方是不同人嗎？

儘管還不清楚，但就稍微到現場看一下吧。

喝了紅茶，稍作休息後，請米夏帶路來到羅古諾斯魔法醫院。

「這裡。」

「唔，看來是棟很大的建築物呢。」

「有很多住院患者。」

似乎沒有特別可疑的地方呢。儘管用魔眼大略探查過建築物，但只感受到微弱的魔力。

「阿諾斯。」

米夏用手指著。雷伊在那個方向上，剛好從魔法醫院出來的樣子。

「早。」

走過去向他打招呼後，雷伊就轉過身來。

「咦？阿諾斯？你怎麼了嗎？」

「只是經過而已。你才是怎麼了，不會是感冒了吧？」

語罷，雷伊就像傷腦筋似的微笑起來。

「就稍微來探望一下母親。」

也就是說住院了吧。

「身體不好嗎？」

「身體天生有點虛弱呢。不用擔心啦。」

他雖是這麼說，表情卻很苦悶呢。

「如果醫生治不好的話，我會設法解決的。」

「哦？阿諾斯也很擅長治癒魔法啊？」

「沒什麼，還算不上是擅長，頂多就是讓瀕死的重病患者，明天能健康到當日征服尼爾山脈歸來吧。」

雷伊吟吟微笑。

「有點健康過頭了呢。」

「所謂真正的醫療魔法，是要讓人比生病之前還要健康喔。」

「感覺怪可怕的，我就心領了吧。」

唔，看來不是很嚴重的病呢。

「啊，對了。先跟你說一聲，我可能不會參加魔劍大會。」

霎時間，雷伊的表情黯淡下來。不過，立刻就恢復笑臉。

「這樣啊。那麼，到時候就等下次再一較高下吧。」

「你不問理由嗎？」

「咦？啊啊……是怎麼了嗎？」

「沒有理由。」

雷伊一副出乎意料的模樣。

「……我想就依阿諾斯想做的去做就好。」

「還以為你會為了分出勝負而要我出賽呢？」

「我不喜歡強迫他人。」

唔，好吧，是很像他的個性。

「那麼，學院見。」

稍微抬起手這麼說後，雷伊就離開了。

「妳覺得呢？」

經我詢問後，米夏說道：

「……跟平時有點不同。」

「我看起來也是這樣呢。」

就像是感到內疚的態度，是怎麼了嗎？平時的話，我是不會太過在意，但畢竟這裡是這種場所。為了小心起見，就派艾維斯去調查吧。

§18 【魔劍大會】

時間轉眼流逝，來到魔劍大會當天。

我正要出門，媽媽就急忙跑來。

「小諾，等等、等等！媽媽也要一塊去。」

媽媽難得盛裝打扮，是外出服吧。

「妳要來德魯佐蓋多嗎？」

「是啊。因為只要有魔劍大會的門票，不論是誰都能進入校內嘛。因為學院送了門票過來，所以媽媽也進得去。」

「我還不一定會參加魔劍大會喔。」

我要在學院與艾維斯碰頭、聽取報告，最後再根據報告，決定到底要不要參加大會。

「因為不知道劍來不來得及送到嗎？」

「嗯，算是吧。」

就算跟媽媽說明她也聽不懂，所以我就這樣說了。

「可是，既然小諾有可能出賽，媽媽就還是去吧。而且，你看嘛，媽媽也想看看小諾平時就讀的學院是個怎樣的地方。」

儘管覺得她就算看了也不能幹麼，不過，也無妨。

「那就走吧。」

「嗯。」

關好門窗出門。

一邁開步伐，媽媽就挽起我的手臂。

「呵呵，因為很少有機會跟小諾出門，所以媽媽雀躍起來了呢。」

像這樣緊貼在我身上，稍微有點難走就是了……

「對吧，小諾。」

媽媽不同往常地興高采烈。

「……也是呢。」

算了，就這樣吧。不過就是挽著手，是不可能奪走我的自由。

媽媽難得這麼高興的樣子，可不能潑她冷水。

「話說回來，最近好像沒看到爸爸耶？」

說有點小事要做就離家後，儘管一度回家了，不過在那之後又變得經常不在家。

從以前的樣子來看，我想他可能是在設法取得魔劍，但他該不會還在努力吧？

「說是其他鐵匠舖的人手不足，所以他要過去幫忙。」

原來如此。姑且也有在做這種交流啊。

「要是沒給人添麻煩就好了呢。」

媽媽開心笑著。

「就是說啊。不過，親愛的是會認真工作的人，所以我想不會有問題的喔。」

因為我從未看過爸爸工作時的樣子呢。坦白講，從他平時的樣子來看，我完全想像不出來他認真時的模樣。

「話說回來，小諾班上獲選參加魔劍大會的另一個人，是小雷吧？」

我一面回答媽媽的詢問，一面悠閒地走著。

來到德魯佐蓋多魔王學院後，就帶著媽媽前往競技場。

「只要往那裡直走，就會到觀眾席了。」

「嗯，謝謝。小諾，要加油喔。」

「嗯，我還沒確定要出賽耶。」

「掰掰，媽媽會幫你加油的！」

媽媽就像是完全沒在聽我說話似的離開了。

好啦，因為走得相當慢，所以比賽差不多要開始了吧。我的比賽是第一局第一場，所以沒剩多少時間了。只不過，我沒有前往休息室，而是轉身離開。

離開競技場後，我來到魔樹森林。

雖然在前陣子的小組對抗測驗中化為一片荒野，不過如今已完全恢復綠意了。在森林裡走了一會後，頭上傳來「喵——」的叫聲。

抬頭望去，看到樹枝上有隻黑貓。那隻貓一蹦一跳地踏著輕快的腳步，從樹上跳了下來——是艾維斯。

「調查到了嗎？」

化身為黑貓的艾維斯開口說道：

「這次魔劍大會的背後，似乎跟兩名七魔皇老——蓋伊歐斯與伊多魯有關。」

是那兩人啊。蓋伊歐斯被消除記憶，身體遭到阿伯斯．迪魯黑比亞的部下奪取。伊多魯恐怕也一樣吧。

「他們的目的是？」

「只能認為是阿諾斯大人。大概是打算讓您落入某種陷阱吧。」

「要是這樣的話，即使用規則讓我敗北，應該也毫無意義。」

艾維斯頷首同意。

「是打算利用規則作為限制，趁機削弱阿諾斯大人的力量吧。」

唔，是有道理。看樣子，這個推論的可能性很高嗎？

「蓋伊歐斯與伊多魯的所在位置？」

「尚不明朗。不過，有掌握到明天會來觀看決賽的情報。」

無法認為他們只是來觀戰的呢。是預測我會出線，企圖做些什麼事嗎？

「梅魯黑斯那邊如何？」

「沒有掌握到太多情報。不過，至少跟魔劍大會的營運無關的樣子。也沒發現到背叛阿諾斯大人的跡象。」

是白的啊。嗯，儘管還無法斷言，但在這次的事件上可以不用太過在意。

「雷伊如何？」

「在羅古諾斯魔法醫院住院治療的雷伊・格蘭茲多利的母親，病情似乎並不樂觀。有死亡的危險性，治癒魔法的效果也不佳。靠著住院治療，勉強維持著穩定狀態。」

所以才會一臉苦悶啊……

只不過，這樣反而讓我更加納悶。為什麼不來找我幫忙？

「是什麼病？」

「醫院的紀錄上是寫精靈病。」

唔，沒聽過的病名呢。至少在兩千年前沒有這種疾病。

「是怎樣的疾病？」

「尚不明朗。我也未曾聽過。雖然試著調查過，但似乎是非常罕見的疾病。」

所以才會到迪魯海德最好的羅古諾斯魔法醫院住院治療啊。

「除此之外還有查到什麼？」

「掌握到的就只有這些。」

他母親的病情，不親自診斷的話也無從判斷。是否與那個身分不明的魔族有關，也依舊成謎。不管怎樣，就先從今天的魔劍大會開始吧。

「辛苦了。就麻煩你繼續調查了。」

「遵命。」

艾維斯消失在森林之中。

我再度返回競技場，不過前往的不是選手用的休息室，而是觀眾席。

我決定在那裡暫時等著。

「各位觀眾，即刻起將進行迪魯海德魔劍大會的第一場比賽！」

飛在上空的貓頭鷹傳來叫喊。

「魔劍大會第一局第一場比賽！首先登場的是，羅古諾斯魔劍協會所屬——庫魯特．路德威爾選手！」

伴隨著哄然歡呼，颯爽出現在競技場上的，是一位長髮的文雅男子。腰上佩帶著彷彿刺劍般的細長魔劍。

「突然登場啦——！上屆大會的冠軍，迪魯海德的最強劍士——庫魯特．路德威爾！」

「說到第一次看他比賽時的衝擊，還真是沒得比呢！」

「對啊，當時還未滿二十歲的庫魯特，兩三下就將本領高超的劍士們一一擊倒的場面，完全超越痛快，讓人感到後生可畏呢。」

「事隔三十年後，不知如今練就多麼高超的劍術，光是想像，就讓我寒毛直豎耶……」

「第一場就遇到庫魯特的可憐蟲是誰啊？」

看來似乎是個名人，觀眾們興奮不已。

「羅古諾斯魔劍協會是皇族派的著名團體。」

來到我身旁的米莎說道。

「原來如此。話說回來，那是艾米莉亞的哥哥還是弟弟？」

「是哥哥唷。」

也就是說家族全員都是皇族派嗎……這應該不怎麼稀奇吧。

「接著登場的是，德魯佐蓋多魔王學院所屬，阿諾斯．波魯迪戈烏多選手！」

即使貓頭鷹這樣大喊，也無人出現在競技場的舞台上。

因為我人在這裡。

「……對不起，讓你為了我們……」

「沒什麼，我就只是不爽照著阿伯斯‧迪魯黑比亞的劇本走罷了。」

只要我不參加魔劍大會，他們的計畫就會確實落空。這樣一來，說不定就會意外地露出破綻。

這樣他是打算怎樣出招呢？會制訂這種計畫，是因為沒想到我居然會逃跑吧。是認為被譽為暴虐魔王的我有著很高的自尊心吧？只不過，該戰鬥的對象不是魔劍大會的參賽者，而是阿伯斯‧迪魯黑比亞。

我可是不會誤判這點的。

「……喂，比賽對手沒有出現耶……？」

「畢竟對手是庫魯特呢。對學院的學生來說，負荷太重了吧。不會是逃走了吧？」

「可是，阿諾斯‧波魯迪戈烏多是那個吧？最近統一派到處宣揚是暴虐魔王轉生的傢伙不是嗎？」

「啊，聽你這麼一說也是呢。什麼嘛，結果是名過其實啊。」

「哈哈，真是笑死人了。說起來，混血就要有混血的樣子，打從一開始就不該就讀什麼學院，到皇族底下工作才對嘛。」

「就是啊，就算努力也當不上魔皇，他們還真是笨呢。」

「真是的。統一派也好，還是那個叫阿諾斯的小鬼也好，到底是在做什麼春秋大夢啊？」

是皇族派的人吧。他們就像是特意說給附近的白制服學生們聽似的大聲說道。

混血的他們露出悔恨的表情，緊握拳頭忍耐著。周遭盡是皇族，所以他們只能忍氣吞聲的樣子。

對白制服的學生來說，我是他們的希望吧。現在要是不出賽，就無法消除他們的悔恨吧。只不過，這又怎麼樣？

阿伯斯・迪魯黑比亞難道也以為我會受到這種挑釁，大搖大擺地現身嗎？

「為什麼能說無法當上魔皇？」

耳熟的聲音闖入耳中，我連忙看過去。是媽媽。

「嗄？怎樣啦，這位大姊？妳也知道吧？魔皇就只有皇族能當唷。就是這樣規定的。」

那個男人把手伸向媽媽的臉，而她毅然把那個人的手給撥開。

「小諾是絕對會當上魔皇的！」

媽媽不知道我是暴虐魔王。假如曾經調查過魔皇的事，那麼她應該能輕易知曉，在迪魯海德要當上魔皇，皇族是先決條件。

儘管如此，媽媽還是毫不遲疑地如此斷言。

明明就不知道我人在這裡。是因為有人侮辱我的夢想，讓她無法坐視不管。

「……阿諾斯。」

肩膀被人拍了一下，回頭就看到氣喘吁吁的爸爸。

「……哈……哈……找、找到你了……這個……」

爸爸遞給我一把劍。

「是用上金剛鐵，由爸爸鍛造的魔劍。這樣你也能參賽了吧？」

只要啟動魔眼觀看，就能看到爸爸的衣服底下纏著大量繃帶。

「爸爸……你這傷勢……？」

「喔，你是怎麼知道的啊？哈哈，要採集金剛鐵，必須爬上很高的懸崖呢……雖然不小心摔下來一次，不過，這沒什麼大不了的！就只是擦傷。」

傷成這樣，應該連抬起手臂都很吃力才對。

為了鍛劍，每次揮動大鎚都會感到劇痛吧。

是以這種身體狀況，完成這把劍的嗎？

就為了我。

「比起這種事，好啦，去吧。只要在這場大會中獲勝，就算是混血也有可能當上魔皇不是嗎？」

我只是隨便說說的。

然而，爸媽並沒有隨便看待。儘管知道沒有混血當上魔皇的前例，卻還是想支持兒子的夢想。

「米莎，跟梅魯黑斯講，不需要善後了。」

「……我知道了……」

不參加魔劍大會，比較容易看得出阿伯斯・迪魯黑比亞的做法。

確實是這樣沒錯吧。

不過——

哎呀哎呀，我居然變成這種無法堂堂正正現身的小人物了，我是在慎重什麼啊？

比起這種顧慮，不是還有更加重要的事嗎？

「阿諾斯．波魯迪戈烏多選手！你人在現場嗎？要是沒有在十秒內上台的話，就會喪失資格。阿諾斯．波魯迪戈烏多選手？」

在上空盤旋的貓頭鷹喊道。

「找我的話，就在這裡喔。」

我走出觀眾席，跳到競技場的舞台上。

就算是有所誤解，但就結果來說，我還是說謊了。

說我想當上魔皇；說我無法取得魔劍。

然而，也不可能對爸媽說出真相。

既然如此，至少將這些謊話變成事實吧。就算現在有著無法向他們坦承的事，但我想看到爸媽表情開心的心情毫無虛假。

相較之下，阿伯斯．迪魯黑比亞的企圖根本無關緊要。不論他打算耍什麼小手段，我都會從正面堂堂正正地粉碎掉。

「還以為你落荒而逃了呢，統一派的英雄大人。」

庫魯特冷眼看著我。

「唔，稍微猶豫了一下呢。久等了嗎？」

「沒關係。看在你沒有逃走，有勇氣來到我面前的份上原諒你吧。」

「還真是寬宏大量呢。」

庫魯特朝我望來警戒的眼神，毫無疑問是位相當厲害的高手。要論到使劍的本領，恐怕還在七魔皇老的蓋伊歐斯之上。

「要說這是耽擱你時間的賠罪，也有點奇怪。」

我將從爸爸手上拿到的金剛鐵劍，緩緩擺出下段姿勢。

「就用一分鐘結束這場比賽吧。」

§ 19 【真正的名匠】

庫魯特以冰冷的表情，朝我的劍瞥了一眼。

「你打算用這種劍比試嗎？」

「不行嗎？」

「看樣子，讓人不覺得那是一把魔劍。我沒興趣跟只能用這種不帶魔力的金屬塊戰鬥的對手交戰呢。」

「唔，那麼，這樣如何？」

我在劍上畫出魔法陣，施展「武裝強化」的魔法。金剛鐵劍附上我的龐大魔力，宛如神話時代的魔劍般，散發出混沌的光芒。

「要是劍沒有魔力，就用自己的魔力彌補就好。」

魔劍大會不准使用會傷害對手的魔法，然而「武裝強化」是例外。這是因為在使用魔劍時，會施展這項魔法讓魔劍帶有魔力是一般常識。

由於劍的鋒利度是取決於魔劍魔力與自身魔力的總和，所以魔劍不帶有魔力，說起來是很不利吧。

不過，才這種程度的讓步，我就讓吧。

「在第一場比賽前，本大會的營運委員有要事宣布。」

飛在頭上的貓頭鷹說道。

「大會規則雖有所變更，不過尚未向選手們通知，所以趁現在發表。本大會將禁止使用『武裝強化』與類似的魔法，而且也禁止使用劍以外的攻擊方式。」

隨後，舞台周遭就出現一群身穿法衣的男人，合計有十六人。

「比賽會隨時受到監視人員的嚴密監視。當發現到有違反規定的行為時，選手將會受到嚴重的懲罰，根據情況還有可能立刻喪失資格，還請各位選手注意。」

原來如此。來這一招啊？既然無法使用「武裝強化」，這把金剛鐵劍就無法突破庫魯特身上的魔法屏障，反而還會遭到破壞吧。

儘管空手就能輕易突破魔法屏障，但使用劍以外的攻擊方式也遭到禁止。

也就是說，我在這時失去了一切勝算，之後就只要等庫魯特用魔劍把我的劍打斷就好。恐怕原本就是想先確認我所準備的劍，再臨機應變地變更規則吧。即使我拿出貝努茲多諾亞，也肯定會設法找理由禁止我使用。

「真受不了。父親大人的打點還真是讓人沒轍。」

庫魯特說道。

「就算不耍這種小手段，我也不可能會輸吧？算了，反正不論如何結果都不會改變，所以也無所謂就是了。」

庫魯特拔出魔劍，劍身清澈到彷彿透明。只不過，那不是普通的劍。劍刃宛如水流般蕩漾著。

「那就是庫魯特的水魔劍艾伊夏斯啊……」

「不具固定形狀的水之劍身，不論怎樣的魔劍都不可能破壞。儘管如此，那把劍卻不是普通的鋒利……」

「那種普通的金屬劍，一碰就會斷成兩截了吧……」

觀眾席傳來這種耳語。

「那麼，迪魯海德魔劍大會第一局第一場比賽！請開始吧！」

貓頭鷹喊出比賽開始的口號。

瞬間，庫魯特就踏著行雲流水的步法衝來。轉眼間讓我進到攻擊範圍內後，他拔出了魔劍艾伊夏斯。

一口氣發出三段突刺。突刺增為九下，並在下一瞬間達到二十七下。

水之劍身分裂出無數劍刃，從我的四面八方發出突刺。

「突然使出來啦！庫魯特的祕技，水牙連魔突！」

「結束了呢！這世上可沒人能躲得過這一招啊！」

「活該啊，混血的！」

唔，是相當溫和的攻擊呢。

「…………什麼…………？」

我俐落穿過庫魯特的攻擊，俯瞰著他。

「這種程度就算是祕技？我的同班同學裡，可是有個能把劍揮得更快的男人喔。」

「……不過就是躲過一次……你可別得意忘形了……！」

由下往上揮來的魔劍艾伊夏斯，我用金剛鐵劍擋住。

鏘的一聲，響起激烈的碰撞聲響。

「…………？」

庫魯特啞口無言，就只是露出驚愕的表情。因為不帶有魔力的金屬劍，是不可能擋得住魔劍的。

「喂、喂，監視人員！快仔細看，那傢伙應該犯規了吧！」

「對、對啊！艾伊夏斯怎麼可能砍不斷那種破劍！」

「犯規、犯規！」

「該死的混血！竟然做這種卑鄙的行為！喪失資格、喪失資格！」

觀眾席開始「犯規！犯規！」地大合唱。

十六名監視人員竭盡全力地啟動魔眼，注視著我與我手中的劍。

才剛這麼做，他們就突然驚慌失措起來了。

「……這是怎麼回事？這傢伙沒有使用魔法啊……」

「這怎麼可能！沒有使用魔法，是怎麼擋下艾伊夏斯的……」

「可是，完全感受不到魔力啊！」

「這怎麼可能啊！這世上並不存在讓人感受不到魔力的魔法！」

「……也就是說，是那把劍的力量嗎……？」

「怎麼可能！快找！應該藏著某種機關才對！」

唔，是在白費工夫呢。

我現在使用的是「隱匿魔力」的魔法，能將各種魔力隱藏起來。

在對「武裝強化」合併使用「隱匿魔力」的狀態下，能夠識破這點的人，就連神話時代的魔族都寥寥可數。更何況是這個時代的魔族，他們是絕對不可能看穿的吧。

假如沒有證據，就沒辦法判定我犯規。畢竟，既然統一派有梅魯黑斯作為後盾，要是做得太過火，反而會讓自己等人露出可趁之機呢。

「……喂，監視人員沒宣判他犯規耶……」

「也就是說，認同他沒有使用魔法嗎……？」

「那把劍……乍看之下即使感受不到多少魔力……但其實擁有跟艾伊夏斯不相上下的力量嗎……？」

宛如水勢增強般，眼前的劍身變得更加厚實。是釋放出艾伊夏斯的全魔力了吧，但我手中的劍卻是文風不動，從容擋住了攻擊。

「……為什麼……會被這種不帶魔力的劍給……？」

「這把劍確實是不帶魔力呢。」

我在手上施力，將庫魯特用力推開。

「相對地，卻充滿著我爸爸的心意。爸爸用心鍛造的這把劍，別以為像你這樣的傢伙會有辦法打斷。」

「……開什麼玩笑……」

我咧嘴一笑，就像挑釁似的說道：

「庫魯特，你難道不知道嗎？真正的名匠用心鍛造的劍，會帶有不同於魔力的另外一種力量。」

只要將劍徹底揮下，庫魯特就輕易比輸力量，被我打飛出去。他將艾伊夏斯插在地面上，好不容易才安然落地。

「……剛剛的話，你聽到了嗎……？」

「心之劍……心意讓劍強化了……這種事有可能發生嗎……？」

「這怎麼可能。儘管這應該是不可能的事，但要怎麼說明這個情況……？實際上，現在眼前就發生了只能這樣說明的現象啊……！」

「……居然是能鍛造出不下於艾伊夏斯的劍的真正的名匠……？那傢伙的父親究竟是何方神聖啊？」

唔，看來是被我順利唬過了。

「看樣子，我必須拿出真本事了呢。」

庫魯特殺氣騰騰地看著我。

「本來是打算留到決戰的，不過就讓你見識一下吧。將人生奉獻在劍道之上所達到的境界。劍魔一體，庫魯特流劍術的精髓——」

艾伊夏斯的劍身消失了。他筆直拿著只剩下劍柄的那把劍。

「唔，這似乎很有趣呢。只不過啊……」

「庫魯特流劍術，祕奧義——」

他將重心使勁壓在一隻腳上。瞬間，庫魯特的身體被無數的劍光給撕裂了。

「……什麼……呃啊………」

他一副連被做了什麼事都不知道的模樣，跪在地上。然後，為了要設法站起，而將艾伊夏斯插在地上代替拐杖。

「剛好一分鐘。」

艾伊夏斯粉碎散開，讓庫魯特一臉撞在石板地面上。他趴在地上，把手伸向魔劍的殘骸。

「……到……到底……發生了什麼……？我……輸了嗎……？」

庫魯特就連自己身上發生了什麼事都不知道的樣子。其實也沒什麼。我就只是慢慢走過去，慢慢地拿劍砍他而已。

「……怎麼可能……？就算是真正的名匠所打造的劍，居然才一分鐘就將那個庫魯特給打倒了……？」

「在上屆大會……庫魯特可是毫髮無傷耶……」

「事隔三十年後，庫魯特究竟會成長到多麼可怕的境界，我是為了確認這件事才來魔劍大會的耶……」

「……就連施展祕奧義的機會都沒有……程度相差太多了……」

「……他是誰？那傢伙究竟是誰……？德魯佐蓋多魔王學院所屬的話，那不就還是個學生嗎！他究竟是何方神聖啊？」

未能盡興的結果，讓觀眾席不斷傳來困惑的鼓譟聲響。

「唔，搞砸了。反正結果一樣，早知道就別拘泥時間，見識一下那個叫什麼祕奧義的就好了。」

§20 【阿諾斯大人啦啦隊歌合唱曲第二號】

「庫魯特選手的魔劍已確認遭到破壞。因此，第一局第一場比賽的優勝者是阿諾斯・波魯迪戈烏多選手！」

飛在上空的貓頭鷹宣布了我的勝利。

然而，觀眾席卻是一片肅靜。幾乎都是皇族吧。也就是他們無法接受，我這個本來就連參賽資格都沒有的混血獲勝吧。沒差，反正我也沒想要人幫我聲援。

我轉身返回休息室。

隨後，觀眾席的一隅就傳來聲響。

「真不愧是小諾！討厭啦——你是天才——！」

「幹得好，阿諾斯！如果是你的話，之後也能輕鬆獲勝的！」

是爸媽的聲音。

緊隨在後，混血的魔族們發出哄然歡呼。

「怎麼辦啊？唱啦啦隊歌之前，比賽就結束了！」

「或是說，阿諾斯大人太強了，根本沒空唱啊！」

「那就現在唱吧！」

「就算說要現在唱，但也已經打贏了耶？這是啦啦隊歌唷？我們要幫什麼加油啊？」

「要開始嘍，阿諾斯大人啦啦隊歌合唱曲第二號『啊啊，高貴的阿諾斯大人，請賜予您的寶劍』。」

「喂，妳們有在聽嗎？」

「鏘鏘鏘鏘鏘♪」

「……真拿妳們沒轍呢。那麼，就來慶祝阿諾斯大人的勝利吧！」

粉絲社她們用自備帶來的太鼓與管樂器，開始演奏起旋律。

「你在下面，我在上♪」

「咻、咻咻咻，瞬殺♪嗯哼——啊哈——♪」

「你在下面，我在上♪」

「輕、輕輕輕，輕鬆獲勝♪嗯~啊哈——♪」

「高——貴的——阿諾斯大人，請~賜予您的寶劍~♪」

「在名為競技場的床舖上，獵物舞——動著~♪」

「在阿諾斯大人的寶——劍下♪懷——上最強的魔力♪」

「健壯的大——男——人~也一發就中~♪」

「懷~上吧♪懷上吧♪懷~上吧~♪」

「你在下面，我在上♪」

「咻、噗咻咻，秒殺♪嗯哼、啊哈——♪」

「你在下面，我在上♪」

「安、安安安，安心無比♪嗯嗯~啊哈——♪」

「看吧，賜．給．你♪寶劍的恩寵——♪」

抖音好得沒意義。

只不過，還真是相當痛快呢。聽到這首歌後，那些嚷嚷著我當不上魔皇等話語的皇族派們，這不是全都帶著屈辱的表情低頭不語了？

因為是在展現如此明顯的實力差距後獲勝的，所以不論說什麼，都只會讓自己更加丟人現眼。

儘管這不太可能是經過計算的行為，但我可寫不出能讓對手這麼丟臉的歌。這是最讓我愉快的一點。看來粉絲社也似乎意外有著稀有的才能。

離開競技場的舞台後，我經過休息室，慢慢走向觀眾席。

「——嗯嗯，既然如此，這樣的歌詞也不錯吧？稍微聽一下喔。」

一抵達觀眾席，就剛好聽到媽媽的聲音。

「讓你嘗嘗小諾的寶劍，征——服你的人——♪前端的劍尖♪染成乳白色吧~~~~♪咻、咻咻咻，蹂躪不已♪啊哈，嗯哼——♪」

唔，挺過分的歌詞呢。

不過，媽媽身旁的粉絲社等人，卻是用尊敬般的眼神看著她。

「真、真不愧是阿諾斯大人的母親！」

「太厲害了，太厲害了啊！我還是第一次聽到如此悅耳的歌聲！」

「對呀、對呀！而且這大膽纖細的歌詞，如實表現出阿諾斯大人波瀾壯闊的人生，讓我感動得就快哭了……」

「嗯……嗚嗚……太、太感人了……」

粉絲社好像非常感動的樣子。雖然我完全不懂那個歌詞到底哪裡有讓人感動的要素在，

不過這就是兩千年前與現代的代溝吧。

「要是伯母方便的話，下次有空要不要到粉絲社來玩呢？請擔任外部講師，幫我們做唱歌的特訓！」

「我、我也拜託您了！」

粉絲社一齊低頭請求。

唔，有種非常不好的預感。現在要是不阻止她們，之後可能會發生不得了的事。

「抱歉，媽媽平時在店裡很忙呢。」

「啊，阿諾斯大人……！呀、呀啊——！」

粉絲社她們發出尖叫，就像感到惶恐似的退開三步行禮。

「呀、呀啊——既然阿諾斯大人這麼說的話，呀——！」

「還請原諒我們的失禮之舉。呀啊——！」

到底是要尖叫，還是要恭敬說話，真希望她們能選一個。

「小諾，我不要緊的啦。反正店也有休息的時候，能讓我偶爾過去打擾嗎？」

「非、非常樂意！感謝您的寬宏大量！太棒了！」

粉絲社的女學生與媽媽緊握著手。

就在我隱約感到不安時，媽媽向我露出別有含意的微笑。

「我會讓小諾就連在學院也能好好做自己的，就放心教給媽媽吧。」

唔，媽媽啊，拜託妳不要擺出這種「我會營造出方便你和雷伊出櫃的環境，放心交給我吧」的表情好嗎？

「接下來即將開始第一局第二場比賽。登場的是，艾伊涅斯劍術道場所屬——瑪多拉．仙松選手！」

競技場上出現一名男子，全身帶著無數傷疤，有如野獸般的容貌。

「……這傢伙是疾風的瑪多拉吧？迪魯海德最快的劍士……上屆大會的亞軍……？」

「是啊……簡直就像是變了一個人吧？」

「據說他為了要向庫魯特雪恥，似乎潛入地下迷宮戈拉奴亥利亞。」

「地下迷宮戈拉奴亥利亞？那個號稱就連要突破第一層都極為困難的迷宮嗎？」

「是啊，據傳他下到第兩百五十層，在裡頭待了二十年都沒出來。」

「什麼……簡直是瘋了……」

「那就是將自己逼瘋，一味追求強悍的男人所達到的境界。就這點來講，他說不定已經超越庫魯特了呢。」

唔，地下迷宮戈拉奴亥利亞啊，真是讓人懷念呢。曾好奇最底層究竟有多深而去散步過，結果是兩千五百層。居然能下到十分之一的樓層，看來他也相當厲害呢。

「接著登場的是，羅古諾斯魔劍協會所屬，雷伊．格蘭茲多利選手！」

上空傳來貓頭鷹的叫喊。

似乎是輪到雷伊出場了，不過牠剛剛是說羅古諾斯魔劍協會嗎……？

「雷伊．格蘭茲多利……是鍊魔劍聖嗎？」

「是啊，混沌世代之一。」

「儘管第一場比賽就遇到相當優秀的對手，但到底還是瑪多拉會獲勝吧。」

「等到十年後，情況說不定就很難說了呢。現在的話，經驗相差太多了吧。」

「只不過，鍊魔劍聖是所屬於羅古諾斯魔劍協會的啊？」

「也就是我們的夥伴呢。」

雷伊出現在競技場上，佩帶的劍是在小組對抗測驗中借給米莎，能斬斷魔法術式的魔劍伊尼迪歐。

「那麼，迪魯海德魔劍大會第一局第二場比賽！請開始吧！」

立刻喊出比賽開始的口號。

對峙的瑪多拉與雷伊，直接朝著對方走去。

就在進入劍擊範圍的瞬間，雙方同時停下腳步。

「拔劍吧。」

瑪多拉沉聲說道。

「我這樣就行了。」

雷伊就跟往常一樣，以爽朗的笑臉回應。

「我這不是在威脅你。帶有風之力的魔劍，疾風劍雷夫雷希亞，你總該聽過吧？一旦出鞘，劍身就會化為疾風。我給你三秒考慮。要是不在這三秒內拔劍，你將命喪於此。」

瑪多拉眼神銳利地瞪向雷伊。

「三。」

雷伊沒有動。

「二。」

雷伊還是沒有動。

「一。」

瑪多拉握住魔劍。

「去死吧。」

以目不暇給的速度拔出魔劍，朝雷伊的脖子揮出劍光。

「什麼…………」

瑪多拉驚愕了。

別說是切開雷伊的脖子，瑪多拉的魔劍還喀嚓斷成兩截。當劍碰觸到他的後頸時，劍身早已被砍斷了。

「……何時……拔劍的……？」

雷伊的魔劍依舊收在鞘裡。

「在你拔劍之後。」

「…………比我晚拔劍，卻比我的劍，疾風劍雷夫雷希亞還快……」

瑪多拉別說是雷伊拔劍的瞬間，就連他收劍的瞬間都沒看到的樣子。

雷伊吟吟微笑。

「我的朋友，就連用樹枝都比你快上許多呢。」

「……你說…………用樹枝…………？」

雷伊就像分出勝負似的轉過身去。

「瑪多拉選手的劍已確認遭到破壞！因此，第一局第二場比賽的優勝者是雷伊・格蘭茲多利選手！」

歡聲伴隨著驚訝響徹開來。

「太厲害了！那個瑪多拉瞬間就輸了。」

「有人看到他拔劍嗎？我完全沒注意到耶！」

「庫魯特輸掉時還以為會怎樣呢，皇族派也派出了相當可靠的傢伙不是嗎！」

「對啊，是混沌世代吧？那傢伙說不定就是暴虐魔王呢。」

站在我背後的少女，注視著離去的雷伊。一臉沉悶的表情。

嗯，因為羅古諾斯魔劍協會是皇族派的團體呢。會疑惑雷伊為什麼會所屬於那裡。

「米莎，妳很在意嗎？」

她點了點頭。

「那就去問吧。」

「咦……？」

「過來。與其擺出那種表情，還不如直接去找他確認。」

我留下這句話離開後，米莎就從後頭跟了上來。

§ 21 【訊息】

在休息室前等了一會後，雷伊就推開房門走了出來。

「早。」

雷伊交互看著我跟米莎，傷腦筋似的微笑著。

「還以為如果是阿諾斯的話，就會對我睜一隻眼閉一隻眼呢。」

「我是想這麼做。不論有何緣故，這都是你自己決定不拜託我的。這樣要是還特意跑來多管閒事的話，也太不識趣了。只不過，我的部下似乎無法接受的樣子。」

米莎走到我前面。她注視著雷伊的臉，就像下定決心般的問道：

「雷伊同學，皇族派對你說了什麼嗎？」

「也是呢。可能是說要給我遊玩一輩子的財富，也可能是說要推薦我當上魔皇。」

「……我不認為你會被這種事情所打動。」

雷伊爽朗地微笑著。

「妳太看得起我了喔。還是小心點吧。這世上多得是嘴巴上講得道貌岸然，但所作所為卻卑鄙無恥的傢伙呢。」

對於雷伊這番彷彿在虛張聲勢的話語，米莎露出無法接受的表情。

「……這我知道。不過，我不認為你……雷伊同學會是這種人……」

「可不能太過相信剛認識的人喔。」

雷伊帶著溫柔的笑容說道。也就是說他不打算說出實話吧。

沒辦法再繼續追問下去，米莎懊悔地咬緊唇瓣。

「羅古諾斯魔法醫院是艾里奧．路德威爾用私費建設的，也就是皇族派的設施。」

「沒錯。」

雷伊不改笑容的回答。

「令堂身體還好嗎？」

「嗯，之前也說過了，並無大礙呢。現在很健康唷。」

「我可以去探望她嗎？」

「她馬上就要出院了，到時候再幫你介紹吧。」

唔，原來如此。

「話說回來，就分組來看，我們好像會在決賽遇到吧？」

「很遺憾沒辦法心無罣礙地跟你交手呢。」

雷伊看向我的劍。

「沒什麼，這把劍或許感受不到魔力，但這可是真正的名匠所鍛造出來的劍，跟你的魔劍可是有不分軒輊的力量。你就儘管向我挑戰吧。」

雷伊呵呵笑起。

「已經沒事了吧？」

「是啊。」

雷伊轉過身，打算朝著觀眾席的方向離開。

「雷伊同學，那個……」

「不好意思，我現在是皇族派的人，沒辦法再跟妳繼續交好了。」

擦身而過的雷伊在留下這句話後揚長離去。

就像是想到了什麼事，他途中突然止步。

「對了，阿諾斯，有件事我忘記跟你講了。」

「什麼事？」

他背對著我說道：

「……我會殺了你。」

我咧嘴一笑，回道：

「想殺我的話，就帶著死亡的覺悟來向我挑戰吧。」

「這算不上威脅喔。因為我本來就是在賭命了。」

「喔，那我就試試你的覺悟吧。」

等我把話說完時，我人已經不在原地，而是逼近到雷伊的背後。

「我看得一清二楚唷，阿諾斯。」

雷伊就像陀螺般的轉身，揮出魔劍伊尼迪歐。

就算為了擋住攻擊，在左臂上展開反魔法與魔法屏障，也還是被輕而易舉地斬斷術式，迸出的魔力化為烏有。

純白劍刃砍進我的左臂，淌出鮮血。

「唔，居然能傷到我的手臂，真是了不起。」

「……我是打算連同手臂一起砍掉你的頭呢……」

雷伊吐血了。我的右臂刺進了他的胸口。

「我也是打算捏碎你的心臟的，但看來你連身體也相當強韌呢。」

茫然注視著這場攻防的米莎，驚慌失措地叫道：

「阿、阿諾斯大人，雷伊同學……！你們沒必要在這種地方打起來啊……！」

她露出一臉擔心的表情，是想說我們無論如何都會在決賽時交手吧。

「沒什麼，我就只是在確認他的覺悟。不論對手是誰，我對膽敢向我挑戰的人都絕無寬貸。要是他期待我會對朋友手下留情的話，就打算在這裡將他收拾掉。」

「我才是安心了。既然你是認真的，那我也能毫不猶豫地斬殺了呢。」

我稍微俯瞰了他一眼後，雷伊就露出爽朗的微笑。

「那我就先走了。」

「好，決賽見。」

雷伊朝觀眾席的方向離去。

「阿諾斯大人……」

「看樣子是被套上項圈了呢。」

米莎瞪圓了眼，回看著我。

「我直接碰觸他的身體試著確認過了，看來他體內似乎被埋進了某種魔法具。」

「……您說確認，在剛剛那一瞬間，您就做了這種事嗎……？」

「因為這才是我的目的呢。」

埋進他體內的魔法具與本人的魔力同步，所以難以發現。如果是我的魔眼的話，某種程度以下的魔法具，只需要注視幾秒就能看穿，所以埋進雷伊體內的是相當優秀的魔法具。

「……可是，您是何時注意到雷伊體內被埋進魔法具了……？」

「雷伊有給我們提示吧？說他本來就是在賭命了。我判斷這是他要殺我之前，就已經在賭命的意思。可以想到的可能性，就是他被魔法具限制了某方面的行動。假如他向我求助的話，就會被當場殺掉吧。」

雷伊有十之八九是遭到魔法具或魔法的監視。最好還是認為：只要雷伊意圖求助，監視者就會啟動埋進他體內的魔法具殺害他。

「他確實是說他在賭命，但是光憑這點……？」

「在這之前，他也說過沒辦法心無罣礙地跟我交手，還特意跟我說要殺了我呢。只不過，那傢伙本來就是會若無其事地斬殺敵人的個性。就因為他故意向我挑釁，才讓我認為這背後有鬼。在接他的劍時，他還很親切地讓胸門大開。這是要我假裝貫穿他的胸口，調查那裡的意思。」

結果得知雷伊體內被埋進了魔法具。

對雷伊來說，這也是一步險棋吧。必須要在監視者未能察覺的情況下，讓我注意到這件事。一旦失誤，他就會當場喪命吧。

「……真是太驚訝了……在我眼中兩人就只是決裂了……阿諾斯大人和雷伊同學都好厲害啊……」

「沒什麼，以前也常有這種事呢。」

兩千年前會用上更加錯綜複雜的手段呢。

「……是皇族派搞的鬼吧……？」

「這是適切的判斷。」

或者是阿伯斯．迪魯黑比亞搞的鬼嗎？

「能在雷伊同學體內埋進魔法具，應該是相當厲害的高手吧？」

也不是沒有這種可能性。只不過——

「這件事應該跟雷伊的母親有關。」

「方才是說住進了魔法醫院吧？」

「是啊。我認為跟此事有關而試探了一下，不過他卻是那樣回答。這恐怕是想要我設法幫忙的訊息吧。」

只要認為他的母親被當成人質，體內還被埋進魔法具的話，這一切就全都說得通了。

那個男人是在這種千鈞一髮的狀況下向我求助的，怎麼可以不回應他的期待。

「妳想怎麼做？」

我這麼問後，米莎就語帶怒氣地回道：

「居然想用這種方法恣意操控人心，我是絕對不會原諒對方的。我要讓幕後黑手知道，不是身為皇族就能夠為所欲為的。」

「那就跟我來吧。儘管不知道是何方神聖，但他們對我的朋友出手了，我是不會善罷甘休的。」

「好的。」

我正要前往魔法醫院，卻忽然想起一件事而停下腳步。

「話說回來，第二場比賽要開始了啊。」

除了決賽以外，記得所有的賽事都會在今天之內舉行。

「唔，稍等我一下。我先去把剩下的無名小卒收拾掉，之後我們再出發吧。」

§ 22 【精靈病】

我沒怎麼苦戰，理所當然地在魔劍大會中不斷晉級。

儘管要持續使用「隱匿魔力」的魔力消耗非常大，不過比賽對手全是實力在第一場比賽遇到的庫魯特之下的無名小卒。

由於平均戰鬥時間連三秒都不到，所以完全不用擔心魔力會因此枯竭。

「伊諾利亞選手的劍已確認遭到破壞，優勝者是阿諾斯・波魯迪戈烏多選手。」

觀眾席的一隅響起歡呼。是粉絲社與白制服的學生們吧。

而從其他地方，則是能聽到有別於此的嘈雜聲響。

「不會吧，那傢伙……又是秒殺……」

「無傷晉級決賽啊……他強到不像是混血呢……」

「既然如此，我們就只能依靠鍊魔劍聖了！」

「是啊，雷伊・格蘭茲多利到目前為止也都是無傷晉級，應該能回應我們的期待才對。」

我一面聽著皇族派說出的蠢話，一面背對著他們返回休息室。

米莎在裡頭等著。

「要立刻過去嗎？」

「沒錯，等我跟爸媽講過一聲之後。」

我離開休息室，前往觀眾席，剛好在路上遇到爸爸。

「對了，阿諾斯，爸爸還有工作要做，得先走了，不過我明天絕對會來看你比賽的。」

「要是很忙的話，不到場來看也沒關係。還有魔法轉播可以看吧？」

魔劍大會會利用「遠隔透視」的魔法，將現場的影像與聲音傳送到迪魯海德的各地播放。

由於用來看魔法轉播的魔法具，如今在迪魯海德已有五成的普及率，因此就算不用親自來到德魯佐蓋多，也能夠觀看比賽。

也因為這樣，皇族派才不希望混血的我贏得優勝吧。

「別擔心，爸爸就算再忙，也一定會到場來看比賽的。這可是你人生的重要場合呢。」

爸爸用力拍著我的肩膀。

「……嗚……！」

是忘記自己受傷了吧。爸爸蹙起眉頭。

真是的，他實在是太勉強自己了。

在爸爸身上畫好魔法陣後，光粒子就將傷口覆蓋起來。是「治癒(ento)」的魔法。

「怎樣？」

「哦……哦哦，治好了！阿諾斯，真不愧是你呢。一點也不痛了！你看，就算是這樣動也不──」

爸爸就像是在展現自己已經痊癒似的，前後左右沒意義地亂動身體。

然後──

「唔哇……！」

不小心絆到腳，一頭撞在附近的石牆上。爸爸抱著頭，蹲在地上。

「嗚呃呃……抱歉，再幫我治一下……」

「放著不管就會好了啦。」

這種傷勢到底是用不著魔法。

「……哦哦，真的耶。已經治好了。」

爸爸倏地站起來。

「那我先走了。」

爸爸神采奕奕地向我揮手，快步跑離了競技場。

「對不起喔，爸爸來匆匆去匆匆的。他儘管這麼忙碌，也還是勉強自己抽出時間來的樣子唷。」

媽媽一邊這麼說，一邊來到我身旁。

「爸爸現在是在做什麼工作啊？」

「這個嘛，爸爸雖然要我幫他保密。」

媽媽嫣然一笑，以這句話作為開頭說道：

「因為我們家的設備沒辦法鍛造金剛鐵劍，所以爸爸就去向熟識的工作室低頭拜託，借用對方的設備鍛造。然後作為交換，要去幫對方工作。」

所以最近才不在家啊？

「爸爸跟我說：『因為小諾很聰明，所以肯定會認為不能給我們添麻煩，而說不出他想要買劍的事。』爸爸認為小諾要是知道的話，肯定會阻止他這麼做的，所以才偷偷打造了那把劍唷。」

唔，他完全誤會了呢。儘管是誤會，哎呀哎呀。

要是贏得冠軍的話，就說是靠爸爸的劍贏的吧。

「媽媽說溜嘴的事，要幫我保密唷？」

「我會的。對了，今天沒有我的比賽了，我就先回去了。」

「咦？小諾不留下來看剩下的比賽嗎？」

「我稍微有點事。而且，反正是雷伊會贏。」

「也是呢。那麼，那把劍就交給媽媽來保管吧？拿著這種東西，沒辦法做事吧？」

媽媽抓住我手上的金剛鐵劍。

「這不礙事的。」

「可是，很重對吧？小諾得為了明天做好準備，讓身體好好休息才行呢。」

媽媽半強硬地拿走我的劍。

「放心吧。要是沒有這把劍，小諾就不能參加決賽了。所以不論發生什麼事，媽媽都會保管好的。」

魔劍大會確實是不准使用備用的劍。只不過，阿伯斯·迪魯黑比亞應該是打算在決賽時動什麼手腳，不會特意讓我沒辦法參加決賽的。

「真是誇張呢。」

「是嗎？」

媽媽將金剛鐵劍抱在懷中。

「那就麻煩妳保管了。」

「嗯，我會小心帶回家的。」

那麼，米夏與莎夏應該也在競技場的某處吧，算了，就這樣吧。

「我先走了。」

我向媽媽告別，轉身離開。

背後傳來女學生們的聲音。

「對了，伯母，想請您幫我們的新啦啦隊歌給點意見。」

「好的，那能唱給我聽嗎？」

媽媽已經和粉絲社她們完全打成一片的樣子。

話說，她們會完成怎樣的歌曲啊？

「讓妳久等了。」

我向在觀眾席入口等待的米莎搭話。

「不會。」

我用手碰觸米莎，施展「轉移」的魔法。轉移到的位置，是在羅古諾斯魔法醫院的附近。

「要怎麼做？」

「也是呢。雖然方法多得是，不過妳在小組對抗測驗展現的那一招，現在能用嗎？」

「您是指『雨靈霧消(fusuka)』……嗎？那個化身成雨的精靈魔法……？」

「是啊，魔力我借給妳，範圍要盡可能地大。」

「我知道了。」

我施展「魔王軍」與米莎接起魔法線，將魔力借給她。

烏雲逐漸覆蓋住整座城鎮，嘩啦啦地下起雨來。我的魔力溶入「雨靈霧消」的雨霧之中，受到隱蔽。在以這種狀態推開魔法醫院的大門後，一層薄霧就從入口處湧入院內。

就算我們堂堂正正地走在醫院裡，其他人也會因為「雨靈霧消」的效果，辨別不出我們的身影吧。

一面移動，一面用遠望的魔眼確認櫃台處的住院病患名單，從中找到席菈．格蘭茲多利的名字。這是雷伊的母親吧。上頭註明是住在地下十樓的特別病房。

我們就這樣走下樓梯，來到地下十樓，不過沒有特別奇怪的地方。

我毫不猶豫地推開病房門。整個室內形成了一個治療用的魔法陣，中央擺著一張床鋪，上頭躺著一名女性。她就是席菈吧。

我跟米莎走到她身旁。

「……她的身體……」

米莎不禁說道。

席菈的身體就像即將要消失般的透明。沒有清醒的跡象，整個人憔悴到令人懷疑她是否真的還活著。

「唔，這就是精靈病啊。」

我用指尖碰觸席菈的頭，啟動魔眼診斷她的體內狀況。然而，不論我再怎麼深入窺視深淵，都發現不到像是病灶的部位。魔力沒有紊亂，就只是很微弱。

奇妙的是，魔力要是微弱到這種程度的話，照一般來講，身體狀況應該會不斷惡化才對。可是就目前來看，席菈的病情一直很穩定。

「……知道是什麼病嗎……？」

「儘管和衰老時的狀況很像……」

她的身體很正常。就只能認為她的虛弱是因為壽命已盡。

可是，並不認為她的年紀有這麼大。

不對，這是——？

「原來如此。所以才會是精靈病啊。」

「這是什麼意思？」

「這個女人和妳一樣是半靈半魔。」

米莎就像嚇了一跳似的瞠圓了眼。

「可是，雷伊同學是皇族吧……？」

「就算生母與養母不同人，也沒什麼好不可思議的。」

「……這麼說來，也……是呢……」

「這恐怕是跟精靈有關的疾病吧。精靈的生態有些複雜，魔族的常識幾乎無法通用。」

要不然，我的魔眼是不可能找不到病灶的。

「這麼說來，雷伊同學之前曾跟我說半靈半魔無法長命。還說沒有半靈半魔能在施展精靈魔法後保持健康的。」

是在我家庭院時的對話啊。

「妳心裡有底嗎？」

「不……我雖是半靈半魔，但對精靈的事情是一無所知……對不起……」

雷伊的母親被當成人質，體內則是被埋進了魔法具吧。就這個狀況來看，幕後黑手是以治好他母親的疾病作為交換條件，要他對皇族派唯命是從吧。

只不過，對方是怎麼樣讓病情保持穩定的？就我看來，周遭的魔法陣並沒有對席菈的病情有任何幫助。

我也不認為雷伊會毫無理由地相信皇族派的說詞。這間魔法醫院想必能對精靈病進行有效的治療吧。這也就是說，對方有個對精靈很熟悉的魔族。

而他是神話時代的魔族的可能性很高呢。

該怎麼做？只要能救出雷伊的母親，再來就只需要摘除他體內的魔法具了。這樣首先該做的，就是找出治好他母親的方法吧——

不對，在這之前就先試一件事吧。

「米莎，我有事要拜託妳。」

「好的，請問是什麼事？」

「我想要妳從雷伊口中問出整件事的來龍去脈，特別是有關他母親的事情。只要知道她的過去，就能以此作為起源施展『時間操作』。只要回溯時間，就算找不出病灶也能治好身體呢。當然，這件事要是搞砸的話，妳和雷伊說不定都會有危險——」

米莎立刻下定決心，頷首答應。

「我試看看。」

§23 【雷伊的過去】

不久後，開門聲響起。雷伊走進房內，直接走向病床，將視線落在母親身上，直盯著她的臉龐。

「……媽媽……」

雷伊喃喃自語。

「魔劍大會……我贏了喔。明天是決賽。」

他向毫無反應的母親淡然報告著。

「……能等到明天嗎？我絕對會治好妳的……」

雷伊臉上沒有往常的笑容。他哀傷地凝視著母親的臉龐。

「明天會發生什麼事嗎？」

雷伊朝聲音的方向銳利看去。瀰漫在房內的薄霧化為米莎的身形，雷伊就像恍然大悟似的放鬆表情。

「還想說怎麼突然下起奇怪的雨了，想不到妳居然會找到這裡來。」

「因為我怎樣也不認為雷伊同學會憑自己的意思加入皇族派。」

雷伊露出讓人猜不透想法的笑容。

「因為我是個騙子。」

「……騙子才不會說自己是騙子……」

就算米莎這麼說，雷伊也不改表情的問道：

「就妳一個人？」

「是啊。」

當然，這是謊言。我靠著米莎的「雨靈霧消」隱蔽了姿態。只要不亂動，就不會被他發現吧。

「那不好意思，這件事能不要跟阿諾斯講嗎？」

「……你說這種話真的好嗎？這也就是說，你遭到某人威脅不能把這件事告訴阿諾斯大人吧？」

「會這麼想嗎？」

「阿諾斯大人肯定會幫助你的。」

「當他知道這件事時，我和我的母親就無法得救了。」

看來他果然是被威脅了呢。

「這是怎麼回事？」

「如妳所見，我母親生病了。對方說這是精靈病，由於就只有半靈半魔會罹患，所以尋常的醫生是治不好的。」

米莎看向席菈。

「……這是怎樣的疾病？」

「據說會讓魔力衰弱，根源變得稀薄，並隨著時間經過逐漸消失唷。」

「治療方法呢？」

雷伊搖了搖頭。

「假如告訴我的話，我就不會加入皇族派了吧。」

「……這間醫院真的治得好嗎？」

「自從精靈病發作以來，母親的魔力就日益衰弱。然而住進這間魔法醫院後，病情就穩定下來了，所以似乎能治好唷。就算這是謊言，我除了相信之外，也別無他法了。」

既然對方能讓病情穩定下來，就表示他們有辦法找出發病的原因吧。只要知道這點，似乎就有辦法治好了呢。

「以治好母親作為交換條件，我必須幫對方做到幾件事情。在魔劍大會上與阿諾斯對戰也是其中之一喔。由於我的體內被埋進了契約魔劍，所以只要我違反約定，我就會死。要是我死了，他們就沒理由讓母親繼續活下去了。」

是契約魔劍啊。強制力比「契約」還強的魔法具。要是違反契約，就會連根源都遭到消滅，迎來確實的死亡。

「將這件事告訴阿諾斯，也一樣是違反契約。」

「……這樣的話，就連我也不說不是比較安全嗎……？」

「因為我相信妳不會跟任何人講的。」

「咦……？」

「騙妳的。」

米莎被攻其不備，讓雷伊逼近到身旁。儘管米莎打算溶入霧中消去身影，但雷伊卻用魔劍伊尼迪歐斬斷了她的魔法術式。「雨靈霧消」的效果消失，霧散去，外頭的雨止歇。

確認到這點後，雷伊就環顧起周遭。

「……真的只有妳一個人呢……」

他是在確認有沒有其他人靠「雨靈霧消」的魔法隱藏起來了吧。與其說是其他人，倒不如說就是在找我吧。我確實靠著「雨靈霧消」的魔法消去身影，不過還用了「幻影擬態（rainelu）」讓自己透明化，而且還靠著「隱匿魔力」隱藏魔力，所以只要屏息不動，就不可能會被發現。我之所以會讓米莎施展「雨靈霧消」，就是為了讓他以為只要消去這項魔法，就沒有人能躲起來了。

「那麼。」

雷伊抓住米莎的雙手，把她壓制在地上後，就從懷中拿出一把鋸齒狀的短劍。

然後，他毫不猶豫地朝米莎揮下，米莎不禁閉上眼睛；然而短劍並沒有刺在她身上。雷伊刺中的是她的影子。

「抱歉了。明天的決賽結束前，就請妳待在這裡吧。」

米莎儘管想溶入霧中，但自己的影子就像是被縫在地上似的，讓她無法好好操控「雨靈霧消」的樣子。

「……這把短劍究竟是……？」

「這是縫影短劍。一旦被這把短劍縫住影子，就只能在影子的範圍內活動，也無法施展讓實體消失的魔法唷。」

果然是來這招啊。將知道實情的人封口，也是契約的一部分吧。光是契約沒有要求殺害，就算很好了吧。也是呢，要是貿然將契約訂得太過嚴苛，就會讓他連不必要殺的人都不得不殺了。

視情況，這樣反而會讓事態更加惡化，所以才讓雷伊自己決定是否要殺害吧。

「這間病房設有阻礙魔法通訊的反魔法。也無法靠『意念通訊』求救唷。」

「要是我不見的話，感到可疑的統一派同志們一定會來救我的。」

「大概吧。只不過，會趕不上明天的決賽。光是這樣，就足夠了。」

米莎沉思一會後問道：

「你打算做什麼？」

「不好意思，我不能說。」

要是說了，契約魔劍就會加害於他嗎？

「是誰要雷伊同學做這種事的？」

「魔皇艾里奧唷。就我所知道的部分呢。」

艾里奧是傀儡。策劃這件事的人，恐怕就是經營這間魔法醫院，身分不明的魔族了吧。

考慮到狀況，那傢伙跟阿伯斯・迪魯黑比亞有關似乎不會錯的呢。

雷伊走到病房一隅，搬了張椅子放到米莎身後。一看到米莎詫異的表情，他就淡淡微笑起來。是表示要她坐下吧。

米莎冷靜地坐在椅子上。

「把妳牽連進來了呢。」

聽到雷伊這麼說，米莎回以笑容。

「你錯了。」

就像在問她這是什麼意思似的，雷伊回望著米莎。

「是雷伊同學被牽連進來了。被牽連進統一派與皇族派的鬥爭。所以，我才應該要向你道歉。」

大概沒料到她會這麼說吧，雷伊瞠圓了眼。

「沒想到我都做出這種事來了，還會被妳道歉呢。」

「因為雷伊同學是個好人唷。」

「才沒有這回事。因為我是個騙子呢。」

他裝作開玩笑的樣子，露出一如往常的爽朗微笑。

「而且要是沒有統一派與皇族派的鬥爭，我的母親早就死了。」

或許吧。席菈的病情能保持穩定，是拜掌管這間魔法醫院的魔族所賜吧。要是沒有統一派與皇族派的鬥爭，也就是沒有阿伯斯·迪魯黑比亞的話，對方應該就不會為了利用雷伊，而治療席菈的精靈病了。

「……我可以問你一件事嗎？」

「抱歉，我不能回答妳想知道的事。」

「不，我想問你母親的事。」

「母親的？」

他一臉意外的樣子。

「我想就算聽了也無濟於事吧。」

「那麼，就是可以說的意思吧？」

米莎嫣然一笑。雷伊就像敗給她似的苦笑著。

「在這種時候問這種事情，妳還真是個怪人呢。」

「……她不是你的親生母親吧？」

「是啊。我本來是耶斯塔家的孩子。」

「那個魔法的名門嗎？」

「對。耶斯塔家會讓子孫們代代繼承祕傳的魔法。只要是耶斯塔家的孩子，打從出生起就能施展那個魔法。然而，我卻不知為何，無法繼承那個魔法。」

繼承魔法是根源魔法的一種，是將自己的部分根源分給自己的孩子。不過，偶爾也會出現無法順利繼承魔法的案例。

當中最有可能的原因，就是那個孩子的根源受到更為強大的根源魔法的影響。

比方說，「轉生」的魔法。

「將先祖代代流傳下來的魔法白白浪費掉的我，被說是廢物而遭到拋棄了喔。」

「你是在幾歲被拋棄的？」

「大概五歲左右吧。老實說，我當時完全不知道該怎麼辦才好，走投無路了。我故鄉的城鎮是由耶斯塔家掌握著實權，所以誰也不肯幫我。耶斯塔家是期待我就這樣餓死街頭吧。我幾乎沒有進食地在街上徘徊了好幾天，肚子餓到我終究還是倒下無法動彈。就在這時，有人對我伸出了援手。」

「是雷伊同學的媽媽……嗎？」

雷伊點了點頭。

「她帶我回家，替我準備了溫暖的食物與床鋪，然後就這樣讓我在家裡住下來唷。只不過，母親也因此激怒了耶斯塔家。他們威脅母親，如果再繼續養育我，就會讓她失去工作。儘管如此，母親也依舊沒有趕我走，結果我們就搬到耶斯塔家無法干預的城鎮去了。」

「雷伊同學的媽媽是個很溫柔的人呢。」

聽到米莎這麼說，雷伊高興地微笑起來。

「我長大後，有問她為什麼要幫助我唷。」

「她怎麼說？」

「聽母親說，她也被父親拋棄了。母親的父親似乎是皇族派，而母親的母親是個精靈。被拋棄的理由，妳應該很清楚吧？」

米莎一臉哀傷地點點頭。就皇族派的立場，要是讓人知道自己生了個混血的孩子，是不

可能平安無事的吧。也就是他為了保護自己，拋棄了自己的孩子。

「她說就是因為這樣，所以怎樣都無法丟下被拋棄的我不管。」

原來如此啊——米莎溫柔地應和著。

「母親將我視如己出。然而，母親天生體弱多病，就連原因也不清楚的，她的魔力不斷減少，根源變得愈來愈稀薄。到最後精靈病發作，已經一年沒有恢復意識了。」

魔力不斷減少嗎？這種情況大都是因為根源發生異常，或是體內的魔力通道失常；可是席菈的狀況很正常。

「我是看過好多間魔法醫院後，才好不容易找到這裡的。」

也就是在好不容易能穩定住病情時，被對方提出了交易條件吧。

就時機來看，是我剛遇到米夏的時候吧？

「……不可原諒……」

米莎喃喃說道。能明顯看出她的憤怒。

「……用這種做法，把母親當作人質威脅，逼迫你去做不願意的事情……我是絕對不會原諒他們的……！」

雷伊就像傷腦筋似的微笑起來，然後說道：

「謝謝妳，願意幫我生氣。」

雷伊轉身走向病房門。

「抱歉了。」

他背對著米莎留下這句話，離開了病房。

§ 24 【席菈的心願】

「做得好。」

我解除「幻影擬態」現身。

「啊……不會，該說我好像中途就只是在問我在意的事情吧……啊哈哈……」

唔，看起來不像是在謙虛。也罷，畢竟我也很在意雷伊有過怎樣的經歷呢。

「結果是一樣的。」

我用指尖碰觸席菈的頭，施展「時間操作」。

作為起源的是過去的席菈，剛收養雷伊時的她。線索就只有那段對話的話，有許多曖昧不清的部分，但相同的人物不會有兩個人吧。就只讓她的身體時間回溯到剛收養雷伊的時候。就算不清楚病灶與治療方法，只要回溯時間，多半的疾病都能治好。

魔法陣覆蓋住她，讓她的身體時間不斷倒轉。

然而——沒有任何變化。

「……失敗了嗎？」

「不是。」

「時間操作」是成功了。雷伊母親的身體，應該是確實恢復到患病之前的狀態，只是魔力卻還是一樣虛弱。

能想到的可能性會是什麼？

——那就是她的生死，是受到某種有別於她的肉體與根源的事物、某種不在此處的事物所左右。

真的會有這種事物嗎？

儘管認為這對魔族來說是不可能的，但席菈是半靈半魔。會天生體弱多病，說不定也是基於半靈半魔的特性，或者也能認為精靈病跟這種特性有關。

只不過，就算同樣是半靈半魔，米莎卻非常健康。精靈依舊是種奇怪的存在。

「對方是怎樣讓這種精靈病的病情保持穩定的啊？現在就只能去調查這件事了呢。」

我走向病房門。

關鍵毫無疑問是掌握在經營這間魔法醫院的身分不明魔族手上。要是能查到什麼線索就好了。

「阿諾斯大人……！」

米莎就像嚇到似的叫喚著我。

「怎麼了嗎？」

一回頭，就看到米莎望著病床。

一直沉睡的席菈，微微睜開了眼睛。

我一回到病床旁，她就完全睜開眼睛，注視過來。

「……你是……阿諾斯……？」

「妳怎麼認識我的？」

席菈應該是喪失意識，沉睡了一年以上，不可能會認識我。

「……我一直都有意識。雷伊來看我的時候，跟我提到過你。說他交到朋友了。」

原來如此，也不是不可能呢。

「那麼，妳也知道雷伊體內插著契約魔劍的事嗎？」

「是的。」

「只要治好妳的病，就能解除雷伊的束縛。至於契約魔劍，我會設法處理掉的。關於精靈病，妳知道些什麼事嗎？」

席菈一副就連開口都很勉強的樣子說道：

「……我躺在這裡時，聽某人提過這件事。大概是醫生吧，他說精靈病並不是疾病。精靈是由心而生的……」

「我知道。傳聞、傳承、傳說、願望、恐怖、希望，這些概念經具象化、具體化的存在即是精靈。」

席菈微微頷首，難受地吁了口氣。

「……精靈大多誕生自心意、強烈的願望等意念之中。所以，打從出生就成長完畢了。可是，半靈半魔卻不同。因為有一半是魔族，所以出生時還是嬰孩。或許是因為這個原因吧，

使得作為精靈的部分也還是嬰孩。那個人是這麼說的。」
唔，大致清楚了呢。
「也就是剛傳開的傳聞、微弱的願望、渺茫的希望，取代了半靈半魔的半身。」
「對。半靈半魔想要成長，就一定得要培養這種剛傳開的傳聞，或是渺茫的希望唷。」
只要能伴隨著歲月，讓這些傳聞、希望、傳承變得更廣為人知、更加知名就好。這樣一來，恐怕就能像米莎一樣自在地生活吧。
「剛傳開的傳聞會輕易平息，渺茫的希望也大都會喪失吧。而失去這些傳聞與希望，也就等於失去了半身。所以半靈半魔大都體弱多病嗎？」
這樣也能理解「時間操作」為什麼會無效了。精靈的魔力來源，是位在他人的心中。就算將位在此處的席菈的時間倒轉，也會因為作為力量來源的傳聞或傳承的知名度降低，而不可能治好精靈病。
「作為妳半身的傳承是什麼？」
「……我不清楚。半靈半魔跟精靈不同，不清楚自己是從怎樣的傳聞或傳承之中誕生的。所以，一般都不長命的樣子。」
因為她們作為半身的傳聞或傳承即將消失，所以半靈半魔才會死去。
但只要讓那個傳聞或傳承在世上宣揚開來，就能治好精靈病吧。然而，要是不知道那是怎樣的傳聞或傳承的話，就束手無策了。
席菈的病情能保持穩定，就表示羅古諾斯魔法醫院知道作為她力量來源的傳聞是什麼吧。是在暗中調整，不讓傳承完全消失，但也不讓傳承太過廣為流傳吧。

「提起精靈病的那位醫生，提過些什麼嗎？」

「……是提到過，但他沒提過我的傳聞或傳承是什麼之類的話……」

說到底，他只有告知少部分的人嗎？不對，還是認為就只有那個身分不明的魔族知道會比較妥當。

這樣一來，就算調查這間魔法醫院，恐怕也查不出個所以然吧。對方也沒笨到不會防備我的襲擊呢。

「為什麼妳突然能開口了？」

「……我也不清楚。今天稍微恢復了點力量；不過，我想不會維持太久……」

也就是作為席菈力量來源的傳承，一時性地稍微傳開了嗎？

照常理來想，會認為這是魔法醫院的治療成果吧。但我覺得讓席菈變得能開口說話是種失誤，不過，到底還是沒辦法調整得這麼精準嗎？

還是說，發生了什麼意料外的事情嗎？

「在那之前，我有件事想跟你講。」

「跟我？不是雷伊嗎？」

「是跟你。」

席菈直直地注視著我。

「雷伊從小就是個喜歡劍的孩子，總是一有空就跑到外頭揮劍。為了讓那孩子更加享受

劍的樂趣，我讓他加入了鎮上最大間的劍術道場，然而不到三天他就不去上課了。」

「……這是為什麼？」

在我身後聽著的米莎問道。

「因為不成對手吧。」

「對。說是因為打贏師傅後，氣氛變得很尷尬。」

很像是那個男人會做的事。

「之後我也讓他參加了許多劍術大會，但他都幾乎沒有輸過。就算輸了，等到下次比賽時也已經超越那個對手，然後不會再輸第二次。在不知不覺中，人們開始稱他為什麼鍊魔劍聖，被推薦就讀魔王學院，然後被列為混沌世代之一。」

席菈喘了口氣，繼續說下去。

「我覺得這是非常光榮的事。可是就算受到讚賞，那孩子也總是一副無聊的模樣笑著。某天，那孩子忽然喃喃說道：『要是我的劍術再差勁一點的話，就能交到朋友了吧。』那孩子很笨拙，因為只對劍術感興趣，所以身邊就只有練劍的孩子。可是，大家都跟不上雷伊的劍術才能，大都忌妒他的樣子。」

唔，這種事常有呢。

「如果那孩子想要地位或名聲的話，這倒也還好。可是，那孩子想要的卻是非常渺小的願望。該如何才能靠一己之力，將手上的劍發揮得更好。他就只是在追求這件事。他要是沒有劍術才能的話，肯定能和投緣的朋友切磋琢磨，開開心心地活著。」

幾乎沒有人練劍是因為他純粹地喜歡劍吧。

人們都是因為憧憬作為劍士的地位、名聲，受到想痛打他人的陰暗情感誘惑，或是想要殺害某人而拿起劍的。

因為劍毫無疑問是種凶器。

他就只是為了劍而揮劍。能理解雷伊想法的人是少之又少吧。

「而自從我病倒後，雷伊就變得更加孤獨了。雖然會來探望我，跟我述說今天所發生的事情，但語調聽起來總是一副很無聊的樣子。可是就在某一天，真的就在最近，那孩子的語調變了。」

席菈開心地說道。

「他很開心地跟我說，他遇到一個很厲害的傢伙。說他遇到一個不論怎麼揮劍，都完全打不倒的傢伙。說他輸了，徹底輸了。很奇怪吧？居然這麼開心地說著他輸掉的事。可是，我還是第一次聽到那孩子用這麼開心的語調說話。」

這也是沒辦法的事。因為他在這種時代，具備著如此優秀的才華。

即使是我，也明明才轉生兩個多月，就已經欲求不滿到受不了了。

「那個人就是你唷，阿諾斯。自從那一天起，那孩子就一直把阿諾斯這個名字掛在嘴邊。讓我心想：『啊，那孩子總算是交到摯友了。就讀德魯佐蓋多，真的是太好了。』」

暫時停下話語，席菈臉上失去了笑容。她以認真的語調說道：

「那孩子想在魔劍大會上與你全力對決。雖不知皇族派的人對他下了什麼指示，但肯定

是那孩子不願去做的事情。」

對於她的意見，我就像表示同意般的頷首。

「拜託你，阿諾斯。解開那孩子的枷鎖吧。讓那孩子能與你全力對決。」

「妳明白情況嗎？要是我拔除了雷伊的契約魔劍，妳就會死喔。」

「半靈半魔本來就不長命。本來就只想活到那孩子長大成人就好，勉強戰戰兢兢地努力活到現在。不過，已經不要緊了。因為他交到了像你這樣，會不顧安危擔心他的朋友。」

席菈以平靜的表情說道。

「我沒有不惜阻礙孩子的人生，也要活下去的理由喔。」

為母則強呢。

我忽然想起了媽媽。

§25【跟蹤】

「意思是妳做好覺悟了吧？」

對於我的詢問，席菈點了點頭。

「既然如此，我想試一個魔法。」

我當場畫起魔法陣。

「……想試的魔法？」

「精靈是以傳聞或傳承作為魔力來源。正確來說，是傳聞或傳承構成了精靈的根源吧？所以就算直接給予魔力，病情也不會改善。」

就算我試著注入魔力，席菈也沒有恢復魔力的跡象。也是，就連倒轉時間也沒用，所以這也是當然的吧。根源是這樣的話，就算施展「轉生」魔法讓她重生也沒用。

「不過，如果都是精靈的話，說不定就能借用魔力。」

「是要將我的魔力分給雷伊同學的媽媽嗎？」

米莎問道。

「沒錯，但靠尋常的魔法是辦不到的。就算是半靈半魔，光是借出魔力，也跟我剛剛做的差不了多少。」

「那要怎麼做……？」

「傳聞或傳承構成了妳的根源，這就表示傳聞或傳承在妳體內帶有某種力量，並轉變成為了根源。既然如此，那只要連接妳們雙方的根源，將轉變成為根源之前的力量傳給席菈的話，說不定就能在某種程度內讓她恢復健康。」

她們同樣是半靈半魔，可能性不是零吧。

「……有這種像是半靈半魔專用的魔法嗎……？」

魔族不具有轉變成根源之前的力量，所以她是對這世上有著我剛才說的魔法感到不可思

議吧。

「沒有。直到剛剛為止呢。」

米莎露出不可思議的表情。

「我剛剛創造好了。」

「……創、創造了魔法嗎……？剛剛！」

米莎一臉驚愕的表情說道。

「沒錯。」

在我若無其事地肯定後，米莎就露出難以置信的表情。

「……要開發出全新的魔法，一般都要好幾年，搞不好還要花上好幾十年耶……阿諾斯大人還真是讓人驚訝連連呢……」

「小事一樁吧。比起這個，問題是這個魔法是第一次試用。要是體內流入不同傳聞或傳承的力量，說不定反而會對席菈造成負面影響。」

最糟的情況，將會導致死亡吧。只不過，既然她說已經做好覺悟了，就有一試的價值。

「米莎，這對妳可能也有危險。精靈在施展精靈魔法時，恐怕會伴隨著魔力，同時消耗著自身的根源。」

我看米莎施展過好幾次「雨靈霧消」了，所以這個推論應該不會錯。就沒有半靈半魔能在施展精靈魔法後保持健康的說法來看，這也是妥當的推論吧。

「精靈所消耗的根源，會由傳聞與傳承恢復。這也就是說，米莎，我要妳施展精靈魔法，故意消耗自身的根源，促使經由傳聞與傳承恢復根源的力量發生，然後再將這股力量傳到席菈身上。」

這樣一來，米莎所消耗的根源當然就無法恢復。視情況，將會跟席菈一樣發作精靈病，搞不好還會死吧。

「……不能讓她冒這種險……」

席菈說道。只不過，米莎卻露出下定決心的表情。

「我要做。」

「可是……」

「請讓我做……雷伊同學真的不是那種會和皇族派與統一派的鬥爭扯上關係的人。而且，我也想讓策劃這種陰謀的皇族派們大吃一驚呢。」

米莎吟吟笑起。

「沒問題的，因為阿諾斯大人絕對不會讓最糟糕的事態發生的。」

「不能斷言我人生的第一次失敗，不會發生在今天這個瞬間吧？不要掉以輕心了。」

我注入魔力，啟動魔法陣。

「暫且將這個魔法命名為『根源變換』。做好覺悟了嗎？」

「是的，請動手吧。」

我在兩人身上畫起魔法陣，施展「根源變換」的魔法。

用魔法線將米莎與席菈的根源連接起來。

「施展精靈魔法。」

「是的。」

米莎白白施展起「雨靈霧消」的魔法。外頭應該下起傾盆大雨了吧。隨著時間流逝，米莎的根源開始逐漸消耗。在用魔眼凝視後，她身上確實產生了要恢復根源的力量。

而那股力量，沿著魔法線從米莎身上傳給席菈。

「……呃……啊…………」

席菈不禁發出痛苦的呻吟。

「唔，看來如果是由不同的傳聞與傳承所引發的力量，波長會不合呢。」

不同來源的力量混入根源之中，使得席菈的病情惡化了。

「……該、該怎麼辦……？」

「別慌，專心施展精靈魔法。不然能救的人也會被妳搞到救不了。」

我看著席菈的症狀，一點點地逐漸改編「根源變換」的魔法術式。將經由傳聞與傳承產生的力量，配合席菈的根源改變波長。既然沒有精靈的相關知識，就只能一一去試了。用魔眼凝視，不放過任何一絲變化地緊盯著深淵。

經過一分鐘。

席菈的身體比一開始還要薄弱透明。她已經無法說話的樣子。

再經過三分鐘。

席菈似乎就要消失了。

「……神啊……」

米莎就像祈禱似的握起雙手。

「要祈禱的話，就向我祈禱吧。那些傢伙從沒有一次引發過我們所希望的奇蹟。」

就在這時，席菈不斷變得愈來愈透明的身體，停止了透明化。

「唔，在這附近啊？總算是讓我找到了。」

我找到目標波長的頭緒，更加細膩地調整「根源變換」的魔法。

「啊……」

米莎不禁喊道。

儘管不明顯，但席菈的身體變清晰了。

「……不愧是阿諾斯大人……來的時候，明明連治療方法都不知道……」

一副儘管親眼所見，卻還是難以置信的樣子，米莎脫口說道。

「不要掉以輕心。要是大意的話，瞬間就會沒救的。」

我慎重地逐漸改編「根源變換」的魔法術式。儘管緩慢、微量，但席菈的身體確實漸漸恢復。

相反地，米莎露出了痛苦的表情。她的根源在精靈魔法的連續施展下，持續消耗著。

「還好嗎？」

「……是的，請不要在意我……我還撐得下去唷……」

米莎擺出笑容。儘管很清楚她在勉強自己，但現在要是中斷施法，就無法保證席菈的生命安危。

「再幾分鐘，撐到病情穩定下來就好。」

雖然有些鋌而走險，不過只要來到這個階段，之後就是時間的問題了。現在魔法操作要是稍有失誤，會發生什麼事是完全不得而知，不過就唯獨我，是不可能犯下這種錯誤的。

正當我這麼想的瞬間。

一件事引起我的注意，讓我將意識移到其他地方。

「……怎、怎麼了嗎？」

「媽媽被跟蹤了。」

「咦……？」

地點是在從德魯佐蓋多返家的回程路上啊。雖然附近還有不少行人，但再過去就是杳無人跡的路段。

「如果只是跟蹤的話倒也還好，但看來並非如此呢。」

跟蹤媽媽的魔族，魔力莫名地激昂。

十之八九，是想動手吧。目的是什麼？劍嗎？還是媽媽本身？

就以打算拿媽媽當人質來講，敵意也太過明顯了。

「快去救她吧。」

「我當然會救，但要先等幾分鐘。我現在要是移開魔眼，席菈就沒救了。」

媽媽身邊雖然有粉絲社她們跟著，但尾隨的魔族魔力遠比她們強太多了。儘管人數眾多，但不成對手吧。

而且，這個魔力波長……儘管現在變得激昂、紊亂，但我似乎見過。

我記得這是，沒錯——

「是艾米莉亞吧。」

「咦？」

哎呀哎呀，她到底是打算做什麼啊？

我啟動遠望的魔眼，注視著媽媽所在的位置。

§ 26 【烈焰中的旋律】

返家路上。

媽媽與粉絲社的女學生們邊走邊聊。

天色已暗，附近杳無人跡。

「伊莎貝拉女士。」

被人搭話後，媽媽回頭望去。

艾米莉亞就站在身後。

「妳好，艾米莉亞老師。晉級決賽的是老師班上的兩名學生，真是太厲害了呢。」

媽媽說道。

「不會，多謝您的稱讚。兩位都是我引以為傲的學生唷。」

艾米莉亞微笑著，她的表情讓人感到黑暗的情緒。

「艾米莉亞老師的住所是往這裡走嗎？」

「不，其實按照大會規定，選手要在決賽前一天將劍交給大會保管唷。所以我才連忙追上來的。」

粉絲社的女學生們露出警戒般的表情。

「有這種規定嗎……？」

「我不清楚耶……」

她們小聲地交頭接耳。

「是這樣啊，我不知道有這項規定呢。是要交給大會的營運委員保管嗎？」

媽媽沒有特別警戒地問道。

「是的。聽說是為了防止有人偷偷換劍唷。雖是這麼說，但終究只是形式上的規定。」

唔，原來如此。艾米莉亞的目標是我的劍啊？是打算動什麼手腳嗎？還是想摧毀劍？

「我知道了。這樣的話，麻煩老師轉交也很不好意思，所以我會直接交給大會的營運委員的。」

「不會，您不需要這麼麻煩。反正我等一下也要返回學院。」

「其實我也有東西忘在學院，我們就一塊走吧。」

媽媽吟吟笑著。艾米莉亞顯得有些狼狽的樣子。

「不過，這件事有點奇怪呢。我雖然看過大會的所有規定，但上頭完全沒有提到要在前一天把劍交給大會保管的項目唷。上頭寫的是，選手要各自負責保管好自己的劍喔。」

媽媽不改臉上的笑容。她並沒有打從一開始就懷疑艾米莉亞吧，但也沒有隨便相信她的說詞。

要是調查過魔皇，那麼也會查到皇族派與統一派的情報吧。那媽媽應該也會知道艾米莉亞是皇族派的事情。

「走吧。這件事究竟是怎樣規定的，必須好好確認過才行呢。」

艾米莉亞心中想必是慌了手腳吧。因為媽媽乍看之下，一副很好騙的樣子呢。不過在人類社會，詐欺事件明顯比魔族多太多了。

就連商品說明書上寫的規約，都繁瑣到讓人光是看到就會頭痛的程度。

對於規定事項，人類大都非常囉嗦。就算是經過兩千年的現在，也不會改變吧。不對，不如說有些部分反而變本加厲了。

就算信賴對方，也會為了小心起見而進行確認。看來艾米莉亞有點太過小看人類社會的常識了。

不過，由於我建立的牆壁使得魔族與人類幾乎斷絕來往，所以這也是沒辦法的事。

「……傷腦筋呢……」

艾米莉亞這麼說後，就一手抓住金剛鐵劍的劍鞘。

「……艾米莉亞老師……？」

「伊莎貝拉女士，請把劍交給我；不然，會讓妳嘗到苦頭的唷。」

媽媽使勁拉扯劍柄，把劍從鞘中拔出。

「可以嗎？要是不聽話的話，妳說不定會跟這把劍一塊陪葬唷。」

艾米莉亞的掌心浮現魔法陣，從中冒出「大熱火炎」。

哪怕她如此威脅，媽媽也依舊不打算把劍放開。

「生下忤逆皇族的不祥之子，妳那汙穢的身軀，就讓我用這把火焰幫妳燒乾淨吧。」

黑紅色的烈焰熊熊燃燒起來，化作火球襲向媽媽。

「伯母，請快逃！」

粉絲社的八人同時展開反魔法。

霎時間，以為擋住「大熱火炎」的魔法牆，卻在下一瞬間熊熊燃燒。

「「「呀啊啊啊啊啊啊啊啊啊啊啊啊——！」」」

在熊熊烈焰的襲捲之下，粉絲社的女學生們全都倒下。她們雖然靠著反魔法勉強保住了性命，但還是受到嚴重的燒傷。

「妳們……！」

媽媽宛如慘叫般的喊道。

「艾米莉亞老師，這是為什麼……？她們不是老師重要的學生嗎？」

「不對，這種下賤的混血才不是我的學生，她們就只是在我的課堂上沾光的乞丐。」

艾米莉亞露出帶著黑暗情感的笑容。

「比起這種事，妳能把劍交給我嗎？」

「……這是……為什麼……？」

「為什麼？別說這種假裝自己很無辜的話了。」

艾米莉亞以自己很清廉潔白的語調一般說道。

「我的哥哥庫魯特・路德威爾，是代表皇族派的劍士。具備比誰都還尊貴的力量，有著比誰都還崇高的意念。以卑鄙手法擊敗他的阿諾斯・波魯迪戈烏多，是無法原諒的大罪人。我是不可能坐視他厚顏無恥地踏上決賽舞台的。」

「小諾是堂堂正正打贏的！做這種事情，老師的哥哥是不會高興的！」

艾米莉亞就像在宣洩怒氣似的瞪著媽媽。

「堂堂正正是唯有皇族才准使用的話語。阿諾斯・波魯迪戈烏多的力量並不尊貴。不論再怎麼強，那都是下賤卑鄙的力量，絕不可能原諒他用這種卑鄙的力量打敗皇族。」

「……不覺得破壞小諾的劍讓他無法參加決賽是很奇怪的做法嗎？既然妳說皇族是尊貴的，那就請做出正確的行為啊！」

「伊莎貝拉女士，妳錯了唷。不是皇族要做出正確的行為，而是皇族所做出的行為才是正確的。妳那種要求皇族做出正確行為的傲慢發言，足以算是在批判皇族！」

艾米莉亞手上浮現「大熱火炎」。

就像要與之對抗似的，有人展開了反魔法。

「……伯母……請快逃……」

粉絲社的八人，鞭策著身負燒傷的身體站起。

「這怎麼行，要逃大家一起逃。」

「現在要是讓反魔法鬆懈下來，就會被『大熱火炎』燒到的。請盡可能逃得愈遠愈好。阿諾斯大人肯定會趕來的。」

「可是……！被那種火焰燒到的話，妳們會死的……就連現在，大家也都燒傷了吧？」

艾米莉亞再度注入魔力，讓「大熱火炎」變得比剛才大上一倍，而且持續擴大。粉絲社的反魔法是怎樣也抵擋不住吧。

這是太過於絕望的魔力差距。

然而，她們卻笑了。

「不要緊的！我們有八人，對面才一個人喔。」

「唔，剛才稍微放了點水呢。」

「喂，妳憑什麼模仿阿諾斯大人的語調啊！」

「因為這個是藉由模仿阿諾斯大人說話的語調，借用阿諾斯大人億分之一力量的粉絲魔法啊！」

「哪有這種魔法啊？」

「要是借用億分之一的話，那不就能輕鬆獲勝了嗎！」

儘管面臨壓倒性的危機，她們也還是為了解除媽媽的不安而嬉鬧起來。

「伯母，請快跑。伯母要是待在這裡，我們也會無法拿出真本事的！」

媽媽立刻點頭。

「我這就去找人求救，等我！」

媽媽拿著劍跑了起來。

「還是一樣，完全搞不懂妳們在想些什麼呢。」

艾米莉亞唾棄似的說道。

「竟會不知道，就算妳們這麼做，也一樣是爭取不到時間的。不尊貴、沒有力量，也沒有智慧。愚蠢這種話，就是用來指妳們這種人的唷。」

艾米莉亞的另一隻手也發出「大熱火炎」。

「……這才不是在白費工夫……」

「……這一點也不愚蠢……」

她們彷彿在鼓舞自己似的說道。

「……我們會保護好的……阿諾斯大人重要的人……」

「……我們會保護好的……！」

「大夥，上吧！」

粉絲社齊心合力，盡全力展開反魔法。

只不過，艾米莉亞用右手發出的「大熱火炎」，將她們的反魔法輕易地燒毀殆盡。

八人散開躲過第一發攻擊，拿起用「創造建築」做出的長槍，一齊襲向艾米莉亞。然而，

艾米莉亞左手上的「大熱火炎」卻朝四面八方發射出去。

使得她們被火焰襲捲，彈飛開來。

「「「……呀啊啊啊……………！」」」

「所以我說過了吧？妳們是爭取不到時間的。」

艾米莉亞的視野中，還能看到媽媽的身影。

她讓「大熱火炎」出現在手上。只要放射出去，媽媽就無路可逃了吧。

就在這時，傳來了微弱的旋律。

「……你在下面，我在上……♪」

她們在唱歌。

趴伏在地上的粉絲社少女們正在唱著歌。

「……咻、咻咻咻，瞬殺……♪……嗯哼──啊哈……♪」

她們搖搖晃晃地站起身；不過，能用來抵抗的力氣早就沒有了。只要不加理會，事情就結束了。

「……你在下面，我在上……♪」

艾米莉亞的表情扭曲起來。她沉聲說道：

「可以閉嘴嗎？」

又一個粉絲社的少女站起。

「……輕、輕輕輕，輕鬆獲勝♪……嗯～啊哈──♪」

艾米莉亞就像受不了似的大叫。

「我叫妳們閉嘴是聽不懂嗎！」

艾米莉亞用「大熱火炎」燒掉粉絲社的一人。

然而，就算遭到烈焰焚身，她也依舊唱個不停。

「……高——貴的——阿諾斯大人，請~賜予您的寶劍……♪」

是為了引開艾米莉亞的注意，想要盡可能地爭取時間。

「……在名為競技場的床舖上，獵物舞——動著……♪」

其餘七人就這樣赤手空拳地衝向艾米莉亞。

「……在阿諾斯大人的寶——劍下♪……懷——上最強的魔力♪」

「我叫妳們閉嘴！」

少女燃燒起來。

歌聲——依舊不停。

「……健壯的大——男——人~也一發就中~♪」

又一名少女倒下。

如果唱歌，就會被燒死；儘管如此，她們依舊繼續歌。

「……懷~上吧♪……懷上吧♪……懷~上吧~♪」

奄奄一息地，唱著微弱的旋律。

「……你在下面，我在上……♪」

「在下面的是妳們！妳們才是在皇族底下吧！不准再唱這種傲慢的歌了！這是在批判皇族啊！」

艾米莉亞就像暴怒似的施展魔法，將粉絲社的少女們一一焚燒。

「……咻、噗咻咻，秒殺♪……嗯哼、啊哈——♪」

少女一個接著一個地趴伏在地。

「……你在下面，我在上……♪」

剩下兩人。

「……安、安安安，安心無比♪……嗯嗯～啊哈——♪」

然後，最後一人被「大熱火炎」焚燒了。

「……看吧，賜．給．你……寶劍的……恩寵……」

儘管是在烈焰之中，她的歌聲依舊令人心痛地響起。

「浪費我的時間……！」

艾米莉亞咂了聲嘴。

「到頭來還是白費工夫，為什麼就是不懂呢？就是這樣，妳們才會是混血啊。」

她施展「飛行」飛上天空。

然後一下子就在視野中發現到媽媽。

「……去死吧……！」

「大熱火炎」熊熊燃燒起來，並在轉眼間追上了媽媽。然後，媽媽的所在位置就轟隆一聲竄起火柱。

「……呵呵，啊哈哈，啊哈哈哈哈！」

艾米莉亞大笑著降落地面。

「哈，總算是爽快多了。屍體要不要就送去給那個不適任者呢？」

她宛如小跳步地走著。

「唔，跟往常不同，妳看起來很開心呢。是發生了什麼好事嗎？」

她突然停步，注視著我的背。

「……小諾……」

我施展「轉移」，從魔法醫院轉移過來當媽媽的肉盾。

「媽媽，有受傷嗎？」

「我、我不要緊。」

媽媽把自己的指尖藏在背後。有些許的燒傷。由於是在千鈞一髮之際趕來的，所以沒能完全擋下來。

我施展「治癒」治好媽媽的傷勢後，轉身面向那名教師。

「喂，艾米莉亞。」

我踏出一步。

儘管距離還非常遠，艾米莉亞卻像是嚇到似的退開一大步。

「我很寬容，轉生之前也沒什麼生氣的印象。就算有笨蛋在我身旁有如小蒼蠅般的亂

飛，只要改善態度，我就會原諒對方。我原以為自己的氣量沒有小到會任由憤怒支配自己。」

我直盯著艾米莉亞。

我現在是怎樣的表情啊？

就連我自己也想像不到。

「哎呀哎呀，意外地是我錯了呢。」

我再踏出一步，開口說道。覺得語調比我預期的還要冰冷。

「艾米莉亞，我不會原諒妳的。」

§ 27 【魔王的詛咒】

是被我的殺氣震懾到了吧，艾米莉亞渾身顫抖著，一步步地緩緩退開。

「怎麼啦？下賤的混血有這麼可怕嗎？」

「……別、別說得這麼囂張……我怎麼可能會怕你！」

儘管嘴巴上這麼說，但艾米莉亞卻是向後退開，打算伺機逃離。

「不准動。」

我這麼說後，艾米莉亞就施展「飛行」魔法要飛上天空。

「我叫妳不准動。」

艾米莉亞的身體突然動彈不得，就連魔力也無法自由操作。

我充滿憤怒的話語中帶有強大魔力，發揮了強制力。這股強制力輕易地突破艾米莉亞的反魔法，束縛住她的身體與魔力。

即便如此，艾米莉亞也還是想設法逃走。但如今的她就跟個沒手沒腳的不倒翁一樣，只能在地上難看地滾動著。

我緩步走去，站在艾米莉亞身旁。

她臉上浮現帶有屈辱與恐怖的表情。

「唔。」

我用單手抓住她的後頸，輕易地把人舉起來。

「……放、放開我……！你打算做什麼？」

我無視她的質問，就這樣走到粉絲社少女們倒下的地方。

然後，把艾米莉亞丟在地上。

「……呃、啊……」

動彈不得的她甚至無法安全落地，難看地摔在地上。

「我很快就會陪妳玩的。在那之前，妳就儘管害怕吧。」

我丟下這句話後，就走到粉絲社的少女們身旁，在全員身上畫起魔法陣。

勉強還有呼吸。我施展「治癒」魔法後，她們的傷勢就在轉眼間逐漸恢復。

用「創造建築」將燒焦的衣物重新創造出來。

「……阿諾斯大人……」

她們清醒過來，緩緩地看向我。

就算治好傷勢，意識也還不清楚吧。她們半醒半茫然的樣子。

「……我們想保護伯母……可是………」

是以為她們沒有保護好媽媽吧，她們一臉懊悔地垂著頭。

「妳叫什麼名字。」

「咦……？」

「妳的名字。妳叫什麼？」

「……我叫愛蓮。愛蓮・米海斯……」

我向她身旁的少女問道：

「妳呢？」

「……我是潔西卡・亞涅特……」

「那妳呢？」

「……我是麥雅・賽姆特……」

我一一詢問粉絲社少女們的名字。

諾諾・伊諾塔。

希亞・敏仙。

西姆卡・霍拉。

卡莎．庫魯諾亞。

謝莉亞．尼傑姆。

「愛蓮、潔西卡、麥雅、諾諾、希亞、西姆卡、卡莎、謝莉亞。」

我向她們一一說道。

「妳們的名字我沒齒難忘。辛苦了。」

還以為她們會鬧得很凶，但粉絲社的少女們就像說不出話來似的，只是潸然淚下。

「之後就好好休息吧。」

我轉身，再度回到艾米莉亞身旁。

「好啦，讓妳久等了。」

我抓住艾米莉亞的後頸，把她舉起來。

「……你、你打算對我做什麼……！」

「在這裡會讓媽媽擔心吧。要換地方嘍。」

我施展「轉移」的魔法。在視野瞬間染成純白一片後，眼前出現了競技場的舞台。

我拋下艾米莉亞說道：

「妳可以動了。」

我朝在地上滾動的艾米莉亞，拋出一把用「創造建築」創造的魔劍，唰地插在她的腦袋旁邊。

「用吧。在妳改過那無可救藥的本性之前，就讓我來好好教訓妳吧。」

艾米莉亞起身朝我看來。

「明明是混血、明明是不適任者，不准瞧不起我……！」

「喔，看來還很有精神呢。來吧。」

艾米莉亞拔起魔劍，朝我砍來。就在這時，那把魔劍突然發出電流，侵蝕著艾米莉亞的體內。

「啊……呀啊啊啊啊啊啊啊…………！」

艾米莉亞不禁把劍拋開，倒在地上。

「咯、咯哈哈。怎麼啦？艾米莉亞。妳連這種魔劍都用不了嗎？真是了不起的皇族呢。」

艾米莉亞儘管趴在地上，還是朝我狠狠瞪來。

「……區區的不適任者，是在囂張……呃啊……！」

我踩住艾米莉亞的頭，壓在地上轉動著。

「艾米莉亞，注意妳的口氣。今天的我並不溫柔喔。」

我一伸手，掉在地上的魔劍就飄到我的手中。

「試著跟我求饒如何？」

「……你說什麼……」

「我要妳向我求饒，承認我就是暴虐魔王。這樣的話，我或許會改變主意喔？」

艾米莉亞眼中迸出怒光，朝我說道：

「……真是可笑呢。即使你再怎麼裝模作樣，你都不會是暴虐魔王的……而是連魔皇都當不了，下賤、低俗、沒有用的不適任者——」

我就像是把艾米莉亞的身體釘在地上一般，將魔劍從她的背後刺進去。

「……啊……呃嗚……」

「真是令人欽佩的態度呢。我就再說一次。向我求饒吧。」

「誰、誰要——啊啊啊啊啊啊啊啊啊啊啊啊啊啊啊啊啊啊啊——！」

魔劍發出電流，讓艾米莉亞全身感到劇痛。

「………哈………哈………不管你怎麼做，都不會改變，你的血……並不尊貴的事實……」

「唔，這樣啊。話說回來，這把劍叫做蠱毒魔劍呢。是個效果相當有趣的魔法具。被這把劍刺中的宿主，體內會被當成苗床，讓一百隻毒蠱互相啃食。由於這些毒蠱是以宿主的劇痛作為糧食成長，所以會將宿主的內臟咬得破爛不堪。」

「……什麼……啊……啊………」

「喂，妳聽得見吧？蟲子們在妳體內爬來爬去的聲音……」

「呀……呀啊啊啊啊啊啊啊………呀咿咿咿咿………！」

我在艾米莉亞抬起來的頭上，施加更多體重。

「再告訴妳一件有趣的事吧。在體內的毒蠱互相啃食到最後一隻時，那隻毒蠱就會成為宿主的力量。」

「………這、這是什麼意思………？」

「不懂嗎？就是妳會變成毒蟲的意思。這是強力的詛咒，恐怕再也無法恢復原狀了吧。」

「你、你這傢伙…………到底有多卑鄙啊…………你以為做這種事，就能貶低皇族的尊貴嗎……！」

「……咦？」

「看來痛楚消失了呢，艾米莉亞。」

我從高處俯瞰著大叫的艾米莉亞。

「這是妳的身體漸漸接近毒蟲的證據。」

她的臉色突然變得一片蒼白。

「……住、住…………」

「怎麼了？妳就繼續說啊。我對什麼皇族的尊貴很感興趣喔？」

艾米莉亞帶著屈辱的表情，勉強發出聲音。

「……請住手……我求求你…………」

「唔，還剩下一分鐘吧。怎樣？脫胎換骨的感覺如何？」

「求求你！請住手！快救救我！」

「這意外地不是件壞事喔。至少妳能得到比現在還要格外強大的魔力。就試著靠這股力量找我復仇如何？嗯？」

艾米莉亞渾身顫抖著。

「……你、你這傢伙……難道就沒血沒淚嗎……？」

「咯、咯咯咯，咯哈哈哈哈哈。沒血沒淚？我嗎？」

我使勁踩住艾米莉亞的臉。

「別笑死人了，女人。妳對我媽做了什麼？」

我冰冷的聲音，讓艾米莉亞緘默下來。

「好，時間差不多了。」

我默默等著時間經過。從艾米莉亞的表情來看，可以知道她是愈來愈感到恐懼。

「…………我、我知道了…………」

「喔，妳知道什麼了？」

艾米莉亞咬緊牙關，儘管扭曲的表情滿是屈辱，也還是勉強發出細微的聲音。

「……暴……暴虐魔王，阿諾斯·波魯迪戈烏多大人……還請您……大發慈悲……饒我一命……」

「我拒絕。」

艾米莉亞宛如孩子一般，露出泫然欲泣的表情。

「……你、你是騙我的嗎？……明明說只要求饒就會饒過我……」

「我只有說我或許會改變主意。不過，果然還是沒變呢。」

艾米莉亞啞口無言，眼角泛起淚光。

「剩下五秒。」

艾米莉亞已經連話都說不出口，整個人被絕望徹底打垮了。

「三、二、一。」

她緊閉著眼睛。

「零。」

艾米莉亞的身體毫無變化。

即便再經過十秒、二十秒，也還是原本的模樣。

她睜開眼睛。

「為什麼……」

「咯、咯咯咯，咯哈哈哈哈哈哈。還沒發現嗎？蠱毒魔劍是騙妳的。哎呀哎呀，妳剛剛還挺好笑的呢。妳剛剛是說，還請您大發慈悲饒我一命嗎？說得還真是相當老實啊。」

遭受汙辱，讓艾米莉亞氣得滿臉通紅。

「我會饒妳一命的。」

「……無……無法原諒…………………！」

艾米莉亞抓住我的腳，投來憎恨的眼神。

「……我是絕對不會原諒你的！不論你再怎麼強，你的力量都一點也不尊貴！是下流、低俗的混血之力！竟用這種力量讓皇族受到如此屈辱，我早晚、早晚……絕對會讓你後悔的……！就算我做不到，就算我的孩子做不到，我的子子孫孫也都會永遠憎恨著你！」

「艾米莉亞。」

我稍微回瞪她的眼睛，帶著艾米莉亞向我發出的還要數十倍的憎恨。

「無法原諒的人是我。因為妳好像不知道，所以我就告訴妳吧。所謂饒妳一命的意思，就是不會用能讓妳一死了之的半吊子方法對付妳。」

我將艾米莉亞踢飛，讓她仰躺在地上，然後用右手刺穿她的心臟。

「……咳……哈…………」

「就收下永劫不復的詛咒吧。」

艾米莉亞手腳亂動掙扎著，但幾秒後，她就停止呼吸不再動彈。

「妳就好好體會妳的傲慢吧。」

我在地上畫出魔法陣。

隨後，魔法陣中出現了一個褐髮、褐眼的少女。

是「魔族鍊成（azuhebu）」的魔法。

少女一睜開眼，心臟被貫穿的艾米莉亞就驚訝地後仰。

「我死了……可是，那這個我是……？」

我朝陷入混亂的少女說出事實。

「艾米莉亞，脫胎換骨的感覺如何？」

「這是什麼……我的身體……魔力……」

對於新身體的弱小魔力，艾米莉亞不掩驚訝的樣子。

「……是……是打算用這種魔法，這種下賤的力量，羞辱我嗎……？」

我不禁發自內心地大笑起來。

「咯、咯咯咯，咯哈哈哈哈哈。原來如此。下賤的力量啊。也罷，這樣也行吧。只不過，艾米莉亞。」

我俯瞰著她說道：

「妳是打算當自己是皇族到什麼時候？」

「…………咦？」

「我用『轉生』魔法讓妳轉生了。是人類與魔族的混血呢。妳就用自己的魔眼，試著好好注視深淵吧。」

「騙人……」

艾米莉亞癱軟跪在地上。

她全身直打哆嗦，就像夢囈似的喃喃說著：「騙人……騙人……」

儘管不斷用魔眼確認自己體內流的血液，但不論怎麼看，都毫無疑問是混血的血液。別說是皇族，甚至不是純粹的魔族。

她帶著狂亂的表情，搖搖晃晃地緩緩站起，拿起掉在身旁的魔劍。

「不是的……不是的……這不是我……」一面這樣喃喃自語，一面將劍刃抵在自己的脖子上施力。

「艾米莉亞，我是不介意妳尋死，但我對妳的根源施加了詛咒。那就是妳不論死多少次，都會永遠轉生成為混血魔族的詛咒。」

艾米莉亞的後頸淌下鮮血。

從她手中落下的魔劍，噹啷噹啷地在地上彈開。

「……詛咒……要怎樣才……」

「妳是不可能逃離我的詛咒的。」

這大概是令她絕望的一句話吧，艾米莉亞當場崩潰倒下。

「……不要…………我不要……………………」

艾米莉亞搖著頭，以失去理智的眼神一般，不斷喃喃自語。

「妳就以不同的立場，試著重新認識這個迪魯海德吧。這說不定會讓妳發現到，自己的意見意外地偏頗喔。」

「不要…………我不要……這樣…………」

我施展「轉移」的魔法離去。

視野染成純白一片後——

「…………不要啊啊啊啊啊啊啊啊啊啊啊啊啊啊啊啊啊啊啊——————！」

傳來發狂般的尖叫。

§ 28 【母親的話語】

我返回原地後，撿起掉落的劍鞘。

「小諾！」

媽媽注意到我，跑了過來，並緊緊擁抱著我。

「沒事吧？有沒有受傷？」

唔，這是我的臺詞吧？

「我沒事。媽媽呢？」

「因為小諾都幫我治好了，所以完全沒問題唷。艾米莉亞老師呢？」

「我稍微教訓了她一下。犯下這種醜聞，大概已經無法再待在學院了吧。」

艾米莉亞意圖把劍破壞掉，好讓我無法參加決賽。

我想這不是阿伯斯．迪魯黑比亞的計謀吧。因為他如果要這麼做，那一開始就不要推薦我就好了。

這件事是她自己獨斷獨行。阿伯斯．迪魯黑比亞冒用暴虐魔王之名，對魔族灌輸了皇族至上的思考方式。但就算是他，也無法徹底掌握魔族們的想法吧。

皇族派的魔族完全相信了阿伯斯．迪魯黑比亞所捏造出來的謊言。像艾米莉亞這種違反他意圖的人，今後也肯定會再次出現。

「這樣啊……不過，真是太好了。小諾平安無事。」

媽媽打從心底鬆了口氣的樣子。

「啊，對了。小諾，這個。」

媽媽把手上的劍遞給我。

「啊，謝謝。」

「呵呵，畢竟我跟小諾約好了，不論發生什麼事，媽媽都會保管好嘛。」

我接下劍，收回鞘裡。

「要回家了嗎？」

「嗯。」

媽媽握住我伸出的手。

我朝看著這裡的粉絲社們說道：

「再見。」

「是、是的！晚安，阿諾斯大人。」

「好的，也祝妳們有個美夢。」

我施展「轉移」，轉移到自己家中。

「媽媽，我稍微出門一下。」

「咦？才剛回來不是嗎？晚餐呢？」

「我有事要去魔法醫院。剛剛是在探望病人的中途趕來的。晚餐等我回來再吃吧。」

「這樣啊。是去探望誰啊？」

「雷伊的母親。」

媽媽露出一臉擔心的表情。

「生病了嗎？」

「已經渡過危險期了。」

「嗯，我知道了。那麼，路上小心喔。」

媽媽輕輕揮手，我再度施展「轉移」。

轉移到的地點，是羅古諾斯魔法醫院的特別病房。

米莎就陪在沉睡的雷伊母親身邊。「根源變換」的魔法術式完成，席菈的病情也穩定下來，所以我才有辦法抽身去幫助媽媽。只不過，情況還不到能說是樂觀的程度。

米莎注意到轉移過來的我。

她正要開口，我便用手制止了她。

「好像有人來了。」

我低聲說道，同時施展「幻影擬態」的魔法透明化，並用「隱匿魔力」隱藏魔力。

病房門喀啦開啟。來的人是雷伊，手上還拿著袋子與杯子。

「我想妳應該餓了，所以帶麵包過來。」

雷伊正要把袋子交給米莎，就猛然注意到一件事。

「這個魔法是……？」

「叫做『根源變換』。因為我是半靈半魔，所以能把魔力分給雷伊同學的媽媽。效率有點差是個難點呢……」

相對於米莎力量的三十，能分給席菈的力量只有一。

或許是因為要將不同傳聞或傳承變換成根源，本來就是件亂來的事吧。就算將魔法術式重新組成最適合的模式，這也已經是極限了。

「想說這說不定對精靈病有效，所以我就嘗試了一下，但我似乎是矇對了。」

米莎為了不讓我的事情曝光，說出這種謊言。

「有救嗎？」

「……放心吧。我絕對會幫助她的……這樣一來，雷伊同學應該就不用再聽從皇族派的指示了吧……？」

好了，如果雷伊遭到監視的話，對方應該也會聽到這句臺詞。要是對方立刻採取了某種行動的話，就有辦法揪出對方的身分；不過事情並沒有這麼順利。

雖說病情穩定下來了，但席菈的狀態依舊很危險。這種做法太沒效率了。老實說，米莎的根源會撐不住吧。

對方還沒有著急的必要。

「不管怎麼說，我都已經被刺入契約魔劍了呢。」

雷伊從袋子裡拿出麵包，遞給米莎。

「妳先休息一下會比較好吧？這樣身體會撐不住的唷。」

大概是看出米莎的魔力大量減少了吧，他溫柔地說道。

「……我不要緊……畢竟明天就是決賽了……」

「母親的魔力確實有些許恢復，但這樣是趕不上的唷。妳會先倒下。」

「沒關係的，就算我倒下了。」

「這個魔法會削減妳自身的根源吧？就算妳這麼說，我也看得出來妳的魔力正在不斷地減少。」

米莎頷首。

「說不定會死唷。」

「……或許吧……」

雷伊把麵包放回袋子裡，跟杯子一起放在桌上。

「妳要考慮清楚比較好。妳應該是為了統一派的眾多混血們，在推動統一派的活動吧？就算在這裡，為了這種沒意義的感傷，讓妳的目的無法實現也無所謂嗎？」

「……你說這是沒意義的感傷嗎？」

「我是這樣認為的喔。妳現在就算賭上性命，能救的也只有一個人。我想妳早晚一定會遇到真正應該賭命的時候。為了拯救無數的人們，必須要挺身而戰的時候。」

聽到他這麼說，米莎呵呵笑起。

「不會有這種時候的。」

「是嗎？」

「雷伊同學，我因為如今成為迪魯海德主流的皇族至上主義，從小就未曾見過親生父親一面。我是為了總有一天能和父親重逢、總有一天不會再出現跟我一樣有痛苦回憶的小孩，而開始統一派的活動。」

米莎的話語，讓雷伊露出認真的表情聽著。

「既然如此，妳還是為了那個總有一天把命留下來吧。」

「如今在我眼前，就有一個因為皇族派的陰謀，很可能無法再與母親見面的人。居然要我放棄他，去拯救其他無數的人；我並不是為了做這種事而加入統一派的。」

就算會犧牲少數，也要拯救多數，這本是正確的道理吧。實際上，我至今也都是這麼做的。假如不這麼做，假如不作為暴虐魔王，毀滅必須毀滅的事物，就無法保護所必須保護的事物。

「……我不會等到那個總有一天的。我現在就想拯救你們。想現在就盡可能地拯救痛苦的人們。要是不這麼想，就算那個總有一天到來，我也肯定賭不了命的。」

雷伊忽然放鬆下來，然後以平靜的表情向米莎說道：

「妳很堅強呢。」

「……因為我是個笨蛋……腦袋不像雷伊同學那麼聰明……」

「才沒有這回事。妳很有勇氣。跟我不同呢。」

米莎笑起，就像在拚命忍著痛苦的表情一般。

雷伊緩緩站到米莎身旁。

「謝謝妳。」

「你不需要道謝，這沒什麼大不——」

雷伊用手刀打暈米莎。

我就在這瞬間中止了「根源變換」的魔法。

「對不起。明知妳再這樣下去會死，卻沒有立刻阻止妳。」

就像在懊悔自己的怯弱，雷伊喃喃自語。他把手放在頭上，低垂著頭，彷彿是在迷惘、不知道接下來該怎麼辦似的。

雷伊維持著這個姿勢，暫時動也不動一下。

不知是經過了多久的時間，響起了細微的聲響。

「……雷伊……」

他茫然地抬起頭。

「……雷伊……」

「……媽媽……？」

雷伊立刻來到病床旁，把臉靠向微微睜眼的席菈。

「媽媽。」

在許久沒有恢復意識的媽媽面前，雷伊竭力微笑著。然而他的笑臉，看起來就像是快哭出來似的。

「媽媽，妳等等。我很快就會治好妳的。」

「……不要緊了……」

「……媽媽？」

「……我一直都有意識。我全都知道了喔。我不要緊了，雷伊。你就照著自己想做的去做吧……你這孩子總是慢條斯理、心不在焉，就只想著劍的事情。而且，還是個非常溫柔的孩子……對媽媽來說，你能自由自在地生活，就是我最大的幸福喔。」

啪嗒一聲，席菈臉上滑落一道淚珠。

「媽媽，妳在說什麼啊？別擔心，我會治好妳的。」

「……雷伊，不要輸。媽媽一直都是站在你這邊的。要重視朋友喔……」

彷彿用盡力氣似的，席菈再度闔眼。

「……媽媽……？」

雷伊呼喊著，就像要維持母親的意識一般。

「媽媽……！」

然而她卻毫無反應，彷彿落入深沉的睡眠之中。

§ 29 【聲援】

隔天早上——

我回家一趟後，再度來到羅古諾斯魔法醫院。

「嗯…………」

喪失意識的米莎悠悠醒來。

她一副睡眼惺忪的樣子看著我。

「……阿諾斯大人……雷伊同學呢……？」

「去德魯佐蓋多了。」

「那麼……已經早上了啊……」

米莎看向席菈。她的病情是比剛來的時候穩定一點了，但還不能掉以輕心吧。

原來想說，要是能靠「根源變換」在早上之前讓她恢復到某種程度的話就好了，不過沒有辦法。米莎與席菈的力量波長相差太多了，效率這麼差的話，米莎的身體會先撐不下去。

就算雷伊沒有阻止，我也會阻止她的。

「在決賽結束前，妳就老實待在這裡吧。」

我施展「創造建築」的魔法，做出一個能放在指尖上的小玻璃球。

「要是發生了什麼事，就把這顆玻璃球打破，這樣妳就能擺脫縫影短劍了。」

我施展「光源」的魔法，然後用「條件」施加上玻璃球在破掉時發動的條件。

「光源」是能產生光芒的魔法。只要用光照亮各種角度，讓影子完全消失的話，縫影短劍就會無法發揮效果。

「我先走了。」

「那個……阿諾斯大人……」

米莎喊住了我。

「怎麼了嗎？」

我詢問後，她投來認真的眼神。

「能請您再施展一次『根源變換』嗎？」

「就算施展了又能怎樣？」

「我想在決賽開始之前，讓雷伊同學的媽媽恢復健康。這樣一來，阿諾斯大人就只需要拔除雷伊同學身上的契約魔劍了。」

「以『根源變換』的效率來看，是趕不上的。」

要讓席菈恢復到能行走為止，應該至少還要花上十天。而且持續借出力量這麼久的話，這次會輪到米莎陷入危機。

「就算趕不上，也比什麼都不做來得好。」

「就算向神祈禱，奇蹟也不會發生的。」

「……或許吧。不過，就算奇蹟不會發生，也不能因此放棄希望。」

米莎露出懇切的表情。

「我不想後悔，不想等到事後再來後悔當時要是這麼做就好了。就算這麼做毫無意義，我也想竭力做好我現在能做的事。」

唔，她並不是不了解現在的狀況啊。

「我明白妳的覺悟了。」

我施展「根源變換」的魔法，再度連接起米莎與席菈的根源。

「要是發生奇蹟的話，就帶席菈來競技場。給雷伊套上項圈的傢伙們或許也會注意到吧，但之後的事我會設法處理。」

米莎堅定地點頭。

「我知道了。」

「那我先走一步了。」

我施展「轉移」，轉移到德魯佐蓋多魔王學院。

一面前往競技場的休息室，一面考慮著決賽的事。

雖然對米莎說了那種話，但席菈大概是趕不上吧。就算期待奇蹟也沒有用。

雷伊被命令要在決賽時對我動某種手腳，可是那傢伙並不擅長魔法，大會也不准使用備用的魔劍。而且，雷伊的武器是能斬斷魔法術式的伊尼迪歐，儘管威力強大，但能做的事情也相對很少。

那麼，阿伯斯·迪魯黑比亞的企圖是什麼？

算了，不論他有什麼企圖都無所謂。總之只要治療好席菈的精靈病，拔除雷伊身上的契約魔劍，再反過來把搞出這件事的傢伙們解決掉就好。小事一樁。

我抵達休息室，走了進去。雷伊也早就在對面的休息室等待了吧。

反正都要打，真希望沒有被捲入這種無聊的計謀之中，能夠心無罣礙地跟他對決呢。

我心不在焉地看著金剛鐵劍，等待決賽的開始。

叩叩兩聲，傳來敲門聲響。

「誰？」

慢了一拍後，對方回答了。

「……是我……」

是米夏的聲音。

「怎麼了嗎？」

房門喀啦一聲開啟，米夏的臉突然從門後探出來。

「聲援。」

「幫我嗎？」

米夏頻頻點頭。

「這樣啊。話說回來，為什麼妳只把臉露出來啊？」

「可以進去嗎？」

「當然。」

於是，米夏把門完全推開，走進房內。

「緊張嗎？」

「緊張？唔。哎，是想要體驗一次呢。但很不巧的，我還未曾感到過緊張。」

米夏直眨了兩下眼。

「怎麼了嗎？」

「很像阿諾斯。」

米夏這麼說後，嫣然一笑。

「今天沒跟莎夏在一起嗎？」

「在阿諾斯的媽媽那邊。」

「喔，還真是稀奇呢。」

米夏因為跟媽媽學料理的關係，所以我知道她們的感情很好；但莎夏跟媽媽並沒有這麼要好。

「聽說昨天被襲擊了。」

「從媽媽那邊嗎？」

米夏點了點頭。

「莎夏要我傳話，說她會保護好伯母，要阿諾斯專心面對決賽。」

真是相當機靈的傢伙呢。

「競技場有什麼不對勁的地方嗎？」

米夏歪著頭。

「像是有人潛入的痕跡等等。」

「跟往常一樣。」

唔，儘管我將艾米莉亞轉生前的屍體丟在這裡，但看來是在觀眾進場之前就處理掉了。

艾米莉亞昨天的失控行為，對阿伯斯·迪魯黑比亞來說，果然也是出乎意料的事。

要是狀況因為這件事而激化，就會對計畫造成阻礙。他對媽媽動手的可能性大概並不高吧，但還是不能大意。

如果莎夏肯陪在她身旁的話，就能防範於未然吧。

「……怎麼了嗎？」

米夏直盯著我的臉瞧。

「不，沒什麼大不了的。」

「有我能幫忙的事嗎？」

我才說沒什麼大不了的耶。

「也是呢。那麼，就幫我聲援吧。」

米夏微歪著頭。

「聲援？」

「妳剛剛說是來幫我聲援的吧？我沒什麼被人聲援的經驗呢。」

米夏點了點頭。

「我知道了。」

她碎步走到我身旁，牽起我的手。

然後，她把她的小手疊上去。

「別怕。」

「哎，我本來就沒在怕。」

米夏就像在思索似的低下頭，然後再度抬起。

「阿諾斯會贏。」

「當然，我從未輸過。」

米夏像是有點困擾地再度思索。

「阿諾斯優勝的話，我會很高興。」

「就算暴虐魔王贏得優勝，也沒什麼有趣的吧？」

米夏忙不迭地搖頭。

「阿諾斯是同班同學，是朋友。」

「是啊。」

「雷伊也一樣。同班的兩人，在決定迪魯海德第一劍豪的魔劍大會決賽上對決。」

米夏以一如往常的平淡語調說道。

「這很厲害。」

「是嗎？」

就在這時，室內響起「意念通訊」的聲音。

「讓各位觀眾久等了。迪魯海德魔劍大會決賽，現在即將開始！首先登場的是，德魯佐蓋多魔王學院所屬，阿諾斯．波魯迪戈烏多選手！」

看來時間到了。

「我出場了。」

我朝通往競技場舞台的通道走去。米夏對著我的背後說道：

「阿諾斯已經轉生了。」

我一回頭，米夏就直視著我的眼睛。

「你現在是學生。」

米夏揚起淡淡微笑說道。

「好好去玩吧。」

唔，挺不錯的。

感覺挺不錯的呢。這就是聲援啊。

儘管知道我是暴虐魔王，米夏也依舊不是看著過去的我，而是看著現在的我。

看著轉生之後的我。

無聊、沒趣的學院生活；太過弱小的子孫們；退化的魔法術式。這裡絲毫沒有一件可供我學習的事。就算在這裡達成了什麼事情，也無法讓我獲得任何成長。

儘管如此，我也確實是想要這個。恐怕，我是在追求這個吧。

這段彷彿虛度光陰般，沒什麼大不了的時間。

「米夏。」

她歪著頭，像是在問「什麼？」一樣。

我咧嘴笑道。

「我去贏得優勝嘍。」

「嗯。」

我轉身直接走向通道。

走向朋友等著的決賽舞台。

§30 【兩人的決賽】

走過通道，從休息室來到競技場舞台上的瞬間，聽到盛大的歡呼聲。

「小諾——加油——！」

「阿諾斯——你都來到這裡了，絕對要贏喔！鼓起幹勁上吧——！」

是爸媽的加油聲。

「阿諾斯大人——！您今天也好帥！」

「請跟往常一樣，把對方瞬殺掉吧！」

「啊，可是瞬殺的話，我們就沒辦法長時間看到阿諾斯大人的英姿了耶！」

「那、那麼，就請您好好地、充分地折磨對方吧！」

「啊，可是這樣的話，會勾起我想被阿諾斯大人折磨的欲望耶！」

「妳說什麼？」

能聽到粉絲社們一如往常的聲音。

「接著登場的是，羅古諾斯魔劍協會所屬！在勢如破竹的進擊之下，無傷晉級決賽的雷伊・格蘭茲多利選手！」

雷伊從對面通道來到競技場的舞台上。

觀眾席哄然響起比方才還要盛大的歡呼聲。

「等你很久了，鍊魔劍聖！」

「給那混血的小鬼一點顏色瞧瞧！」

「對啊！狠狠教訓一下那些興奮得像笨蛋一樣的統一派傢伙的老大吧！」

皇族派的人向雷伊發出聲援。

情況彷彿是統一派與皇族派的代理戰爭呢。

「唔，還真是吵呢。」

「就是說啊。」

雷伊一如往常帶著爽朗的微笑。是看開了吧。這是毫無勉強的自然笑容。

「在決賽之前，本大會的營運委員有要事宣布。」

儘管認為他們會在比賽時耍什麼小手段，但看來已經開始了呢。

「決賽要以特別規則進行。首先請選手們分別戴上手鐲。」

在貓頭鷹這麼說後，監視人員們就來到我跟雷伊身旁。

「請伸出左手。」

我聽從指示伸出左手後，就被套上一個閃閃發光的手鐲。

「除了劍之外，當此手鐲遭到破壞時，也視同敗北。」

唔，魔力被吸走了。

是「吸魔圓環」啊。這是神話時代的魔法具。套上此手鐲之人，將會被永久地吸取魔力。

如果是尋常人等，就連要施展魔法都極為困難吧。

想要防止就只能破壞它，但要是這麼做的話，就會輸掉比賽。也就是要削減我的力量嗎？

『請勿輕舉妄動，阿諾斯．波魯迪戈烏多。』

聲音在腦中直接響起，是只有傳給我的「意念通訊」。我循著魔力抬頭望去。

是那隻貓頭鷹傳來的啊。

『那個「吸魔圓環」持續吸取的魔力將會送往他處。』

在啟動魔眼觀看後，確實能看到「吸魔圓環」經由魔法線將魔力送往某個地方。

『只要送出的魔力中斷，席菈．格蘭茲多利的精靈病就會惡化，導致她的消滅吧。』

原來如此。也就是對方準備好能將構成席菈根源的傳聞與傳承消除掉的手段啊。

『只要你勝過雷伊．格蘭茲多利，他的根源就會遭到消滅。』

唔，這毫無疑問是契約魔劍的效果吧。

『以上。』

是把想說的話都說完了吧，貓頭鷹傳來的「意念通訊」中斷了。

監視人員們也在雷伊的左腕套上手鐲，退到舞台角落。

雷伊的手鐲看來並不是魔法具的樣子。

「那麼，迪魯海德魔劍大會，決賽！」

上空響起貓頭鷹的喊叫。

「請開始吧！」

伴隨著比賽開始的口號，雷伊拔出伊尼迪歐，然後將純白的劍身朝我舉起。

我拔出金剛鐵劍，代替招呼地疊在伊尼迪歐上頭。

鏘的一聲，發出微弱的金屬碰撞聲。

「要是能只顧著揮劍，不用煩惱其他事情的話，不曉得會有多幸福啊。」

雷伊這樣說道。

「唔，說得就像是你很勉強的樣子呢。」

他露出曖昧的笑容。

「在被吸取魔力的狀態下，你還能打嗎？」

「這沒什麼，你別顧慮我。要是誤以為情況對我不利而手下留情的話，可是會死的喔。」

「我就知道是這樣。」

雷伊毫無多餘的動作，舉劍擺出中段姿勢（註：劍道招式中將劍尖對準對手面部與喉部的姿勢）。我就跟往常一樣，緩緩垂下金剛鐵劍。我們早已進入彼此的攻擊範圍。

然而，雙方都沒有動作。

雷伊的姿勢毫無破綻。不論怎樣進攻，都會被純白的魔劍打掉吧。就算是再堅固的防禦，都會竭盡全力將其打破是我的作風，但就唯獨這次沒辦法這麼做。

要是隨便出手，讓伊尼迪歐連同「隱匿魔力」與「武裝強化」的魔法術式一起將劍斬斷的話，一切就到此為止了吧。

只能趁他攻擊時的破綻反擊。不過就算順利做到這一點，只要贏過了雷伊，他就會遭到

消滅。

這下該怎麼辦呢？並不是走投無路，但也是相當麻煩的狀況。

總之就先等雷伊出招。只不過，他也沒有動作。我們就這樣互瞪了好幾分鐘，就只有時間白白流逝。

就在這時，雷伊忽然放鬆力道。

「其實對方要我在決戰時拖延時間。」

他喃喃說道。

內情曝光這件事，讓我稍感意外。

「因為時間拖得愈長，對我就愈是有利呢。」

合併使用「武裝強化」與「隱匿魔力」會消耗大量的魔力。儘管如此，雷伊的劍也沒天真到能讓我只在對砍時施展魔法，而且「吸魔圓環」還在不停吸取我的魔力。

假如雷伊採取守勢的話，要用這把金剛鐵劍突破他的防禦，就實在不是一件簡單的事。要是他一直沒有動作，我確實會變得愈來愈不利吧。

「不過，我不幹了。」

伴隨著話語，伊尼迪歐的劍尖晃動。在千鈞一髮之際，看穿以目不暇給的速度直接刺來的劍刃軌道後，劍尖擦過我的臉頰。

為了脫離他的攻擊範圍，我用金剛鐵劍斬向雷伊的左手。原想說他會抽回左手避開，但雷伊卻繼續逼近過來。

身體與雷伊接觸，我的手臂停住了。貼得這麼近，就算想揮劍也沒辦法。

「……呼……！」

這究竟是怎樣的技巧啊？在連揮拳都沒辦法的距離下，他的劍就像彈開似的刺向我的下顎，我連忙抽身躲開。在失去平衡的我眼前，純白劍刃直逼而來。

用劍去擋，會連劍一起被斬斷。

既然如此——

「………？」

雷伊的劍砍在我的左臂上。劍刃將肉切開、直達骨頭，但劍就此停住了。

「真是遺憾呢，我的骨頭很硬喔。」

「阿諾斯的身體還是一樣荒謬呢。」

雷伊抽回伊尼迪歐，就像要重整態勢似的後退。能看出他的左臂不自然地垂下。

這麼說來，他剛剛的攻擊也比平時慢了一些。只要用雙手握劍，應該就能讓劍砍進骨頭裡了。

「你的手怎麼了？」

雷伊爽朗地微笑著。

「我想盡可能公平地對決呢。」

「你自行斬斷了肌腱啊？」

「這相當痛呢。」

雷伊就像並無大礙似的，用單手舉起伊尼迪歐。

「可以嗎？」

不論是避免持久戰，還是斬斷自己的左臂肌腱，都是對要脅雷伊的魔族所做出的反抗。這會讓治療母親的契約作廢的。

「阿諾斯。」

雷伊平靜地回答。

「我在那場小組對抗測驗中心想，我總算是遇到了。就算將這把劍的一切力量施展出來，也無法敵過的對手——想與你全力對決。」

他一面說著，一面投來警戒的眼神。

「可是，既然我與我的母親被當作人質，那麼你就沒辦法使出全力。」

雷伊應該是被監視著才對。將契約魔劍刺進他體內的魔族，也會因為這句話得知我已經察覺到這件事了吧。

「我雖然想了很多，但到頭來，我就只有劍而已。」

雷伊就像做好覺悟似的說道。

「我違背了契約。這樣體內的魔劍就刺進我的根源裡了。」

該說真不愧是他吧。一般人的話，根源早在這時就被刺進的契約魔劍消滅掉了吧。不過，再這樣下去也只是時間上的問題。

「我馬上就會死。母親也無法獲救。這樣你就完全沒有退縮的理由了。」

伊尼迪歐的劍尖，指向我左臂上的「吸魔圓環」。

「為了守護我們的友情，我會贏的。」

只要破壞掉「吸魔圓環」，就是雷伊的勝利。然後一如貓頭鷹的通知，席菈的傳聞與傳承會被消滅，進而死去吧。

不過，要是不破壞掉「吸魔圓環」，我就會永遠被吸取魔力。是判斷我不會對席菈見死不救，而打算親自奪走母親的性命嗎？

為了保護我，不惜賭上自己的性命。

「不向我求救嗎？」

「在你說不定會死的情況下？」

「我是不會死的。」

「或許吧。不過，也或許不是這樣。不論你有多麼超凡，但你覺得就算讓你身陷危險也無所謂的人，能算得上是真正的朋友嗎？」

雷伊忽然笑起。

「這樣是最像我的做法。能在最後贏過你，並且保護你。」

原來如此呢。雖說，只要我故意敗北，事情就到此為止了。

要是破壞掉「吸魔圓環」，就無法保證席菈的生命安全，但是關於金剛鐵劍斷掉時的情況，那隻貓頭鷹卻是隻字未提。

總之就是說，對方的目的是要用「吸魔圓環」持續吸取我的魔力。

恐怕是不在意這場魔劍大會的勝敗吧。故意輸掉，拔除雷伊身上的契約魔劍，等到擊潰阿伯斯・迪魯黑比亞的陰謀之後，再重新比一場就好。聰明人會這麼做吧。

但是──我辦不到。

在被契約魔劍刺入根源裡的狀況下，雷伊所希望的是與我對決。不是為了地位，不是為了名聲，他純粹只是為了追求劍術。

就算這會是最後也無所謂，雷伊將一切都奉獻給了劍。

或許會有人認為他是在做蠢事吧。只不過，他不惜做到這種地步，也想與我對決。

我要是說出擇日再戰這種話，就不配當這名男人的朋友。

「不屈於敵、不仰賴我，堅決貫徹自身的信念，這才算得上是我的朋友。」

我向前踏出一步。

「雷伊，你可以不用再煩惱了。這一戰跟皇族派與統一派無關，也把母親的事拋諸腦後吧。現在是只屬於你我的時間。」

雷伊微笑起來。

就像真的很高興似的。

「好，來吧。讓我來陪你玩玩。」

不論阿伯斯・迪魯黑比亞有何陰謀，我都不會讓他妨礙這場對決的。

爸媽在替我聲援。

我向米夏發誓會贏得勝利。

而且，雷伊賭上性命向我發起了挑戰。

這跟暴虐魔王毫無關係，是轉生之後的我，轉生之後的我們所希望的，是只屬於兩個人的決賽。

§ 31 【對決之中】

「阿諾斯，我要上了。」

雷伊將魔劍伊尼迪歐的劍尖指來，蹬地衝出。全身有如箭矢般飛來的他，朝著我的咽喉刺來。

「太慢了。」

我對準直接刺來的伊尼迪歐的劍尖，用金剛鐵劍同樣使出刺擊。要是劍刃相撞，在能斬斷魔法術式的魔劍之前，金剛鐵劍會連同「隱匿魔力」與「武裝強化」一起遭到破壞吧。

只不過，雷伊卻在途中改變刺擊的軌道，避免與金剛鐵劍硬碰硬，他的目標是我左臂上的「吸魔圓環」。就在伊尼迪歐的劍尖要刺穿「吸魔圓環」的瞬間，我張開左手掌。

雷伊突然止住了劍。

「怎麼啦？照剛剛的速度，說不定能刺穿我的手掌喔。」

「劍要是讓你抓到，我可就毫無勝算了呢。」

唔，真不愧是他呢。故意讓雷伊刺穿左手，藉此抓住他的劍。儘管劍術是雷伊在我之上，但比力氣的話，我是不可能會輸的。只要能製造出這個局面，就能徹底封住他的劍術，但看來是沒這麼簡單的樣子。

「那麼，這次輪到我了。」

我伸出左手，隨意抓向伊尼迪歐的劍身。雷伊連忙將劍抽回，避開我的左手。同時，我以渾身力道將金剛鐵劍朝著雷伊的頭頂揮下。

在這一瞬間，他就只能用伊尼迪歐擋劍了。但要是直接擋下的話，我的劍就會斷掉。這對雷伊來說，就跟贏了比賽、輸了勝負一樣吧。假如不以破壞「吸魔圓環」的方式獲勝，就會讓我背負起沉重的負擔，所以雷伊不能破壞掉這把劍。

那麼，他要怎麼做？假如不用劍擋，就無法避免致命傷。

「呼……！」

雷伊用抽回的伊尼迪歐迎擊金剛鐵劍。在劍刃相撞的瞬間，我感到奇妙的手感。

很柔軟。彷彿吸收了衝擊力道，雷伊沒有抵抗我以渾身力道揮下的劍擊威力，而是在巧妙地改變施力方向後撥開。

「喔，有本事就再試一次吧。」

「你要幾次都沒問題唷。」

劍刃相撞。但令人驚訝的是，場上就只有響起靜謐的聲響，我的劍就被撥開了。就算改變角度、改變力道，還是使出連擊，雷伊都巧妙撥開了我的所有攻勢。他乍看之下做得很輕鬆，但這就算說是神乎其技也不為過。

就連在神話時代，也沒有多少魔族能做到這種絕技。

「你真是個可怕的男人呢。要是你有意打斷我的劍，我早就吃上你好幾劍了喔。」

「假如你手持魔劍，又沒套上『吸魔圓環』的話，情況就另當別論了呢。」

我是使用金剛鐵劍，被「吸魔圓環」不停地吸取魔力，而且還基於規則，不得不持續施展「隱匿魔力」。

雷伊是無法使用左手，也不能與我的劍直接對砍。

以讓步的程度來講，雙方是半斤八兩吧。雖然彼此都無法盡情施展手腳，但至少沒必要在意對方的不利。

「難以置信……那把劍，竟能與伊尼迪歐直接對砍……！」

「能斬斷魔法術式的伊尼迪歐，應該也能斬斷施加在魔劍上的術式……！他之前比賽對手的魔劍，實際上也都在過上幾招後應聲折斷了，這究竟是怎麼辦到的……？」

「……因為是不帶魔力的劍，本來就沒有施加任何魔法術式，所以伊尼迪歐才無法發揮效果嗎……？」

「這怎麼可能！如果是一般的金屬劍，這才會一碰就斷啊……！」

「……果然是真的嗎……？」

「……真正的名匠所鍛造的心之劍……」

「會帶有不同於魔力的另一種力量啊。」

觀眾席此起彼落地傳來這種誤會言論。我跟雷伊的攻防很激烈，能正確掌握到場上究竟發生了什麼事的人應該很少吧。

「打算就這樣打持久戰嗎？」

劍刃交鋒，雷伊再度撥開了我的劍。是在警戒我抓住伊尼迪歐吧，雷伊處於守勢。

「我不打算利用你的讓步唷。要是拖延時間，就稱了皇族派的意了。」

「不用你擔心。就算被吸取再多魔力，都構不成任何問題。與其擔心這個，還不如想想要怎麼打贏我吧。」

相對於巧妙地計算距離的雷伊，我有點強硬地向他逼近。在這瞬間，雷伊用伊尼迪歐揮出一道劍光。

「我當然是這麼打算的……！」

雷伊瞬間轉守為攻，用手上的劍分毫不差地強攻我左臂上的「吸魔圓環」。

「太嫩了。」

我立即要用手掌擋下這一劍，但伊尼迪歐的軌道卻突然改變——目標是我的左臂。我繃緊肌肉，懷著以傷換傷的覺悟刺出金剛鐵劍。

鮮血灑落。伊尼迪歐砍在我的左臂上，我的劍貫穿雷伊的肩膀。

「哈……！」

雷伊朝著我被砍中的左臂再度壓下伊尼迪歐，就像要加強力道似的當場轉了一圈。他將扭力傳到劍上，讓伊尼迪歐砍在骨頭上。

「你失算了呢。這個破綻足以致命。」

我揮動金剛鐵劍。雷伊儘管扭開身軀，也還是躲不開我的攻擊，讓劍刃劃過他的後頸，濺起鮮血。

不，不對。雷伊一臉若無其事的樣子，同時早已揮出手中的劍。他不是躲不開，而是不打算躲。是判斷要在我的劍之前保持無傷的話，不論經過多久都無法給予我致命傷吧。

伊尼迪歐揮出劍光，我的左臂流出鮮血。

同時，我的劍也劃開雷伊的腰際。

「要比忍痛的話，你以為贏得了我嗎？」

「不試看看怎麼知道。」

伊尼迪歐與金剛鐵劍交錯，互相砍在對方的身體上。跟方才的短兵相接截然不同，每過一招，雙方身上就多出一道傷痕。

以血換血、以傷換傷。雷伊要對我試的就是這個。互相避開致命傷，持續使出必殺一擊。

兩人身上的傷痕愈來愈多，渾身是血，但我們卻在笑著。

「雷伊，真不愧是你呢。比上次還厲害。」

「阿諾斯，厲害的是你啊。我可是自認為早就超越當時的自己了，卻還是沒讓你拿出所有實力呢。」

沒有怨恨，也不是想要名譽。

就只是這樣享受著。劍與劍的過招、刃與刃的交流，就連滴落的鮮血都讓我們感到喜悅。

雷伊每次過招都會超越數秒前的自己，他這驚人的才能讓我愉悅不已。而不論超越自我再多次，我的實力都還是深不見底，似乎讓雷伊感到崇敬的樣子。

不論是皇族派、魔劍大會，就連阿伯斯・迪魯黑比亞都不放在心上。如今在這響起劍擊聲響的莊嚴舞台上，就只需要專心跳著華麗的劍舞。

我們展開漫長悠久的交鋒。觀眾們就連話都說不出來，屏息凝視著瞬息萬變的攻防。

即使三十分鐘過去，一個小時過去，我們也仍在對決。

恐怕，我跟雷伊都希望一件事——但願這段時間能永遠持續下去。

儘管如此，尾聲終究還是會到來。

彼此都領悟到，勝負就要分出了。

「……呃……」

我一劍劃開雷伊的右腳，終於讓他跪下了。作為代價，我的左臂受到嚴重的劍傷。

「唔，手幾乎抬不起來了呢。」

雷伊以魔劍代杖，緩緩站起。

「雷伊，要結束了，我玩得很開心喔。」

「也是呢。我這也是最後一劍了。」

我們舉起劍，同時向前踏出。雷伊的目標是我的左臂。

是打算突破我變得不靈活的左手防禦，將「吸魔圓環」破壞掉吧。

而我的目標就只有一個——

就在我們互相踏進彼此的攻擊範圍內的瞬間。

「……雷伊…………！」

在我們即將交錯之前，有人呼喚著他的名字。

我的眼角餘光捕捉她的身影。在觀眾席中段，剛走出入口處的位置上，雷伊的母親——席菈就站在那裡。米莎也陪在她身旁。

「……阿諾斯……！」

雷伊手中的伊尼迪歐化作閃光。為了避開瞄準「吸魔圓環」的這一劍，我強行抬起變得不靈活的左臂。就在這時，魔劍突然改變軌道，往上砍向我的左臂根部。

是抓準我呼吸並放鬆肌肉的破綻，在最佳時機揮出的無懈可擊的一劍。我被斬斷的手臂在天空飛舞。

原來他打從一開始的目的就是這個啊。手臂自空中落下，雷伊緊盯著套在上頭的「吸魔圓環」。

「居然能砍下我的手臂，雷伊，你還真是了不得啊。」

搶在他要砍向「吸魔圓環」之前，我率先刺出金剛鐵劍。雷伊連忙以魔劍的劍面抵下。

「不過，這次還是我贏了。」

就在劍尖抵住魔劍的瞬間，我使出全力施展「武裝強化」，以渾身之力將金剛鐵劍刺出。

剛好就以此為契機。

競技場舞台上浮現一個巨大魔法陣，並立刻展開了某種魔法。

這是——？

「……呃……啊……」

伊尼迪歐斷成兩截，我的劍刺進了雷伊胸口。

「……不愧是你呢，阿諾斯……還以為這次我會贏呢……」

他滿足地微笑著。然後，搖搖晃晃地退開幾步，仰天倒下。

只不過，沒有歡呼聲。

競技場舞台上浮現的魔法陣施展的是「次元牢獄（azeishisu）」的魔法。就只有舞台從德魯佐蓋多隔離開來，被傳送到另一個次元。

「老身等這一刻，已經等待多年了。」

沙啞的聲音響起。

「似乎終於有辦法解決掉您了呢。」

現身的是一名留著白鬍子的老人。

是七魔皇老之一，梅魯黑斯・博藍。

§ 32 【背叛】

「唔，也就是說，是這麼一回事啊？梅魯黑斯。」

我向現身的老人說道。

「不論是在雷伊體內刺進契約魔劍，還是這場魔劍大會，全都是你的陰謀。你之所以加入統一派，單純就只是為了維持他們與皇族派之間的勢力平衡。因為皇族派要是太過強勢，就會出現許多像昨天的艾米莉亞那樣失控的人。」

梅魯黑斯以恭敬的態度頷首。

「誠如您所言。」

「你的根源沒有被奪取。是誰的命令？還是說，這是你的意思嗎？」

梅魯黑斯沒有回答。他並不記得我。正因為如此，所以才會輕易地背叛嗎？

還是說，他是在知道一切內情之餘，隱瞞他記得我的事嗎？

或者是都不對呢？

「統一派的首領據說是個身分不明的魔族呢。那傢伙就是阿伯斯．迪魯黑比亞嗎？」

「您以為老身會說嗎？」

哎，也是啦。

「好吧，那我就逼你說出來。」

「十分遺憾，阿諾斯大人，您是不可能做到的。」

「喔，口氣很大呢。只不過是把我關在『次元牢獄』裡，難道你以為就能贏過我嗎？」

「不，老身已經贏了。早在您對魔劍大會這種鬧劇起興致時，這場對決的勝負就已經決定了。對決早就已經開始了唷。任由自己陶醉在一時的感傷之中，而沒能注意到這件事，即

是您的敗因。」

梅魯黑斯畫起魔法陣，將手伸入其中，取出權杖。權杖應該交給魔王學院保管了，不過既然是七魔皇老，要取得也很簡單吧。

「被伊尼迪歐斬斷的左臂，沒辦法輕易治好。」

梅魯黑斯說的是事實。伊尼迪歐是能斬斷魔法術式的魔劍。就算要施加恢復魔法，也因為伊尼迪歐的效果會暫時殘留下來，使得術式被破壞掉。

只要花費時間，就能治好左臂吧，但那傢伙也沒有蠢到會默默等我把手臂治好。

畢竟他都刻意挑我手臂被砍掉的時機現身了。

「而且，持續被『吸魔圓環』吸取魔力的情況下，如今您的魔力已降到一半以下。在這座『次元牢獄』裡，也無法期待部下的救援。」

魔力粒子聚集在我的左右兩側形成魔法門，並從中出現兩名男子。

是七魔皇老的蓋伊歐斯·安傑姆與伊多魯·安傑歐。

「哼，看來報仇的機會來了呢。」

蓋伊歐斯扛著極大魔劍格拉傑西歐。

「蓋伊歐斯，他好歹也是始祖，可別大意了。」

伊多魯用雙手分別持著炎魔劍傑斯與冰魔劍伊迪斯。

他們手上拿的魔劍，全是我和雷伊在大魔劍教練時破壞掉的魔劍；不過，修理方法多得是吧。

「這下明白了嗎？您是要獨自對付三位七魔皇老。哪怕是您，在此等局面下也是毫無勝算的。」

梅魯黑斯的發言，讓我嗤之以鼻。

「咯哈哈，三對一嗎？梅魯黑斯，你連算數都不會啊？」

「您這是什麼意思——」

吱嘎一聲，極大魔劍格拉傑西歐自蓋伊歐斯的手中脫落，插在地面上。

蓋伊歐斯的龐大身軀當場倒下。

「……蓋伊歐斯？」

接著，伊多魯的腦袋就啪嗒落地。我立刻對喪命的兩人施加「時間操作」，將他們的時間停留在死後一秒。

「……這、這是……？」

劍刃有如閃光般的揮出。梅魯黑斯展開魔法門，遁隱到門後的空間裡。在劍刃劃開空間後，梅魯黑斯就轉移到原本位置的後方。

「到底是無法一次斬殺三人呢。」

梅魯黑斯朝聲音的方向望去，手持金剛鐵劍的雷伊就站在那裡。

「雷伊．格蘭茲多利……你不是死了嗎……？」

「只要在決賽中敗給我，雷伊就會死。而刺在他體內的契約魔劍將會更加深入，刺穿他的根源吧。這樣一來，他也就沒辦法復活了。不過，這也要雷伊的體內刺著契約魔劍。」

梅魯黑斯像是恍然大悟地說道：

「……您是假裝用劍刺穿了雷伊・格蘭茲多利的心臟，但其實是破壞掉刺在他體內的契約魔劍嗎……？」

「因為我認為會有人趁比賽時對我做出某種攻擊呢。而既然要這麼做，就會趁我鬆懈下來的瞬間吧。也就是分出勝負的瞬間。當你將我關進『次元牢獄』之中，認為我順利上當時，你就將魔眼從雷伊身上移開了。這也就是說，我是故意露出這個破綻的。」

梅魯黑斯一臉凶狠地瞪著我和雷伊。

「梅魯黑斯，你以為自己是在單方面地觀察著我嗎？」

「兩位應該是沒有做出任何互相示意的舉動……雷伊・格蘭茲多利也確實是在認真與您對決。」

「我確實是認真的唷。」

雷伊說道。

「我是認真地在與阿諾斯對決，並想守護住他。也有做好要破壞『吸魔圓環』，失去母親的覺悟。想在最後將自己的劍盡情地向他施展，這份心意也毫無虛假。」

「既然如此，為什麼你能趁老身移開魔眼的瞬間，讓他破壞掉契約魔劍？」

「……我們沒有互相示意唷。我就只是認為：即使我向他使出全力，他也肯定能超越這一切吧。而實際上，他也確實是做到了，就只是如此。」

「什麼…………」

雷伊的答覆，讓梅魯黑斯啞口無言。

「看樣子你是打錯如意算盤了呢。以為只要讓我做出這麼多讓步，想要保護自己、保護『吸魔圓環』，還要打倒雷伊，就會讓我竭盡全力嗎？」

梅魯黑斯沒有回答，只是平靜地瞪過來。

「不過，這也沒有什麼大不了的呢。我就只是承受住了雷伊的全力攻擊，並同時在舞台外與你過招，然後在這兩場對決中獲勝罷了。」

梅魯黑斯露出一臉難以置信的表情。

「梅魯黑斯，你說我因為對這種鬧劇起興致，所以沒能注意到你的陰謀吧？」

我擺出從容的表情，朝那位七魔皇老說道。

「你以為你那雞毛蒜皮的計謀，就能讓我慌慌張張地放棄鬧劇嗎？我不會讓你妨礙我和雷伊的對決，也不會讓你殺害席菈與雷伊。對我來說，你的陰謀就只是無足輕重，比兒戲還不如的東西。就僅是如此罷了。」

我向前踏出一步。

「老身確實是有些誤判了呢。」

梅魯黑斯不加思索地說出這句話。

「不過，也僅是如此。就算發生不測，也有做好萬全的準備對應，這就是所謂的計謀。」

梅魯黑斯在眼前創造出一扇魔法門。只要使用魔法門，就能將這座「次元牢獄」內部不同的空間連接起來，自由地進行轉移。

「你以為你逃得出我的手掌心嗎？」

「不，老身不會逃的。老身確實是有些估算錯誤。儘管如此，這也絲毫不會改變老身的勝利。」

魔法門緩緩開啟，裡頭出現了一道人影。

雷伊的眼神凶狠起來。

「……媽媽……」

從魔法門中現身的，是直到剛剛都應該還在觀眾席上的席菈，她被「拘束魔鎖(gijieru)」的魔法綁住身軀。是精靈病惡化了嗎？看起來像是失去意識了。

「你們以為老身是為了什麼才讓她恢復健康，甚至還足以來到德魯佐蓋多觀戰的？」

梅魯黑斯畫起魔法陣，從中出現了十幾顆紅寶石，飄浮在空中。

「只要老身破壞掉一顆寶石，構成她根源的傳聞與傳承就會消失掉一個。」

梅魯黑斯彈起手指，破壞掉一顆紅寶石。在用魔眼確認後，席菈的魔力確實是變弱了。

是「條件」啊。藉由破壞寶石的動作觸發「忘卻(neria)」魔法，將知道席菈的傳聞或傳承之人的記憶消除掉吧。寶石共有四十六顆，這恐怕也是知道她的傳聞或傳承之人的人數。

「這下您明白了吧？那就來進行交換條件吧？」

瞬間，雷伊朝我瞥了一眼。

「如果想拯救席菈的性命，就得聽命於你的意思嗎？」

梅魯黑斯恭敬地頷首。

「誠如您所言。」

梅魯黑斯展開魔法門，覆蓋住席菈與寶石。雙方就像被吸進去似的，消失到另一個次元。

「只要您在『契約』上簽字，她就能獲救。」

就算殺我很難，但訂下「契約」的話，至少就能束縛住我了吧。

「唔，那你就殺吧。」

聽我這麼一說，梅魯黑斯露出一臉吃驚的表情。

「……是老身聽錯了嗎？您方才說了什麼？」

「我說你想殺就殺吧。」

在我重說一遍後，梅魯黑斯就緘默下來。我就像威脅似的繼續說道：

「不過，你得當心啊。一旦殺害人質，就再也沒有東西能保護你了喔。」

梅魯黑斯望向雷伊。

「雷伊．格蘭茲多利，就算犧牲掉母親，你也無所謂嗎？」

「我早就做好覺悟了呢。我的母親並不希望我為了她犧牲自己唷。」

梅魯黑斯沒辦法立刻接話。到底是沒料到我們會這麼輕易地拋棄人質吧。

「……您以為這種虛張聲勢會有用嗎？」

「那你就試看看啊。」

梅魯黑斯不發一語，就像在摸索我的真正意圖似的注視過來。

「怎麼了？趕快動手啊。你該不會抓了人質卻下不了殺手吧？」

我向前踏出一步，朝梅魯黑斯伸出右手，並在手上展開一門魔法陣。

「看這樣子，必須讓您見識一下老身是認真的了。」

梅魯黑斯從魔法門中取出五顆寶石破壞掉。

「好啦，她的身體能支撐多久呢？」

我並沒有很在意地說道：

「就五顆？」

「……什麼？」

「你這是在怕什麼？要破壞的話，就趕緊全部破壞掉如何？還是說，你就這麼害怕在破壞掉的瞬間被我殺掉嗎？」

「……您就後悔吧……」

梅魯黑斯再從魔法門中拿出二十顆寶石。

「這樣就是一半以上了。」

「剩下的二十一顆怎麼了？」

梅魯黑斯沒有回答，只是直盯著我瞧。

「梅魯黑斯，你以為自己是在跟誰戰鬥？」

我眼帶殺氣地瞪著他。

「只不過是抓了人質，難道你以為就能讓我唯命是從嗎？」

我在魔法陣上注入魔力，漆黑的太陽稍稍現形。

「要是你沒注意到的話，我就告訴你吧。早在你出面與我對峙時，你就已經交出你這條小命了。」

梅魯黑斯反射性地擺出架式，準備戰鬥。在這一瞬間，雷伊朝他投出手中的金剛鐵劍。

「呼……！」

「…………白費工夫……」

梅魯黑斯將劍輕易地打掉。

「做這種無謂的掙扎，你的母親可是真的會喪命——」

梅魯黑斯正要再度看向我們時，表情突然變得凶惡起來。

因為雷伊趁著這瞬間的破綻，跳進席菈失去行蹤的魔法門中，而我則是追著寶石進到另一個魔法門裡。

§33 【精靈的真體】

我在穿過魔法門後，來到地板上同樣畫著巨大魔法陣的競技場舞台上。

只不過，雷伊和梅魯黑斯都不在這裡。這裡連接著另一個次元。

環顧周圍，能看到紅寶石散落四方。

「阿諾斯大人，要是您以為自己順利逃脫的話，那可是大錯特錯了唷。」

身邊響起梅魯黑斯的聲音；不過，並沒看到他人。這裡是他創造出來的「次元牢獄」內部，就算所在的次元不同，他也能輕易讓聲音傳達過來吧。

「所謂的陷阱，是要布下雙重、三重的。」

魔法門出現在我的四周，並在開啟後，從中出現漆黑的極光。那是釋放著凶惡的光芒，蘊藏著無窮魔力的毀滅牆壁。這四面牆壁就像是要加害於我似的，一口氣覆蓋住整座舞台。

我對散落在地上的二十一顆寶石與自己施加反魔法。迸出啪嚓巨響，漆黑極光與反魔法爆發激烈衝突。

瞬間，反魔法的第一層爆掉了。我立刻重新施加反魔法強化，但才剛強化好，反魔法就再度爆掉了。

這道漆黑極光，明顯比艾維斯在跟時間守護神猶格・拉・拉比阿茲融合之後所施展的魔法還要強大。想要守護寶石，就只能不斷展開反魔法。

「唔，相當眼熟的魔力與魔法呢。」

漆黑極光所散發出來的魔力波長，甚至會讓人感到懷念。沒錯，這確實是我在兩千年前的魔力。

「是我將世界分為四塊的『牆壁』啊。」

「誠如您所言，這是您犧牲性命所施展的魔法。是在創造神、大精靈、勇者與魔王共同施展魔力之下，才終於完成的『四界牆壁（beno iebun）』。」

難怪會這麼強。「四界牆壁」會排斥一切，並加以毀滅。要是被吞進極光牆壁之中，將

無法全身而退。

「是在牆壁消失之前，收進『次元牢獄』裡了啊？」

是持續賦予「四界牆壁」魔力，避免其消失，然後藉此保存下來的吧。如果是有能力穿越牆壁的梅魯黑斯，這也不是不可能的事。

「誠然。不過，老身光是要維持『四界牆壁』就已費盡心力，實在沒辦法加以控制。所以，才需要您的魔力。」

原來如此。

會用「吸魔圓環」吸取我的魔力，並不只是為了要削弱我的力量，還是為了取得控制「四界牆壁」的魔力啊。

這本來並不是能移動位置的魔法，但如果是在「次元牢獄」內部的話，就能靠魔法門自由地轉移位置。也就是說，能像這樣作為攻擊魔法使用。

「只不過，真不愧是阿諾斯大人。剛轉生完的魔族，通常就連自身十分之一的魔力都無法發揮。您才剛轉生一、兩個月，就已取回過往的實力，還真是令老身折服。若非如此，您就連擋下『四界牆壁』都無法吧。」

「梅魯黑斯，你好像變得相當饒舌了。難道你以為我會死在我自己的魔法之下嗎？」

「倘若您是在萬全的狀態下，當然是沒辦法。只不過，如今您斷了左臂，還耗盡一半以上的魔力。而且除了尊軀之外，還得用反魔法保護二十一顆寶石。哪怕您是暴虐魔王，也很不利吧？」

「你是這麼想的嗎？」

「那麼就請容老身再下一籌，作為最後一步吧。」

經由「遠隔透視」的魔法，在我眼前出現一道影像。那是另一個次元的競技場。畫面上顯示著雷伊抱著席菈的身影。

「『四界牆壁』。」

梅魯黑斯如此唸道後，雷伊周圍就立起漆黑的極光。他立刻把手移到腰際上，但那裡卻沒有劍。

伊尼迪歐被我打斷了；金剛鐵劍剛才投擲出去了。

「他並不怎麼擅長魔法的樣子。要是赤手空拳被牆壁吞沒，可不會安然無恙呢。」

漆黑極光襲向雷伊他們。手中無劍的雷伊，對此是束手無策吧。

但我展開了反魔法，在「四界牆壁」的侵蝕之下保護住他們兩人。

「真不愧是阿諾斯大人，竟能追尋『遠隔透視』的魔力，在另一個次元展開反魔法。這真是令老身甘拜下風。」

梅魯黑斯以恭敬的語調說道。

「只不過，如此運用了魔力，您也就無法做其他事情了。您精疲力盡地倒下，已是時間的問題。」

唔，不過他這麼說也有道理啦。光是這樣施展反魔法下去，也無濟於事。

「雷伊，聽得到嗎？」

我向雷伊所在的次元發出「意念通訊」。

「……阿諾斯？這個反魔法是你弄的？」

「沒錯。不過，我有點施展太多魔法了呢。你有辦法處理掉那個漆黑極光──『四界牆壁』嗎？」

雷伊一臉認真地點頭。

「你能弄出劍來嗎？」

「撐不久喔。」

我施展「創造建築」的魔法，在雷伊眼前創造魔劍。

雷伊握住劍柄。他在集中精神，銳利地注視眼前的極光後，彷彿是要斬斷術式的要害，突然劍光一閃。

「……呼……！」

被瞬間斬成兩段的黑色極光，就像反抗似的恢復原狀，朝雷伊襲擊而去。

彷彿迎擊一般，他再度揮出劍光。只不過，就在擊中「四界牆壁」的瞬間，劍身就碎裂飛散了。

要一面維持這麼多道反魔法，還要一面創造出能在「四界牆壁」之中正常運用的魔劍，果然很困難啊。

「阿諾斯大人，看來就到此為止了呢。老身就增加『四界牆壁』的密度吧。」

梅魯黑斯得意揚揚地說道。反魔法遭到破壞的速度眼看愈來愈快。

是「四界牆壁」被他接連不斷地送過來吧。就跟他說的一樣，漆黑極光的密度增加，讓威力相對提升了。

「……這個魔法，是叫做『四界牆壁』嗎？能感受到你的魔力耶。」

「詳細說明就先保留，總之這是我在兩千年前犧牲生命所施展的魔法。梅魯黑斯好像巧妙地把它侵占下來了。」

「難怪這魔法這麼強。」

雷伊瞪著將自己包圍起來的漆黑極光。

「阿諾斯，要是解開我的反魔法，你能創造出更強的魔劍吧？」

「我是辦得到。但沒有反魔法保護，只要接觸到『四界牆壁』，就算是你也會死喔？」

雷伊爽朗地微笑著。

「反正再這樣下去也一樣會死，所以我想在死前斬掉這個唷。」

這男人愈是碰上障礙，就愈會成長得更強大。說不定方才那一劍，已讓他掌握訣竅了。

「零點五秒內斬掉。之後我就無法保證了。」

我在雷伊眼前再次創造魔劍，他立刻握住劍柄。

「準備好了嗎？」

「隨時都行。」

「那就上吧。」

我解開雷伊的反魔法，將這份魔力一口氣注入魔劍之中，讓劍身變得更加強韌。

「……喝……！」

剎那間，劍光閃耀。

反魔法消散，同時就像是要斬斷襲擊而來的漆黑一般，雷伊揮出魔劍。

漆黑的極光被斬成兩段。只不過，極光就像反抗似的立刻恢復原狀，朝雷伊的身軀展露殺意。

「……呼……！」

雷伊一揮劍，被斬成兩段的極光就在復原前被斬成四段，然後斬成八段、十六段，被不斷砍得愈來愈小。

但不論被砍得再怎麼細小，「四界牆壁」的魔力也毫無衰退，反而是為了恢復原狀而不斷增強反抗力道。

「……呃…………」

雷伊有一劍沒有斬斷極光。在這瞬間，形勢一口氣逆轉，漆黑的極光讓魔劍產生裂痕。再度揮出的劍刃輕易折斷，雷伊渾身溢出鮮血。

「……咳……哈…………」

他當場跪在地上，而我重新施展起反魔法。

「……明明就只差一點了呢……」

雷伊一面氣喘吁吁，一面想要站起。

「咦……？」

就像突然無力似的，他倒在地上。

「……真是奇怪啊……身體……」

畢竟是在跟我正面對決之後呢。

「別大意。你自己的反魔法變弱了喔。」

「……我雖然知道……」

雷伊仰躺在地上，身體無法動彈的樣子。

「……已經……使……不出力了……」

雷伊想要握拳，但他就連這種動作都做不出來。

呼——他吁了口氣。

「阿諾斯。」

雷伊注視著天空說道。

「……我就到此為止了。母親能拜託你嗎？」

是要我把用在雷伊身上的反魔法魔力挪為他用，想辦法逃出生天的意思吧。

「要訴苦還太早了。站起來。」

「身體已經動不了了唷。而且就算我站起來，也斬不掉『四界牆壁』。看來，我果然敵不過你呢。」

雷伊就像放棄似的闔上雙眼。

唔，即使是這個男人，也到底是達到極限了嗎。

不對──

「……你可以的……」

在我開口之前，聽到細微的聲音。

「……媽……媽媽……？」

是他在場的母親在說話。

「……你可以的……雷伊……我相信你……因為，你是這麼地喜歡劍……」

席菈彷彿夢囈般的說道。她的傳聞與傳承遭到消滅，精靈病應該是惡化了才對。

儘管如此──

「……對不起。媽媽，我的身體已經……」

「雷伊，放心吧，沒事的。媽媽會保護你。成為──你的力量。」

「……我的力量……？」

席菈的身體籠罩起淡淡光芒。隨後，她的人形輪廓扭曲變形，轉眼間變成另一個模樣。

精靈有著一時性的姿態與真體。儘管無法確定半靈半魔是否也有真體，不過看樣子，她

這是要展現出自己的真正姿態啊。

罹患精靈病，席菈的魔力即將消失。照常理來想，她是完全沒有魔力足以展現出真體。

儘管如此，她還是從根源之中使出最後的魔力。

不是為了別人，而是為了她心愛的兒子。

淡淡光芒逐漸增加亮度，然後在下一瞬間突然消失。

席菈完全展現了真體──一把劍開鋒過後的姿態。

如果水之大精靈里尼悠的真體是八頭水龍，那麼席菈的真體就是那把劍了吧。

外觀酷似爸爸打造的金剛鐵劍，不過劍上所散發的魔力，卻強大到無法相提並論。

原來如此，是這麼一回事啊。既然如此，就不需要我幫忙了。

「雷伊，你應該還站得起來，你還能戰鬥。媽媽可不記得有把你養成會半途而廢的軟弱孩子喔。」

雷伊緩緩站起。

「……媽……媽媽……」

他鞭策著使不上力的身體，拚命地伸手握住席菈之劍。

劍上發出的光芒將他包覆起來。

彷彿是在保護他一樣。

「雷伊……你可以的……媽媽是知道的，這世上沒有你斬不斷的東西唷。」

雷伊頷首，從地上完全站起。

然後，他將席菈之劍舉向「四界牆壁」。

「雷伊．格蘭茲多利，這麼做真的可以嗎？要是揮動那把劍，可就不是精靈病這種簡單的代價了。你的母親會確實地從這個世上消失吧。」

梅魯黑斯彷彿威脅似的說道。這是事實吧。就連施展精靈魔法，半靈半魔都沒辦法平安無事了；要是衰弱的席菈化為真體的話，結果是顯而易見。

「根源不穩定的半靈半魔想要發揮真體的力量，一生就僅限於一次。你這是想親手殺害自己的母親嗎？」

梅魯黑斯之所以不斷威脅，就只是因為他在警戒席菈變成精靈之劍的力量。他擔心這把劍說不定能斬斷「四界牆壁」。

席菈的聲音平靜地響起。

「不對喔。是我要保護他。保護我可愛的孩子。如果是為了保護他，那麼我這條命，不論犧牲再多次都不足為惜。」

席菈之劍變得更加耀眼。

彷彿消逝前的彗星，強烈地閃耀著。

「吶，雷伊，你還記得嗎？」

彷彿在敘舊，席菈溫柔地對他說道。

宛如這是最後的對話，以真的非常溫柔的語調——

「記得什麼？」

「雷伊小時候，有次媽媽在教你做料理時，你突然就拿起菜刀要把鍋子砍斷唷。」

雷伊淡淡微笑著。

「是有這麼一回事呢。」

「媽媽當時跟你說，菜刀是絕對砍不斷鍋子的呢。可是雷伊一點也聽不進去，不停地要用菜刀把鍋子砍斷。然後，鍋子就突然被砍成兩段了唷。媽媽真是嚇了一大跳呢。」

就算化身成劍，也能清楚知道席菈在笑。

「當時雖然想生氣，但你真的很開心的樣子呢。所以媽媽覺得，雷伊肯定是很喜歡劍、很喜歡這一類的事情吧。」

「是這樣啊。」

雷伊溫柔地應和著。

「吶，雷伊長大之後，變得能斬斷什麼樣的東西了啊，能讓媽媽看看嗎？」

雷伊緩緩地點頭。

「好唷，媽媽。就讓妳看看吧。」

他就像是集中精神般的闔上雙眼。

他就這樣自然地把劍舉起。不知為何，讓人覺得他手上的劍就像是玩具一般，從淡淡微笑的雷伊身上，感受到如孩童般的天真無邪。

他如今已回歸到小時候了吧。追溯著與母親的回憶，回到迷上劍的孩童時期。

倏地吸氣，屏住呼吸。

他踏出一步短促吐氣，同時用手上的劍揮出閃光。

宛如驅逐黑暗的一道光芒，閃耀的劍光斬斷了「四界牆壁」。以快於漆黑極光復原的速度，將其徹底斬斷、切碎、化為烏有。

他究竟是一口氣揮出了多少劍啊？在看似宛如無數流星落下般的驚人連擊之前，「四界牆壁」被斬斷消滅了。

儘管如此，雷伊也依舊沒有收劍。

「……阿諾斯！」

聽到雷伊的叫喊，我用魔法將這裡與他的次元連接起來。

「喝——！」

閃光亮起。宛如流星般的劍刃降臨這個次元，將漆黑極光驅逐殆盡。僅僅數秒，在我這個次元的「四界牆壁」也消滅了。

「………」

雷伊平靜地吐氣。

他手上的席菈之劍，光芒微弱得彷彿即將要消失一般。

「……媽媽，妳覺得怎樣？」

他如此問道後，劍的輪廓突然扭曲，化為席菈的身影。她的身體就像即將消失似的變得薄弱透明，微微浮在地面上。

她伸手碰觸雷伊的臉頰。

「……雷伊，你變得很出色了呢……謝謝你，願意當我的孩子……」

席菈的身體漸漸化為光粒。

她在最後露出滿面的笑容。

「……我愛你喔……」

雷伊伸手想抱住她，但他的手卻撲空了，什麼也沒有抓到。

彷彿被風帶走似的，雷伊的母親消失了。

「……媽媽……」

雷伊注視著僅存的餘光，眼眶泛起淚水。

「……我還有事沒為妳做……」

他彷彿發自內心吶喊似的說道。

「……我還有事想跟妳一塊去做……」

他低垂著頭，以彷彿就要消失的細微聲音喃喃低語。

「……對不起，已經不能再幫妳做任何事了……」

一道淚水沿著雷伊的臉頰滑落。

「雷伊，我雖然能體會你的心情，但要哭還有點早。」

我的話語讓他抬起頭。

「你的眼淚就留到感動的重逢時再哭吧。想要盡孝道的話，就等到那之後再盡情地去做就好。」

§ 34 【魔王的真正價值】

「……阿諾斯，媽媽她──」

雷伊話說到一半，影像就突然中斷。

是「遠隔透視」的魔法被消除了。

「唔，慌慌張張地中斷魔法了啊？事到如今，已經太遲了喔，梅魯黑斯。」

「真是這樣嗎？『次元牢獄』內部可是老身的地盤。即使是您，也無法在沒有任何標記之下往來次元。」

我的周遭再度出現「四界牆壁」。

「如您所見，『四界牆壁』的儲藏十分充足。您覺得失去劍的雷伊．格蘭茲多利有抵禦的手段嗎？如今在中斷『遠隔透視』之後，您也無法追尋魔力，在他所在的次元展開反魔法了吧？」

「所以呢？」

「您心知肚明吧。這就只是換了一個人質。不論是您，還是雷伊．格蘭茲多利，你們所做的全是在白費功夫，他的母親也是白白送死。」

「喔，不過多虧你說的白費功夫，讓我稍微有些餘裕了也是事實。我可是有著能從這裡攻擊你的手段喔。」

「這也跟方才一樣，是在虛張聲勢吧。老身不會再上當了。如果您願意老實簽訂『契約』的話，雷伊．格蘭茲多利或許就能獲救吧。」

他在我眼前展開了「契約」魔法，上頭寫著要我交出所有魔力；相對地，他今後不會再對雷伊出手。

「老身就等您三秒吧。三。」

梅魯黑斯就像威脅似的倒數著。

「二。」

「唔，梅魯黑斯，看你背後。」

「老身是不會上當的。一。」

他無視我的提醒說道。

「零──嗚呃……嘎啊……！」

「他人的忠告還是要聽呢。抓到你了喔，梅魯黑斯。」

我直接捉住他的魔力，以「轉移」進行超越次元的轉移。風景染成純白一片，眼前出現梅魯黑斯的身影。

他的右肩正被我斷掉的左臂緊緊抓著。

「……這怎麼可能……被伊尼迪歐斬斷的話，應該會暫時無法流通魔力……到底是用怎樣的魔法辦到這種事的……？」

「魔法？你在說什麼啊？我的手臂不過就是被砍掉了，難道你以為就沒辦法動了嗎？」

「…………呃……這……種事…………也太荒謬了……」

梅魯黑斯開啟魔法門，就像要逃跑似的轉移離開，我便施展「轉移」追了上去。

梅魯黑斯出現在另一個次元，而我也立刻轉移過去。

「不設法處理掉那隻手臂的話，不論你逃到天涯海角，我都會立刻知道喔。」

只要設下魔力標記，就算是在「次元牢獄」之中，也能施展「轉移」進行移動。畢竟要是讓他逃了，事情會很麻煩呢。所以才故意讓他降低戒心，再伺機用左臂抓住他。

「……真的是這樣嗎？」

梅魯黑斯留下挑釁般的話語，再度消失在魔法門之中。

我立刻施展「轉移」追上。

下一瞬間，漆黑的極光映入眼簾。這裡有著數量遠多於方才的「四界牆壁」，並立刻向我襲擊而來。

面對有如怒濤般湧來的極光，我在身上施加反魔法加以對抗。啪的一聲，響起就像是魔力迸裂的巨響。

「此處乃是老身所侵占的『四界牆壁』的儲藏庫。」

只要用魔眼凝視，就能看到梅魯黑斯站在漆黑極光的對面。唯獨那個角落，形成了沒有「四界牆壁」的安全地帶。

「盲目相信老身已無逃離手段，毫不警戒地追來，表示您的氣數已盡。結束了，阿諾斯大人。總算是做好打倒您的準備了。」

梅魯黑斯揮動權杖，將這股魔力追加在周圍的「四界牆壁」上，並以我為中心擠壓過來。是要用將世界分為四塊的牆壁困住我，將我壓死。

「您好像太過自滿了呢。殊不知老身是在等──您的魔力充分低於老身所儲藏的魔力，還高傲地認為您隨時都有辦法擊敗老身。作為臨死前的禮物，我來告訴您吧。這份傲慢，即是您的敗因。」

梅魯黑斯真不愧是誇下了這麼大的海口。這是假如我鬆懈反魔法，就足以將我瞬間消滅掉的力量。

「您這是在白費功夫。請您好好想想吧，您被『吸魔圓環』吸取了一半的魔力。再考慮到至今所消耗的魔力，就大約還剩下三成吧。而從您身上吸取到的魔力，老身就儲藏在這把權杖之中。」

魔力迸裂，我的反魔法接二連三地遭到破壞。

「在持有人相同的情況下，五成與三成的魔力相鬥，到底哪一方會贏，就連三歲孩兒都知道吧？而要是在這五成的魔力上，再額外追加老身的魔力，您無論如何都毫無勝算！」

我就算將全魔力注入反魔法之中，「四界牆壁」也像是要連同反魔法一起壓爛似的擠壓過來。漆黑極光形成球體將我團團圍住，一分一秒地縮小面積。

「這還真是驚人。本以為能瞬間將您消滅，但該說真不愧是暴虐魔王嗎。只不過，您的魔力也所剩無幾了。」

就像要用這一招了結我的性命般，梅魯黑斯將自己還有權杖的所有魔力，一口氣注入「四界牆壁」之中。化為漆黑球體的極光，一面散發不祥的光芒，一面連同我的反魔法強行擠壓過來。

「永別了，暴虐魔王，阿諾斯·波魯迪戈烏多大人。」

在擠壓之下，密度變得太高而無法保持球體的「四界牆壁」漏出幾道光束。

然後在下一瞬間，引起了漆黑的大爆炸。

「您的時代結束了。不對，是早就結束了。打從兩千年前起。」

漆黑的爆炸平復下來，極光逐漸變薄消失。就像沉浸在勝利的餘韻之中，梅魯黑斯注視著這個景象。

「唔，有關這個部分，想請你詳細說明一下呢。」

梅魯黑斯瞠大了眼。

「…………什麼…………？」

閃光與極光完全消失。

在「四界牆壁」爆炸的中心處，我悠然地站在那裡。

身上毫髮無傷——

「為、為什麼……？」

梅魯黑斯無法理解事態地茫然低語。

「沒什麼，就只是我終於適應了轉生後的身體。」

梅魯黑斯露出一臉驚愕的表情，張口結舌。

「…………該……該、不、會…………」

他一副難以置信的模樣，不自覺地喃喃低語。

「……意思是您方才尚未發揮出真正價值嗎？……這……這怎麼可能……！儘管您至今施展了那麼多強大的魔法、展現了那麼強大的力量，也都還未取回轉生前的魔力……！」

「就如同你說的，我直到方才為止，都只能發揮十分之一以下的魔力吧。」

「……十分之…………一………」

梅魯黑斯以絕望到甚至令人同情的表情喃喃自語。總而言之，就是梅魯黑斯奪走的魔力，就連我的一成都不到。

「你不該拖延時間，而是要在我適應這個身體之前發動攻擊呢。」

我當場把手舉起。

如果是現在的魔力，就能辦到吧。手掌前端瀰漫起黑色光粒，下一瞬間，光粒增加到無數，充滿整個室內。

「……這是……德魯佐蓋多的立體魔法陣……？這是不可能的……這裡應該用『次元牢獄』隔離到另一個次元了……」

「來吧，貝努茲多諾亞。」

回應我的呼喚，升起的無數漆黑粒子全都集中到我腳邊。

隨後浮現一道劍形的影子。沒有投影的物體，就只有影子的存在。

「梅魯黑斯，你剛才說我是白費功夫呢，而且還要我好好想想。」

就像是被我的手所吸引一般，那把影劍緩緩浮到空中。

「就讓我來告訴你，什麼是真正的白費功夫吧。」

大概是沒聽進我說的話吧，梅魯黑斯就只是一臉難以置信的表情，茫然地注視著眼前的景象。

「……這是什麼……到底是根據怎樣的道理……？」

「用魔法創造的距離或次元，根本算不了什麼。在理滅劍之前，一切道理都將歸於虛無。後悔當時要是這麼做就好、那麼做就好的想法，才是真正的白費功夫。」

握住劍柄。

這一瞬間，影子反轉，出現了一把闇色長劍。

「在我眼前的敵人就只會毀滅。這是在貝努茲多諾亞之前所允許的唯一道理。」

「……就、就算是暴虐魔王，也不可能會有這種不講道理的魔法……！」

梅魯黑斯在眼前創造出一扇魔法門。這扇門的外觀和至今為止的魔法門不同，是一扇奢華的大門。

「喔，是絕對空間啊。」

「誠如您所言，這扇門的另一側，是只有術者能進入的絕對領域。要在『次元牢獄』之中打敗老身，是不可能的事。」

魔法門開啟，梅魯黑斯消失在門後。

「阿諾斯大人，今天老身就先行告退了。下次老身會在充分計算您的力量之後，擬定好打倒您的策略再來。您就敬請期待吧。」

我將貝努茲多諾亞緩緩擺出下段姿勢。

「梅魯黑斯，還真是遺憾呢。」

我用理滅劍朝眼前斬下，空間被斬成兩半，剝落開來。然後在露出的那個次元中，出現梅魯黑斯的身影。

「……為……為什麼……？絕對空間是跟世界完全隔離的場所……明明不可能從您那邊干涉這裡，卻有辦法斬斷彼此之間的空間……」

「在理滅劍之前是沒有道理的。」

我悠然走到梅魯黑斯身旁，揮下貝努茲多諾亞。

梅魯黑斯在被砍中之前躲開了。然而他的雙腳卻還是受傷，然後倒在地上。

「什……麼……我應該躲開了……」

「不過就是躲開，難道你以為就能避開攻擊嗎？」

「……哪有……哪有這種道理的……！」

他再度展開魔法門，而且這次還一口氣展開超過數千扇的門。

「……這確實、確實是把可怕的魔劍，但依舊逃不出它是把劍的事實。無法一次斬掉這麼多扇魔法門……！」

是打算用大量的魔法門作為幌子，使用其中一扇逃走吧。

只不過，就在他這麼說後，超過數千扇的魔法門被一次斬斷，悉數粉碎。

「這……這是……為什麼……？就連揮劍的氣息都……？」

「你難道以為我不揮劍，就沒辦法斬斷事物嗎？」

「……這……………怎、麼、可能…………」

梅魯黑斯一副無法理解狀況的樣子，我慢慢朝他走近。

「……不可能……這種事情……是不可能的……」

我站在早已動彈不得的梅魯黑斯旁，居高臨下的俯瞰著他。

他的表情上，只充滿著恐怖與絕望。

「就用你那自以為聰明的腦袋仔細記好，這才是真正的白費功夫。」

我將貝努茲多諾亞刺進梅魯黑斯的腦袋裡。

§35 【不祥面具】

「……………呃……啊……哈……………」

梅魯黑斯不禁發出痛苦的呼吸聲。雖然被貝努茲多諾亞貫穿頭部，但他還沒有毀滅，身體還撐得下去。

「唔，看來是被埋進了棘手的東西呢。」

插在梅魯黑斯腦中的是隸屬魔劍，就連思考都會遭到持有者支配的魔法具。

「毀滅吧。」

我用理滅劍消滅掉插在梅魯黑斯腦中的隸屬魔劍。在將貝努茲多諾亞從他頭上拔出後，梅魯黑斯就用呆滯的眼神看著我。

他的眼睛漸漸恢復明確的意識。

「梅魯黑斯，恢復正常了嗎？」

他就像深感惶恐似的低下頭。

「……阿諾斯大人，實在非常抱歉……老身一時大意……」

在社團塔調查時，梅魯黑斯確實是不記得我。儘管如此，他卻說自己為了殺我已等待多年，這未免也太奇怪了。

當然，也能認為他是利用某種方法，將自己的記憶巧妙地隱藏起來。只不過，讓我這樣以為，並親手殺掉身為同伴的梅魯黑斯，才是阿伯斯・迪魯黑比亞的目的吧。

也就是梅魯黑斯在當時確實是不記得我，是在這之後才遭到隸屬魔劍的操控。哎，因為雷伊體內也插了契約魔劍嘛，所以讓我想到也有可能會是這樣吧。

「是誰下的手？」

梅魯黑斯過意不去地搖了搖頭。

「……老身並不清楚。不僅是臉，就連魔力也沒瞧見。是發生在老身與阿諾斯大人會面的當天夜裡。老身遭到某人襲擊，等注意到時，就已被插入隸屬魔劍的樣子。儘管基於兩千年前的事件而儲備了『四界牆壁』，但就連使用的機會都沒有。」

也就是兩千年前藉由越過牆壁，成功逃過阿伯斯・迪魯黑比亞的部下追殺的梅魯黑斯，為了防備下一次的襲擊而儲備了「四界牆壁」啊。

然後這些牆壁，就在這一次被用來殺我嗎？對方也知道梅魯黑斯難以對付，所以在動手前就做好了萬全的準備吧。

我將貝努茲多諾亞刺在地面上。隨後，劍的本體消失，只在我腳邊留下影子。這可以說是收鞘的狀態。

「差不多要接起來了吧。」

我放開抓住梅魯黑斯肩膀的左手，用右手拿起斷臂，再用力壓在左臂被砍斷的部位上把手接回去，然後試著稍微動動手指。

唔，不礙事。

「將蓋伊歐斯與伊多魯帶來這裡。」

「遵命。」

梅魯黑斯創造出兩扇魔法門，並在開啟後，將蓋伊歐斯與伊多魯的屍體轉移到這裡。

「您打算怎麼做？」

「除你之外的七魔皇老，根源都與他人融合，被奪去了肉體。」

梅魯黑斯神情凝重地思索片刻。

「是阿伯斯・迪魯黑比亞的部下嗎？」

「沒錯。」

艾維斯的時候就只能消滅根源，但這次可就不同了。

「現在這裡有兩個阿伯斯・迪魯黑比亞的部下根源。」

我在蓋伊歐斯與伊多魯的屍體上畫起魔法陣，施展「根源分離（gurua）」的魔法，將與兩人根源融合的另外兩個根源分離出來。

「你們強大到足以奪取七魔皇老的肉體。就連在阿伯斯・迪魯黑比亞的部下之中，應該也算是知道不少內情的人。」

七魔皇老是能直接操作暴虐魔王傳承的立場，不覺得會對一無所知的人下達這種取代七魔皇老的命令。就算並非如此，只要試著用「復活」將他們復活的話，或許意外會是個熟面孔呢。

我用「根源分離」將根源分離出來後，滴下兩滴血。

「甦醒吧，反抗我的愚者。現出你們的真實身分。」

我畫出魔法陣，施展「復活」的魔法。儘管死後經過愈久，復活的成功率就會愈低，但由於我用「時間操作」停止了時間，所以不用擔心會復活失敗。

就在這時——

兩道劃破空間的衝擊波飛來，將復活到一半的根源雙雙斬斷，消滅得無影無蹤。

「什麼……！」

當梅魯黑斯驚叫出聲時，我已朝發出攻擊的方向看去。

那裡站著一名戴著不祥面具的男人。

他穿著漆黑的全身鎧甲，而那張面具是某種魔法具吧。就算用魔眼凝視，也無法從那名男人身上感到魔力。

難怪直到他攻擊為止，我都沒能發現到他的存在。

「……這怎麼可能……居然從外部強行闖入『次元牢獄』裡……」

梅魯黑斯狼狽地說道。他說的沒錯。儘管只要進到內部，就意外地有辦法在「次元牢獄」裡進行轉移，但要從外部硬闖進來可就絕非易事。

「唔，你就是阿伯斯·迪魯黑比亞嗎？」

「…………」

面具男沒有回話。

「不想說啊。那麼，就讓你變得想說吧。」

我把手伸到腳邊，劍形的影子緩緩浮上，我伸手握住劍柄。

「…………」

面具男的手晃了一下。

「次元牢獄」隨即開出裂縫，而他則是消失在裂縫之中。

「梅魯黑斯。」

「……偵測不到魔力，所以難以追跡，但就連在『次元牢獄』裡也發現不到他的行蹤。恐怕是逃了吧。」

判斷自己敵不過貝努茲多諾亞嗎？他應該看到我與梅魯黑斯的戰鬥了吧。只要再多待一秒，就能讓他成為我劍下亡魂了，看來他相當明智呢。

目的毫無疑問是要殺害與蓋伊歐斯和伊多魯融合的阿伯斯·迪魯黑比亞的部下。只要消滅掉他們的根源，就不會讓情報外洩了。

「請問該如何處置？現在說不定還追得上。」

「算了，就放他去吧。」

現在不是追敵的時候。對那個面具男來說，說不定就連這也在他的計算之中。

「我之後再下達指示，你就先復活蓋伊歐斯與伊多魯。」

面具男所消滅掉的根源，就只有阿伯斯·迪魯黑比亞的部下根源。

蓋伊歐斯與伊多魯原本的根源平安無事。雖然大概是喪失記憶了，但應該能以正常的狀態復活吧。

「遵命。」

我將貝努茲多諾亞刺在地上，將劍化為影子。而那道影子也隨即倏地消失無蹤。

眼前開啟了魔法門，並從中浮現出金剛鐵劍。

「這樣就行了嗎？」

「沒錯。」

我拿起金剛鐵劍。

「請就這樣走進門內。門後是通往競技場的舞台，老身會讓雷伊·格蘭茲多利也同樣出去的。」

我頷首回應，就這樣走進魔法門內。

走在歪七扭八像是通道般的場所上，不久後聽到聲響。

「……喂，到底是怎麼了……？」

「我哪知道啊，打從剛才開始就因為魔法而完全看不見舞台上的情況，而且也聽不到任

何聲音……」

「而且營運委員也沒有任何通知。究竟是發生了什麼事啊……？」

「啊，喂，等等。快看那裡！那是不是人影啊？」

「……啊，真的耶……魔法效果結束了嗎？……有一個站著，另一個則倒下了喔……」

「也就是分出勝負了嗎？」

「贏的究竟是誰……？」

舞台上的魔法陣一消失，「次元牢獄」就徹底消滅掉。

隨後觀眾們所目睹到的畫面，是手持金剛鐵劍站在舞台上的我，還有在斷成兩截的伊尼迪歐旁仰躺著的雷伊的身影。

貓頭鷹的聲音響起。

「雷伊．格蘭茲多利選手的劍已確認遭到破壞。優勝者是阿諾斯．波魯迪戈烏多選手！」

哇啊啊啊啊啊——會場歡聲雷動。

「贏了！喂，親愛的，小諾贏了喔！」

「啊……是啊。他還真是了不起……」

能聽到爸媽的聲音。

「阿諾斯大人果然是世界第一！」

「嗯，真不愧是阿諾斯大人，超帥的……嗚咽……嗚……」

「等、等等，妳在哭什麼啊？」

「因、因為我很感動啊……在皇族派的大會上，明明盡是一些對阿諾斯大人不利的規則……他卻毫無怨言地獲勝了……」

「妳、妳這是幹麼啦，突然變得這麼認真。」

「我、我一直都很認真喔！」

粉絲社的少女們全都熱淚盈眶。

觀眾席上掌聲雷動，幾乎全來自混血的觀眾。他們想必非常開心吧，就像興奮得冷靜不下來似的，不停地鼓掌歡呼。

等到歡呼與掌聲到一段落後，上空再次響起貓頭鷹的聲音。

「等一下將舉辦魔劍大會的閉幕儀式，首先要在這裡向優勝的阿諾斯選手，頒發作為優勝紀念的魔劍。」

語罷，一名穿著禮服的少女，就用雙手捧著魔劍來到競技場上。金髮碧眼，雖然放下了頭髮，但是張熟悉的臉孔。

少女一來到我身旁，就朝我嫣然一笑。

「恭喜你贏得優勝。」

她遞出作為優勝紀念的魔劍。

「唔，莎夏，妳在做什麼啊？」

莎夏隨即露出一臉難為情的表情。

「不、不用擔心，伯母身邊有米夏陪著唷。而且比賽結束了，所以不論發生什麼事，你

都有辦法解決吧？」

「我並不是在問這個耶。」

莎夏一臉不服地瞪著我。

「雖然我想你應該不知道，但涅庫羅家可是相當有聲望的名門。因為是不太擅長使劍的家族，所以也很方便出面表揚魔劍大會的優勝者唷。」

也就是要幫優勝者錦上添花啊？因為莎夏是七魔皇老的直系子孫，所以身分剛好適合。

「好啦，你快點收下啦。」

莎夏把魔劍塞過來。

「這不是來表揚我的人該有的態度呢。」

我隨手收下魔劍。

「……我會好好做出樣子的啦……」

她羞紅著臉，直盯著我的臉瞧。

「阿諾斯．波魯迪戈烏多，恭喜你贏得優勝。讓我為你的劍獻上祝福。」

莎夏緊閉著眼，朝我踮起腳跟。

而她的嘴唇，輕輕碰上我的臉頰。

就像在祝福我的勝利，觀眾席上再度響起掌聲。

「先、先說好喔……」

莎夏一副無法正眼看我的樣子，低著頭說道。

「這是往年慣例唷？絕對不是因為我想要吻你喔。」

「這種事就算不用妳說我也知道喔。」

語罷，莎夏就露出一張失望的表情。

然後一面擺出有點不滿的臉，一面從我身上別開視線。

「……我可是認為你會贏才答應這項工作的喔……」

莎夏低聲嘟囔著。

她就像是在苦思該怎麼對我說似的，結結巴巴地說道。

「我並不打算表揚……除你之外……除你之外的魔王喔……」

她還真是說了相當可愛的話呢。

「很好的心態。」

讓我自然地露出笑容。

「……什、什麼嘛……還是一樣這麼囂張……」

莎夏儘管嘴上這麼說，嘴角卻是揚起微笑。

「啊。」

她就像突然想到似的驚叫一聲，然後在我面前畫起魔法陣。是「意念通訊」的魔法，似乎是要對所有觀眾席進行魔法轉播的樣子。

「阿諾斯．波魯迪戈烏多，是否能請教你現在的心情？」

「好的。」

我早就決定好要說什麼了。

「我之所以能夠獲勝，全是多虧了這把劍。」

就像是在對觀眾們炫耀一般，我將金剛鐵劍高舉起來。

「我爸爸灌注心意所鍛造的這把金剛鐵劍，帶有不下於魔劍伊尼迪歐的力量。這份不同於魔力的另一種力量，充滿著他的心意。我的爸爸，正是真正的名匠。」

我看向觀眾席說道。

「爸爸，謝謝你。」

視線前方，爸爸露出像是在強忍著某種感情的臉。

只要傾耳去聽，就能聽到他的聲音。

「……那、那傢伙，到底是在說什麼啊……喂，伊莎貝拉，這種時候，應該是要感謝學校的恩師吧……而且說起來，那把劍才沒什麼了不起的。這全是那傢伙的力量，是因為那傢伙的努力才——」

爸爸就像感動不已似的落淚。

身旁的媽媽吟吟微笑著，她果然也熱淚盈眶。

「……那傢伙，真的很了不起……我從來……沒有這麼開心過唷……伊莎貝拉……」

媽媽輕撫著爸爸顫抖的背。

「那麼接下來即將要準備進行閉幕儀式，請各位觀眾移駕到王座之間。」

貓頭鷹的聲音響起，觀眾們陸陸續續起身離席。

我朝雷伊的方向看去，發現他正被好幾名醫生團團圍住。不過看這樣子，是受到醫生們束手無策的傷勢吧。儘管施加了恢復魔法，卻怎樣也無法恢復的樣子。

「退下吧，我來治療。」

我向雷伊施展「抗魔治癒(enshieru)」的魔法。他的傷勢轉眼間恢復過來，微微睜開眼睛。

「………結束了嗎？」

是暫時失去意識了吧，雷伊一臉茫然地問道。

「是一場不錯的比賽呢。」

我向倒在地上的雷伊伸手，而他握住了我的手。

「會覺得還好是我輸了，是最讓我懊悔的一點呢。」

雷伊起身朝我說道。

「我會期待的。」

「不過，下次我會贏的。然後，這次我會保護好你的一切。」

我與雷伊相視而笑。

「……雷伊同學，阿諾斯大人……！」

急迫的叫喊聲傳來。我轉頭看去，就見米莎從觀眾席上跑來。

她眼裡泛著滿滿的淚光，而且臉色蒼白，一點也不像是對我的勝利感動不已的樣子。

「米莎同學……妳還好嗎？」

雷伊擔心地向她搭話。

「……對不起……」

正要開口，米莎就哽住了話語。

「嗯？」

「…………對、對不起……」

米莎結結巴巴地說道，臉上滿是歉意與自責。

「……雷伊同學的媽媽……我……我……明明……只差一點了……明明恢復健康了，我卻……卻沒有保護好她……等注意到時…………」

「如果是這件事的話，妳大可放心。」

聽到我這麼說，米莎瞠圓了眼，露出疑惑的表情。

「席菈的精靈病治好了。」

我當場滴下一滴血，施展「復活」。

§終章 【～祭典過後～】

在我畫出的魔法陣中央，出現席菈的身影。

她緩緩睜開眼，一名擔心地探頭看著自己的臉的男人映入眼簾。

「……雷伊…………？」

「媽媽！」

雷伊將席菈緊緊抱在懷中。

「……太好了……太好了，媽媽……還以為再也見不到妳了……」

雷伊低垂著頭，話語化作點點淚光。

席菈輕輕抱住他的肩膀，摸著他的頭。

「……我……不是在作夢吧……？還是說，這裡是天國嗎？」

「當然是現世。妳不惜犧牲自己也要守護自己的孩子，這是很出色的舉動。」

「這樣啊。」

席菈很高興地摸著嚎啕大哭的雷伊的頭。比起自己的死而復生，有好好守護住孩子這件事，更讓她感到放心的樣子。

「……不過，您是怎麼治好精靈病的……？要是根源衰弱到消失的話，不論是怎樣的魔法都無法復原……對吧？」

米莎向我問道。

「很簡單，我讓作為席菈根源的傳聞與傳承傳播開來了。」

「咦……？可是阿諾斯大人直到剛剛都還在進行決賽，到底是什麼時候傳播的……？」

「就在剛才。我說了優勝感言吧？那段話就經由魔法轉播，傳播到迪魯海德的各個地區去了。」

「啊………」

米莎就像恍然大悟似的叫道。

「真正的名匠所用心鍛造的劍，會帶有不同於魔力的另一種力量……您是指這個嗎？」

我頷首同意。

「這就是構成席菈根源的傳聞與傳承。」

斬斷了伊尼迪歐，並在魔劍大會中獲勝的衝擊性很大。用心鍛造的劍，會帶有不同於魔力的另一種力量。就算有人相信了這種一時之間難以置信的傳聞與傳承，也沒什麼好不可思議的。

由於相信的人增加，所以讓席菈幾乎消失的根源迅速恢復。只要到這個階段，就能用「復活」輕易地讓她復活。

儘管「復活」假如不在三秒之內施展，就會導致復活的成功率下降，但這是因為魔族在死後，根源會隨著時間經過而無法保持原形。然而，席菈就算肉體毀滅了，時間經過對根源的影響也很微弱。因為她的根源終究是由傳聞與傳承所構成的。

「……這種事情……真虧您能發現呢……」

米莎驚訝似的說道。

「昨天去見席菈時，她的病情稍有好轉，變得有辦法和我們說話。我本來以為是因為對方沒辦法妥善控制應該要由羅古諾斯魔法醫院所管理的傳聞與傳承，但原因其實是我在第一場比賽時的發言吧。」

真正的名匠用心鍛造的劍，會帶有不同於魔力的另一種力量。儘管我在與庫魯特戰鬥時說出的這種發言就只是唬人的話語；但由於有一些人相信了，使得席菈的病情稍有好轉。

「當然，光靠這點也沒辦法斷定呢。可是在決賽開始前，貓頭鷹向我發出了『意念通訊』，說要是『吸魔圓環』被破壞掉，席菈就會死；而要是贏得決賽，雷伊就會死。但對於金剛鐵劍被破壞我就會輸掉這件事，卻是隻字未提。」

我當時以為對方可能並不在意勝敗，但認為這是故意留下一條退路會更加合理。我偶然將席菈的傳承與傳聞傳播開來，對阿伯斯．迪魯黑比亞來說也是意料外的事吧。

這讓席菈的精靈病有了康復的可能性，這樣一來，那傢伙的計畫就會失敗。所以想讓我在不知情之下，讓觀眾們知道這把金剛鐵劍並沒有什麼大不了的。

「席菈的病情是在決賽開始之後好轉的吧？」

「是的。雖然勉強靠著『根源變換』借她魔力，但果然還是完全不足。但突然間，席菈伯母的魔力開始不斷恢復，讓她能夠下床走動。於是我們就一起趕到魔劍大會的會場……」

被操控的梅魯黑斯雖然說是為了當作人質，才讓席菈恢復健康的，不過這是謊言。

這是為了要避免讓我發現，席菈的病情正在他的掌控之外逐漸好轉，所以才故意這麼說的吧。

「由於我用金剛鐵劍與伊尼迪歐正面交鋒的關係，讓席菈的傳聞與傳承在觀看決賽的觀眾們心中變得愈來愈可信。」

席菈能變化成真體，也是因為這個理由吧。她變化而成的姿態酷似金剛鐵劍。精靈的真體，是由傳聞或傳承具象化、具體化而來的。而決定外形的根本就在於心。

在觀眾們的心中，對於真正的名匠所鍛造出來、帶有不同於魔力的另一種力量的劍，抱持著明確的印象。因為他們實際看到了金剛鐵劍，於是讓席菈的真體變化成這種姿態。只要綜合以上條件，就自然能想像得到她的傳聞與傳承。

「阿諾斯，謝謝你。你果然跟雷伊說的一樣，是個很厲害的人呢。我還以為自己再也看不到這孩子了……」

席菈抱著雷伊說道。

「……多虧了你，讓我能繼續看著這個孩子長大了……」

「這妳用不著道謝，我就只是對朋友伸出援手罷了。」

我轉過身，留下一句話。

「雷伊，再見。我先走了喔。」

再見──雷伊帶著哭腔的回應。

他應該不太想讓人看他痛哭流涕的模樣吧，於是我便離開了那裡。

「阿諾斯！」

爸媽和米夏從觀眾席上走下來。

「你這傢伙幹得好啊！不愧是我的兒子！」

爸爸用力敲了我胸口一拳。

「爸爸。」

我將收鞘的金剛鐵劍拿給爸爸看。

「多虧了這把劍，讓我得救了呢。」

「別、別說蠢話了。當面說這種話，很令人害臊吧……」

爸爸開心地說道，眼角還泛著淚光。

我沒有說謊。這把劍確實是不帶任何魔力，在魔劍大會上也派不上任何用場。

儘管如此，卻也因為這把劍沒有魔力，才讓我有辦法拯救席菈。這不是爸爸有意而為的，一切都是偶然發生的事。

然而，正因為爸爸用心鍛造了這把劍，所以我才會在第一場比賽時那樣說道。而當時的發言，間接促成席菈的精靈病康復。

是爸爸鍛造的這把劍，為我帶來了幸運。

「親愛的，再不快走，閉幕儀式就搶不到好位置了喔。而且小諾應該也要準備。」

「啊、啊啊，也是呢。阿諾斯，掰掰。」

爸爸把手高舉起來，而我一抬起右手，爸爸就啪的一聲跟我擊掌。

「待會見。」

「小諾，今天真是辛苦你了。討厭啦，你真是太厲害了！年紀還這麼小就贏得魔劍大會的優勝，將來究竟會怎樣啊？」

媽媽很高興地說道。

「不過，你也受了很多傷吧？還好嗎？」

媽媽擔心地看著我的傷勢。

「我沒事的。」

儘管並無大礙，但我還是施展「治癒」把傷治好。

「這樣就沒事了。」

「太好了。」

媽媽靠到我身旁，在我耳邊竊竊私語。

「我等一下也會去跟小雷的媽媽打招呼喔。」

唔，這可不妙。要是被吞進媽媽的時空之中，可就跟「次元牢獄」不同，沒辦法輕易把人救出了。

「今天還是算了吧。」

「是嗎？啊，該不會是因為你們還沒有坦白……原來如此。媽媽知道了！」

媽媽好像自顧自地理解了什麼。

「那就下次再說吧。掰掰。」

爸媽急急忙忙地前往閉幕儀式的會場。

「很高興？」

米夏不知不覺地站在我身旁說道。

「我看起來像是很高興嗎？」

她點了點頭，然後用那雙正直的魔眼窺看我的深淵。

直到內心深處。

「所謂的父母親還真是不錯，是我過去所沒有的。」

嗯──米夏應和著。

「將來有了孩子之後，我也能變成那樣嗎？」

「咦咦──？」

背後傳來驚叫聲。

「莎夏，妳在驚訝什麼啊？」

「我、我才沒有驚訝呢……」

唔，她是在強辯什麼啊？

「你想要小孩？」

「總有一天會有吧。」

「這、這樣啊。哦──總有一天啊。」

七魔皇老繼承了我的血，他們的親族全都算是我的子孫吧。但在看到爸媽與席菈之後，我覺得光是這樣還無法說是親子。

「呵呵。」

米夏呵呵笑起。

「唉，我知道自己不行啦。」

語罷，米夏就忙不迭地搖頭。

「阿諾斯一定會是個好父親。」

「是嗎？」

「沒錯。」

一點也沒有真實感呢。

「不安？」

「不，既然米夏這麼說了，我就相信吧。」

我轉向背後，向低著頭彷彿在思索什麼的少女說道：

「莎夏，妳在發什麼呆啊？要走嘍。」

「我、我知道了啦。」

莎夏連忙跑來，跟我們並肩同行。

「話說回來，我獲勝了喔。」

「你在說什麼後知後覺的話啊？憑你的實力，這是當然的吧？」

「也對，這麼說也是呢。」

隨後，米夏問道：

「玩得很開心嗎？」

「算是吧。」

沒什麼生命危險，就像是泡在溫水裡的劍術大會。

統一派與皇族派的代理戰爭，不論是誰都在大聲喧鬧著。

雖是麻煩不斷、宛如祭典般吵鬧的兩天，但跟雷伊交鋒的那段時間也相當有意義。

結束之後，讓人某處感到寂寞。

這究竟是怎樣的感受啊？

這種總是賭上性命的那段時期裡，不曾擁有過的感覺。

「是場相當愉快的大會。」

觀眾席上已幾乎無人。感受著祭典過後的寂靜，我就像依依不捨般的緩緩離去。

後記

從第二集開始，阿諾斯粉絲社這些吵鬧的少女們登場了。

她們是因為我想要描寫與始終不承認阿諾斯的皇族相反，在社會上飽受歧視的混血們而創造出來的。而覺得讓她們加入學園故事慣例的粉絲俱樂部就好的想法，說不定就是走上歧路的瞬間。

由於是路人角色，所以構思劇情時並沒有設定她們的個性與臺詞，就只有粉絲俱樂部這個設定。

然後在試著動筆後，總覺得她們說了一些奇怪的臺詞。只是當初還沒有這麼嚴重，所以就先試著投稿了。由於本作原本是在網路上連載，所以每一話都能收到讀者們的感想。我看過感想後，沒想到她們還挺受好評的。

既然如此，朝這個方向發展也不錯吧。於是就這樣一點一滴，讓人感到有哪裡錯亂了。等注意到時，她們就唱起奇怪的歌了。我在投稿前也很迷惘這樣真的沒問題嗎？但想說反正才幾行而已，就鼓起勇氣試著投稿了。

結果，是令人恐懼的好評。我因此得意起來，試著再寫一段歌詞。不過我要做個辯解。就算在小說裡寫歌，也不會發出聲音，也非常難以描寫曲調；所以想說能不能只靠歌詞就讓讀者們留下印象並反覆重寫之後，誕生出來的就是「你在下面，我在上♪」的歌詞了。

於是粉絲社的少女們，就在各位讀者的引導之下，確立起穩固的角色形象。〈烈焰中的旋律〉這一篇，也是在初期構想中所沒有的故事。讓我認為這是唯有網路連載才能辦到的角色創作。

接下來換個話題。在出書時最讓我高興的一點，果然就是插畫。一整年都不知道每天描寫的角色究竟會畫成怎樣的面貌，而讓我滿心期待地小鹿亂撞。這次しずまよしのり老師也畫了非常出色的插畫。封面的阿諾斯真的超帥的，帥到讓人受不了。實在是太感謝しずまよしのり老師了。

而這次也承蒙責任編輯吉岡大人的關照。本作由於字數有點多，為了設法收錄，讓他在文字編排上煞費苦心了。

在最後，我要由衷感謝閱讀本作的各位讀者。在下一集中，阿諾斯終於逼近了重要謎團。由於在網路連載時，評價非常好，就各種意思上是高潮迭起的一篇故事，因此敬請各位讀者期待。為了讓讀者們能更加享受故事的樂趣，我會努力改稿的。

二〇一八年六月一日　秋

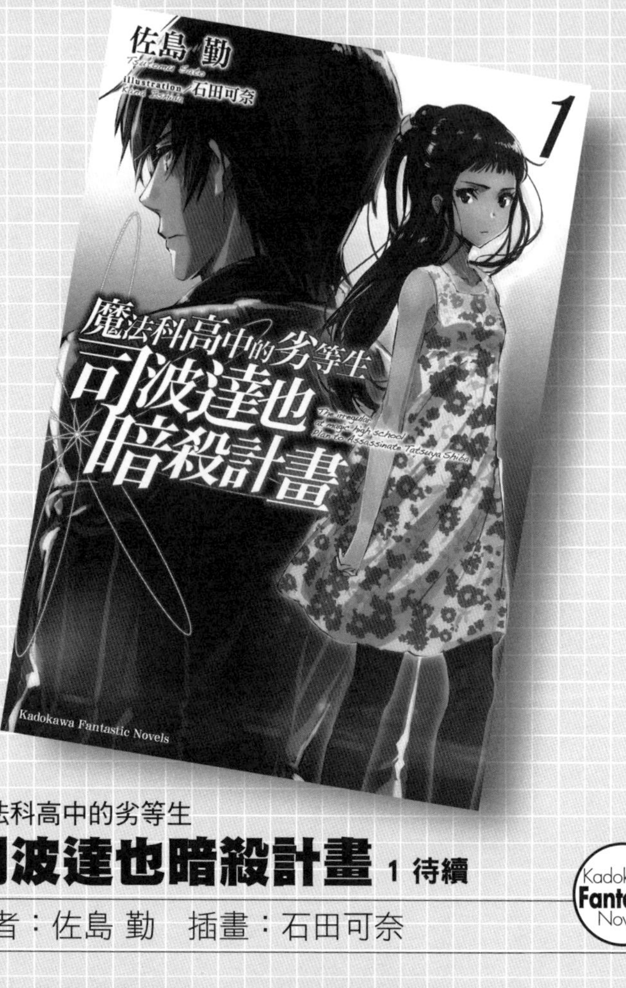

魔法科高中的劣等生

司波達也暗殺計畫 1 待續

Kadokawa Fantastic Novels

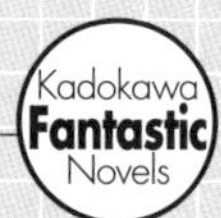

作者：佐島 勤　插畫：石田可奈

以敵人的觀點認知、描寫司波達也的「魔法科高中的劣等生」外傳系列全新展開!!

西元二〇九四年春季。以暗殺為業的少女榛有希，想除掉目擊她任務現場的男國中生，但擁有「身體強化」超能力的她完全敵不過這名神祕少年——司波達也。超乎常理的少年與暗殺者的少女，兩人的邂逅將命運改寫得愈來愈離奇。

NT$220/HK$73

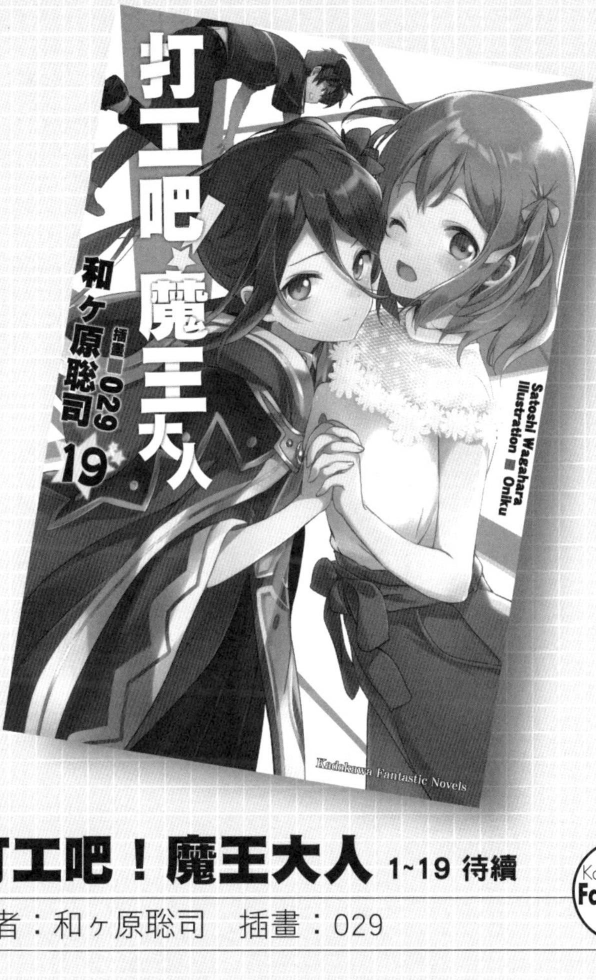

打工吧！魔王大人 1~19 待續

作者：和ヶ原聡司　插畫：029

鈴乃升任六大神官並將與魔王軍交戰!?
艾契斯出現嚴重異常忙壞眾人！

鈴乃將成為教會地位最高的六大神官之一，這樣下去會和率領魔王軍的蘆屋交戰。沉重的壓力與對未來的不安，讓鈴乃變得意志消沉。此時艾契斯不知為何突然身體不舒服？鈴乃與千穗在忙著應付這件事時，重新認知到自己對魔王的感情……

各 **NT$200~240／HK$55~75**

國家圖書館出版品預行編目資料

魔王學院的不適任者：史上最強的魔王始祖,轉生就讀子孫們的學校 / 秋作；薛智恆譯. -- 初版. -- 臺北市：臺灣角川, 2019.06-

冊； 公分

譯自：魔王学院の不適合者：史上最強の魔王の始祖、転生して子孫たちの学校へ通う

ISBN 978-957-564-999-9(第1冊：平裝). --
ISBN 978-957-743-450-0(第2冊：平裝)

861.57 108005770

Kadokawa
Fantastic
Novels

魔王學院的不適任者～史上最強的魔王始祖，轉生就讀子孫們的學校～ 2

（原著名：魔王学院の不適合者～史上最強の魔王の始祖、転生して子孫たちの学校へ通う～2）

2019年12月9日　初版第1刷發行
2020年9月24日　初版第3刷發行

作　者：秋
插　畫：しずまよしのり
譯　者：薛智恆

發行人：岩崎剛人
總編輯：蔡佩芬
編　輯：彭曉凡
美術設計：吳佳昀
印　務：李明修（主任）、張加恩（主任）、張凱棋

發行所：台灣角川股份有限公司
地　址：105台北市光復北路11巷44號5樓
電　話：（02）2747-2433
傳　真：（02）2747-2558
網　址：http://www.kadokawa.com.tw
劃撥帳戶：台灣角川股份有限公司
劃撥帳號：19487412
法律顧問：有澤法律事務所
製　版：尚騰印刷事業有限公司
ISBN：978-957-743-450-0

MAOH GAKUIN NO FUTEKIGOUSHA Vol.2
~SHIJOSAIKYO NO MAO NO SHISO, TENSEISHITE SHISONTACHI NO GAKKO HE KAYOU~

Edited by 電擊文庫
First published in Japan in 2018 by KADOKAWA CORPORATION, Tokyo.
Complex Chinese translation rights arranged with KADOKAWA CORPORATION, Tokyo.